谨以此书

献给伟大的中国改革开放四十年。

献给穆青、李耐因、王焕斗、陆佛为等我崇敬的新华社老前辈及书中记述的那些事和人。

岁月如歌

刘浩　著

SPM 南方出版传媒
SOUTHERN PUBLISHING AND MEDIA
新世纪出版社
New Century Publishing House
·广州·

图书在版编目（CIP）数据

岁月如歌 / 刘浩著 .—广州 ：新世纪出版社，
2018.8

ISBN 978-7-5583-1381-3

Ⅰ. ①岁…　Ⅱ. ①刘…　Ⅲ. ①新闻－作品集－中国－当代　Ⅳ. ① I253

中国版本图书馆 CIP 数据核字（2018）第 187619 号

出 版 人：姚丹林　　策　　划：李江南
责任编辑：佘　尧　　装帧设计：王振华

岁月如歌 SUIYUE RU GE

刘浩　著
陈宇　校订

出版发行：新世纪出版社
经　　销：全国新华书店
印　　刷：北京市兆成印刷有限责任公司
规　　格：787mm×1092mm　1/16
印　　张：20
版　　次：2018年9月第1版第1次印刷
书　　号：ISBN 978-7-5583-1381-3
定　　价：59.80元

如发现印装质量问题，影响阅读，请联系调换：
北京广版新世纪文化传媒有限公司
服务热线：010-65542969

自序 Preface

每一个人都会有自己一段如歌岁月。岁月如歌，不止于1980年代。但1980年代之所以如歌如诉特别值得回首凝望，重要的还不是个人的经历和体悟，那是她特有的历史地位所致。历史是什么，诚如钱穆先生所言，历史就是以大的事件发生为起点的过去。中国几千年历史之大局，1980年代的改革开放当为一宗。因为历史从那时候开始发生了一次重大的转变。史家也好，普通百姓也好，鲜有不同意历史来到1980年代时候发生了一次伟大的、历史性的转折。

我作为国家通讯社的一名记者和编辑，有幸从新闻的角度观察和记录了这个时代的许多人和事、情和义，包括自己个人生活的多个方面：爱情、家庭、儿女。特别是那一批书信，在诉说爱情和家庭琐事的时候把天南地北、所到之处的见闻缕叙成章，完好保留下来，好像一幅画卷之前的素描，滴水见太阳一般，把那个时代的风貌勾勒出了一二。第二篇的散文部分，大气之作不多，小情小趣之作不少，但在小情小趣处见真章，却是文学作品的专长，也还都是时代的写照。至于新闻作品部分，你懂的。无论是三十多年前还是三十多年后，新闻始终强调的新闻属性问题，决定了新闻写作的基调。记得1980年代在时任总编辑李耐因的倡议下，《瞭望》也召开过一次新闻改革座谈会。首都多个新闻单位的代表应邀赴会，讨论热烈。三十多年后，这个话题谈论起来依然如故。因此我在第三篇篇首写道："穆青是我党推崇的'政治家办报'的典型代表，作为国家通讯社的掌门人，他知道现实的进退，相信实质的改变往往来自细微之处，因此，他提出新闻改革首先从改变文风开始。文风即党风，整顿文风就是整顿党风。这是我党在历史转折关头屡试不爽的宝贵经验。他要求新华社记者、编辑打破‘文革’以来的所谓‘新华体’。‘新华体’也者，‘党八股’新闻文体之谓也。千篇一律，空话、套话、假话连篇，新闻改革首先改变文风，打破舆论一律自在其中。”

三十多年来，新闻在细微处的变化其实是很明显的。我在二十世纪八十年代末下海，新千年又回到新闻口，与新华社音像部合办电视节目《60分钟杂志》，我担任总制片人，其间胡舒立邀我参与《财经》杂志工作，被联办领导王波明、戴小京委为副总编辑，做后台审读工作，以至于今。舒立是1980年代我们新闻战线同一战壕的战友，当我们为做出有深度有力度的正面宣传报道和触及问题的“问题报道”笔耕不辍的时候，她却在华南地区为揭露官场丑闻而奔走。采访归来，她绘声绘色地讲述采访一位政法干部的经过：“他恼了，拉开抽屉，拿出一把手枪，啪地拍在桌上。你吓唬谁呢，姐姐我还就不怕你！”确实，一个官老爷，哪会受得了这样“拷问”式的采访，何况他面对的是一个那么娇小的女子。舒立2000年来到中国证券研究设计中心（联办）参与创办《财经》杂志，出任主编，她为《财经》确立的独立、独到、独家的办刊宗旨，开创了中国新闻专业主义的新河。新闻的社会监督功能，还民众知情权，抑恶扬善，时至今日，《财经》一系列的深度调查报道，发挥得可谓淋漓尽致，后来她率领那支强悍的团队离开《财经》创办《财新》系媒体，同样在新闻领域开创出一片崭新天地。

从1980年代的《瞭望》周刊，到21世纪的《财经》杂志，30多年间，我身不由己地浸润在新闻这个特别的社会领域，似乎比许多人更能体悟从二十世纪八十年代走来的历史的嬗变。因此，当书名“岁月如歌”确定后需要拟定一个副题的时候，开始拟为“走在1980年代”或“回望1980年代”，后来想“回到1980年代”可能更好。说走在1980年代或回望1980年代实际的意思不过是话说当年罢了，回到1980年代则不同，它可以产生种种臆想。于是最终便将此直接定为正式的书名。倘若能引领读者凭借当年一些文字和图片实录，宕起身来，穿越时空，重新回到那个风云激荡的年代，去寻找那个改变历史的起点，功莫大焉。

目录 Contents

第三编　新闻作品集

第一编　书信集

1980年代的情和事

1980年代是我们这代人求学、恋爱、成家立业的时代，也是我们孩子出生、成长的时代。一群群青年男女，一批一批从文革后刚刚恢复高考的各大专院校毕业步入社会。他们一边四处成双捉对地恋爱、一边以火一样的激情投身到十年浩劫之后整个国家“万马齐喑”亟待复兴的改革开放的大潮中。他们与其他所有同龄人在此期间结婚、生育的儿女，后来被称为“80后”。不是他们自己，反倒是社会把这些“80后”的父母定义为当代中国最具“继往开来”特质的一代人。1982年7月的一天，未婚妻陪同我来到位于北京宣武门西大街的新华通讯社报到。她工作的地方离新华社不远，就在北面跨过长安街的二龙路北京邮电医院。办理完入职手续，我被安排到生活区的一栋青砖筒子楼的集体宿舍，同宿舍的是先期报到的暨南大学的汤华和南开大学的罗更前。于我，从这一刻起，南北分离苦恋8年的日子终于结束了。时间回到1968年云南昆明远郊的山野，两个少年第一次在那里相遇。不是每一个人的命运都能左右时代，但时代总能左右每一个人的命运。男孩去探望他的父亲，女孩也去探望她的父亲，两个“走资派”。这个地方叫白虎山，前面有个小火车站叫金马村，每天早晚有一班从昆明南窑火车站到大板桥（小镇名）的通勤火车经过这里，清晨7点只要你能拿出肉搏一场的劲头挤上火车，行驶不到一个小时，就能到达。走出车站，远方一座郁郁葱葱的小山就是白虎山，看着不远，穿过一片片水田，跨过一道十数米宽的小河，也要走一个小时。就在半年前，男孩目送着父亲和一大群“走资派”在车顶架着机关枪的军车护送下驶向火车站，随后乘火车前往北京。为解决派性问题，中央决定把云南老干部与造反派区隔开来。现在，他们从北京回来了，一出车站，依然是登上带篷的军车，车顶架着机关枪，车尾士兵荷枪实弹，直接被拉到白虎山。这座小山的名字不知是古已有之，还

1976 年 10 月，北京天安门广场。群众游行庆祝“四人帮”倒台 (人民画报 /FOTOE)

是因为它曾经是抗战时美军飞虎队营地而得名，现在是中国人民解放军炮兵第四师侦察连的驻地。

“文化大革命”从1966开始，到1968年的时候，昆明以至云南陷入了全面内战的状态。当老干部们回到云南时，昆明“全面内战”的形势大体得到控制。但是食物、燃料短缺，派性对立，轻武器散落民间的隐忧，划线站队的政治运动，都还在折磨着昆明人。与之相比，田园中的白虎山简直就是世外桃源。两位少年一边探望父亲，一边优游地玩耍于山上、山下的树林、田野之间。男孩在稻田、河沟连抓带捞，捉到不少小鱼，盛在一个饭盒里，拿在女孩面前炫耀。女孩看着一饭盒游动在水中的小马鱼、小石头鱼，十分羡慕，忍不住对男孩说，能不能把这些小鱼给她，她拿回去喂家里的猫咪。男孩凝视女孩，只是一刹那，他意识到了，这个女孩将是他永世的爱。那一年，两小无猜的一对少男少女12岁。

1975年，少年已经是中国人民解放军的一名战士，他鼓足勇气给在云南偏远山沟昆阳磷矿医院的那个女孩寄去一封信，他得到了回信，从此，他们开始了书信往来，开始了长达8年的几乎是每天一信的爱情的跋涉。后来，女孩随父亲调回北京，男孩于1978年考入广东中山大学，1982年毕业分配来到北京。爱情的跋涉来到终点。像今天的“北漂”一样，我想有个家的愿望一天强过一天几乎让人发狂。他们急切地步入北京西城区的婚姻登记处，拿到一纸结婚证书。

80年代的婚礼大多数情况下就是一个告知的过程，在编辑部的每一个办公室奉上一包喜糖，请大家分享，即宣告结婚。纯粹的家人在家聚一块儿，老岳母做一桌好菜，这已是很隆重的婚宴了。尽管前后就那么几天，爱情的甜情蜜意却让人经久难忘。紧跟着新婚离别的日子到来了。按新华社的传统，一个月的集训结束之后是到地方分社实习，实习期三个月。我们三个新入社的小伙子选择到黑龙江分社实习。林晨，中国人民大学毕业，北京人，书香门第，上学之前是搬运工。看他瘦高、单薄、带一副近视眼镜的斯文样，想象不出他做搬运工驮着两百斤盐包往前赶会多艰难，可实习路上他夸耀自己，连比带画，说得神乎其技，好像没有他扛不起的大包：“看好喽、看好喽”，“起——”，“好嘞”，“走——”。他和我同时分配在《瞭望》杂志，离开《瞭望》后曾任新华社山西分社副社长、天津分社社长、《经济参考报》总编辑、《中国证券报》社社长。另一位是王曦东，北京人，中国人民大学毕业，分配在对外部，以后成为新华社高级记者。

我们张罗着行前的准备，重点是从新华社仓库借出大皮袄、大绒毛帽子、皮手套和大皮靴子。将这些“重装”披挂上身在十月下旬的北京能给你捂出一身痱子，难不成到东北就用得上？令人怀疑。我们裹挟着这些沉重的行李出发了。新婚妻子来到车站送我，目送我离开北京向中国的最北方远去。于是有了森林书信集的第一封信：

“最亲爱的君：

好！我知道，新婚别意味什么。当我登上火车看到你哀怨的目光时，我能感到八年热恋的苦楚在你心头作痛——多少次我们在车站分手：列车载着我，在你的目光中远去。探出车窗，我向你投去最后的一瞥，在你消失在站台尽头的刹那。我们憧憬着有一天不再分离。可是，又分离了。当列车在夜幕里驶出山海关，清晨，目睹一轮殷红的太阳从辽阔的黑土地冉冉升起，这时候，八年苦恋那一切一切美好的回忆全都浮现在我的眼前。也许爱就是这样，离别的痛苦更眷恋相濡以沫的温馨。让我们继续憧憬。我很快就会回来

1982.10.31"

黑龙江省是中国农村改革落地最晚的省份，当时的省委领导并不认可农村土地承包联产责任制。在制订我们这些实习记者采访计划时，黑龙江分社没有让我们去碰这个敏感的问题，但支持我们去大庆，去大兴安岭。

我们开始行走在黑土地上。我们在杜尔伯特草原一望无际的草甸子上与英雄的大庆1205钻井队在钻井营地同吃同住同作业。寒风怒号，红旗在钻井架顶猎猎飘扬，已是深夜，钻机不息地轰鸣。第三代铁人钻井队队长空缺，实际上的队长是指导员吕志和，一个头发蓬乱脸庞瘦削的年轻人。他一身油污从钻井平台下来钻进露营车，捧起盛满大碴子的饭盒，狼吞虎咽，吃完一抹嘴，拉着我们奔上钻台，他让我们见证了又一个年度钻井尺深任务被提前完成的一刻，也见识了铁人王进喜带出的这支石油队伍的剽悍作风。我们来到齐齐哈尔这个中国北方最重要的重工业城市，“文化大革命”使中国国民经济濒于崩溃，邓小平提出军工要为国民经济服务，这也是“军转民”的开始。作为中国重型装备最重要的生产基地，齐齐哈尔富拉基尔面对国民经济重大的战略转移，一时找不到方向，没有了机器的轰鸣，大量设备闲置，生产陷于萧条。但是当我们看到当年曾引起万民轰动的中国自主生产的第一台万吨水压机就立于眼前，看到那些巨大宽阔的厂房，看到虽然数量不多一溜十几门口径203毫米的重型巨炮排放在那儿时，仍然感到十分震撼。当一个人整个身心都被新婚的甜美和爱所侵润的时候，他所看到的一切都是美好的。一草

一木总关情。大兴安岭，黑压压的落叶松密布于起起伏伏的千丘万岭，雪花飞舞，还不是一年当中积雪最深的日子，但大皮靴子踏在雪地咯吱作响的声音却令人心旷神怡，尤其是当你走进成片的白桦林时，你简直就要欢呼。笔直、光溜、白色中夹带点儿黑色斑纹的树干，密密匝匝伫立在皑皑白雪之上，在天空放晴夕阳西下的片刻，金色的光芒弥漫在树林的每一个隙缝，这时候你感觉雪原上正有一片红霞升起。天气时晴时雪，从齐齐哈尔到加格达奇、最后我们来到祖国最北方的边境村庄漠河北极村。登上边防哨所瞭望塔向（前）苏联一方望去，一位妇女从小屋走出，屋后窜出一条顽皮的狗，跟着她，在雪地里撒劲儿地撒欢。“中苏边境没有新闻。”我们亲身体验到极寒是乘坐一夜的林区火车清晨来到大兴安岭西麓的青松林业局走出车站的时候。天空翻卷着细细的雪雾，气温已在零下30摄氏度，虽然不是当地最冷的纪录，但我穿着大皮靴子的脚冻得生疼，罩在身上平时感觉死沉死沉的皮大衣，这个时候感觉好像披着一张纸壳似的，浑身冻得瑟瑟发抖。正是生活和工作在这个苦寒而充满生机的地方的人们，处处感动着我们。这里的林业干部、工人、知识分子，他们同时扮演了一个两极对立的角色，一方面他们是森林的毁灭者，一方面又是森林的守护、保卫者。历经十年动乱所造成的破坏，百废待兴，为了不重蹈小兴安岭资源覆灭的命运，他们该怎么办，中国最大的森林命运何在？我们在大兴安岭盘桓月余，除了林区干部、工人、知识分子，

作者在大兴安岭森林
（林晨摄）

我们还采访了鄂伦春猎人、北极村村民、公社干部，与他们谈森林，谈狩猎，谈保卫边疆，他们是如此热爱这片土地，使我们坚信，一种对自己生活的土地和大森林的爱，最终能够使祖国边陲的大兴安岭青山常在。

80年代的情和事，随着日月交替，每天都在孕育着新鲜事物。1983年《瞭望》杂志在1981年创办试刊两年之后正式改为周刊，这是新中国建立以后创办的第一本新闻周刊。它的《中南海纪事》《特别报道》《第一线报告》《国情与战略》等栏目深受读者喜爱。当时，《瞭望》集中了新华社一大批精英记者，看看编委会成员名单就知道，几乎涵盖了当时新华社所有“大腕”记者的名字。新华社社长穆青亲自担任《瞭望》杂志社社长。每天，编辑部出出进进的，都是总社、分社的“大腕”们，策划选题、谈稿、论稿、改稿，每一个人身上都洋溢着一种刚刚被解放重获新生的气息。我们这些新加入的记者也深受感染，恨不能天天出门采访，倾情投入改革、开放的大潮之中，采写出不辱没于这个时代的新闻作品。我们奋力地工作，也在奋力地建立自己的小家庭。事实上在集体宿舍与岳父母家一间小房之间，是很难有真正属于自己的小家庭可言的，但是我们不断地憧憬，对未来充满希望。妻子怀孕了，我们欣喜若狂，也焦虑满怀。当我们住在岳父母家时，每天清晨，我们两人骑着自行车结伴而行。十公里路程，从安定门北的和平里到宣武门西大街，无论选择哪条路，都是不多不少1个小时。我们通常选择的路线是由安定门大街一路南行，穿过王府井来到长安街，向西经过天安门广场，在西单路口分手。她从辟材胡同转入二龙路到邮电医院上班，我则从长安街转入新文化街（佟麟阁路）从西门进入新华社。这时候，刚好听到长安街电报大楼上午8点的钟声敲响。随着怀孕时间的增加，妻子的焦虑与日俱增。不是因为经济的困窘、没有住房的不安定感、每天上下班的劳累，或工作上的烦心事，毕竟这是一个崭新的时代，什么都是可以期待的。焦虑来自我们本身，来自一个年轻女人对自己能否生出一个好孩子的自信和每一个女人即将成为母亲本能的、欣喜中的恐惧。孩子好吗？我能顺利生产吗？能，一定能！看看巴克。《野性的呼唤》里一条名叫巴克的狗在雪原参加雪橇负重越野比赛，人们嘲笑它的瘦弱，嘲笑它的主人不知趣，居然用一只毫无拉雪橇经验的狗来参加比赛以赢取奖金。比赛的哨声吹响了，巴克用尽全力往前拉，但是雪橇岿然不动。本身就很沉重的雪橇此刻被冻结在雪地上，几次三番，巴克无论怎样拼力拉拽，雪橇依然纹丝不动，周边嘲笑声愈发张狂。巴克从主人的眼睛里看到绝望的目光，但是它没有放弃。它再次四足蹬地，坚挺着，咔嚓一声，雪橇下冻结的冰块崩开一块，跟着雪橇开始松动，不可能的事顷刻发生，巴克拉动了雪橇并在人们的赞叹、欢呼声中畅快地拉着雪橇奔跑起来。傍晚，我陪着妻子散步，给她复述杰克·伦敦小说里的故事，抚慰她的焦虑，鼓励她坚强。杰克·伦敦是叙说生命原始意义的艺术大师，他的作品有一种唤醒人类生存意志的力量，其中短篇小说《热爱生命》对所有需要获得生命鼓舞的人不只是心灵鸡汤，更是绝地反击的冲锋号角。就在她怀孕8个月时，我得到一次出远门采访的机会，又是离别的时候。我所在的文化编辑室（也称文化组）负责人陆拂为认为我们这些新记者每年都有必要走出去，选一个地方，做一段长时间的采访，一则是深入社会，调查研究，一则是锻炼新闻采写才干。他建议我到内蒙古草原采访。他告诉我，60年代曾有一大批知识分子投身到草原，不知他们今天怎么样了，去看看。这个建议使我首先想到美国作家索尔·贝娄的小说《寻找格林先生》，索尔·贝娄讲的是美国20世纪20年代大萧条时期一个救济站工作人员替政府给那些衣食无着的贫民送福利支票，他从始至终都在寻找格林先生，然而格林先生却一直隐而不出，这同我即将到草原深处去寻找当年一腔热血投身到草原蛮荒之地、其间又经历了十年浩劫的一批中国知识分子大相径庭，但不知为什么，我就是会联想到索尔·贝娄的这篇小说。陆佛为是穆青最钟爱的记者之一。他们合写过一系列著名的长篇新闻通讯，如写植棉能手吴吉昌在“文革”中遭到迫害的《为了周总理的嘱托……》，写植树英雄“老坚决”的《一篇没有写完的报道》，1981年1月，“当我们坐在特别法庭的记者席上，采写林彪、江青反革命集团受审的报道时，十年动乱中一幅幅惨不忍睹的场景不时从我们眼前闪过，我们耳边又仿佛响起了千百万受难者的悲吟。几百万字的罪证材料，像一部编年史一样，揭开了这一伙阴谋家是怎样窃取党和

锡林郭勒草原凤凰马场牧民挥舞套马杆挑选自己最喜爱的骏马
（罗更前 2018 年 1 月摄）

国家最高权力的黑幕，记录了一个封建法西斯反革命集团是怎样产生和灭亡的过程……”。这是他和穆青、郭超人合写的《历史的审判》中的一段，今天读来一样能够把你带到中国历史伟大转折的那个历史时刻，让你抚今追昔，不胜唏嘘。关于文化大革命的历史评价，除去官方《关于党内若干历史问题的决议》的政治文献之外，时至今日没有哪篇文章能够像这篇新闻通讯那样全面、深刻、力透纸背地揭示、批判了那个年代，是每一个想了解当代中国苦难辉煌历史的中国人不可不读的文献。事实上陆佛为和他的太太王瑾希以及他们1954那一届的北京大学中文系的许多同学都是那个年代的受害者。陆佛为是“半个聋子”，总是带着一个助听器，他从来不说他的听力受损源于何时何处。奇怪的是听力不佳，但他还特别健谈而且谈锋犀利。他的父亲和鲁迅都是绍兴同乡，同期到日本留学，也是江南文人才子。从他处处带点儿“绍兴师爷”风范的言谈举止可看出深受父辈文人作风的影响。那年春节，《瞭望》没有发放什么福利，他从新华社食堂买了一只鸡带回家，给太太说，这是单位发的。太太大为赞赏，新华社不错啊！第二天他在办公室告诉大家，逗得大家直乐，他却一本正经地补充说，空着手回去，不好意思嘛！大家笑得已是前仰后合了。他的太太王瑾希也是个传奇。1958年被打成右派之后，一直在机关打扫卫生，收入微薄。为了抚养两个孩子，她常年在家糊火柴盒贴补家用。拨乱反正平反右派之后，她重返新闻队伍，80年代中期成为中国新闻社（中新社）总编辑。

从北京出发向西到达内蒙古首府呼和浩特，折头调转，到集宁，从集宁一路北上到二连浩特，以二连浩特为起点，南下东苏尼特旗、阿巴嘎旗，接着东向锡林浩特、西乌珠穆沁旗，我几乎横穿整个锡林郭勒大草原。我开始了我寻找“格林先生”的草原之旅。自然，我不可能在1983年的中国大草原上找到索尔·贝娄笔下那个生活在美国20年代经济大萧条时期领取救济金的格林先生，哪怕是有一点儿类似地方。但是我从结识的、还在过着游牧生活的牧民，从扎根草原的知识分子、留下来在草原生儿育女的上山下乡知识青年、喇嘛、马背上的老师、歌手、乌兰牧骑的舞蹈家和像草原上的百灵鸟随着下课钟声忽地从教室飞出、十分钟后随着钟声忽地又飞回教室的蒙古族儿童身上，我明白了我找到了什么。面对“白灵鸟”飞走后空旷的操场和连接着的辽阔的草原，草原学堂传出的朗朗读书声，我明白了。在中国这片保留蒙古族民族文化传统最完整、民族风情最浓郁、草原形态最典型的大草原上，我找到了在这里生活的人们特有的，从骨子里透出的那股子“帝国的骄傲”。一场大风雪席卷大草原，不知为什么我是那么地思念妻子。一个新的生命在她腹中躁动，仿佛在召唤我。我知道我该回家了。一个月后，1983年的最后一天，我们的女儿出生，高声啼哭着来到人世。我们把她的哭声当作迎接新的一年到来的歌唱，因此给她取的名中有个歌字。今天，三十年前锡林郭勒草原的人和事，情和义，依然历历在目，萦绕心头。我信中说到的老骑兵，我和他邂逅的地方是阿巴嘎旗接待来宾的招待所餐厅——一个陷入黄沙包围的小院。十年动乱给中国留下的创伤处处可见，草原也不例外。农业学大寨，毁林开荒，围海造田，草原畜牧过载，作为一种系统性的生态破坏，文革结束后的中国大地，可谓满目疮痍。从最北端的二连浩特到锡林郭勒的腹地锡林浩特，途径苏尼特、阿巴嘎，一路上看到的是黄沙漫天。阿巴嘎旗(县)委办公的院落基本上就是在一个沙窝窝里，黄沙已漫过墙头将阿巴嘎党政机关团团包围。阿巴嘎旗委的宣传干事苏木荣告诉我，旗委正在选地方搬迁。我到他家做客，旗委机关的家属宿舍也都处在黄沙漫过墙头正向院内房屋侵入的“危难”之中。面对大规模的草原沙化，谁都束手无策，只能是沙进人退。现实就是这么严酷。1980年代初的中国在政治上是拨乱反正，经济上是农村土地承包联产责任制，还有就是中央提出的种草种树和由此掀起的一场国土整治运动。这在政治和经济两个方面给中国带来一派新气象。每一个人都能感受到，一个新的时代开始了。锡林郭勒草原处在中国版图的正北方，沿国境线东西绵延1098公里、总面积20多万平方公里，是丰水草原、荒漠草原的过渡地带，在地理学上将这一草原形态称为干旱草原，也叫典型草原。具体划分是，二连浩特、集宁南北垂直线以西为荒漠草原，锡林郭勒东乌珠穆沁旗以东为丰水草原。守住锡林郭勒草原一线不让草原由西向东沙化，不仅事关牧民的生计和一个民族的兴衰，而且事关中国北方生态的健康。因此，当年国家治理锡林郭勒草原沙化的愿景是，一边将仍在游牧的牧民定居下来，一边为定居的牧民划定草场，一边大力发展风力发电，为现代牧业从建立草场围栏到肉奶等畜牧产品加工再到牧民的日常生活等方方面面提供动力，最终使锡林郭勒这片横亘北京正北方的辽阔大草原重现“天苍苍，野茫茫，风吹草低见牛羊”的景象。确实，锡林郭勒草原不仅畜牧资源丰富，风力资源也是一块巨大的宝藏。1960年代，一批知识分子扎根锡林郭勒草原，不为别的，就是专门研究、开发风力发电，阿巴嘎旗科委的老高就是其中的一员。他带我参观了一个样板户。在阿巴嘎旗小城外的一处草场，一户定居的牧民居住在几间小平房里，屋后是一架风力发电机，看上去不高，很简陋，几只桨叶在一个铁架子上慢慢旋转。远处是通电的铁丝网围起的草场。牧民家中有电灯，甚至还有一台14英寸的黑白电视机。通过参观我弄清楚了风力发电机的原理：风机制造电能，输入到一组蓄电池储存，牧民用蓄电池为电灯、电围栏、电视机供电。设于内蒙古首府呼和浩特的内蒙古电视机厂受命专门为牧区生产适合这种蓄电池的直流电电视机。照今天风力发电的技术水平来看，80年代初的草原风力发电简直就是“闹着玩儿”的水平，但毕竟是起步了，而且体现了国家对少数民族地区社会发展的关怀。这种关怀将保护生态环境和提高牧民生活水平，将保留民族传统文化和传统的生活方式和牧业、牧区现代化高度结合，长此以往，坚持下去，中国北方这片大草原一定能够焕发出异样的光彩。当年羊肉一块多钱一斤，今天二十多元一斤，30年涨了20倍。苏尼特羊从来是优质羊肉的代名词，是锡林郭勒苏尼特草原的牧草和沙葱使它们与众不同，肉质鲜嫩还没有膻味。现今有多少人能吃到真正的苏尼特羊？如果说三十年前羊肉一元多一点一斤的价格是物贱伤牧，那么今天二十多元一斤的价格应能极大地刺激生产，但事实是生态破坏造成的生产成本也在成倍增加，牧民的实际收益可能与三十年前大体相当，一切又回到了起点。20多万平方公里的草原蕴藏着多少绿色能源啊！风力发电在60年代就开始酝酿开发，可是今天怎样呢？2011年一则新闻让人悲伤。近年来锡林郭勒草原最好的丰水牧场地乌珠穆沁草原发现巨量的煤矿资源，政府主导大加开发，而且要建造坑口电站。施工中大卡车往来奔驰，侵犯了牧民的草场，也侵扰了牧民的生产和正常的生活，牧民多次交涉无果，积怨日深，直到一辆卡车将一名牧民撞死，牧民们群起抗争，几乎酿成一场大规模群体事件。本来应该是坚定不移地发展现代牧业和绿色能源的大草原，现在被当成煤炭能源基地在四处破土动工大兴建设，在它的背后则是官商勾结，贪腐事件层出不穷。2012年锒铛入狱的锡林郭勒盟委原书记刘卓志就是典型事例。突然，我想哭。我是一只骆驼，我高昂着头行走在锡林郭勒草原，我想哭，我是一只哭泣的骆驼。成吉思汗的后裔们，虽然骨子里透着一股子天然的“帝国的骄傲”，但面对生态的破坏和官商勾结的胡作非为，他们或许只是“哭泣的骆驼”。三十年之后，我才明白当年我没有寻找到的那个“格林先生”，其实就是“哭泣的骆驼”。

“最亲爱的君：

好！北京的清晨真美好！我们趁孩子熟睡，悄没声地出门，一路穿行在北京的小胡同里。在东总布胡同人民美术出版社的小院里，你送我钻进切诺基吉普车，我目送你骑车离去，六点十分，汽车启动出发，在你，是医院药房每天面向病人派药天天如此的事儿，在我却是踏上一次奇妙的旅程

1987.4.10”

这是一次穿越历史的旅程。1986年国家决定出版一套《中国美术》全集，以图册的形式，上下五千年，分不同的艺术种类，将馆藏的、民间收藏的、田野的，尽收其中。中国美术出版社负责出版当中的若干册石窟寺艺术是其中之一。我有幸受邀随行参加石窟寺艺术甘肃部分的野外拍摄作业。

我们的路线是，出北京，由河北的易县翻越太行山进入山西，从山西的吉县翻越吕梁山过黄河进入陕北延安，继续西行，进入甘肃庆阳；从庆阳翻越关山向南到天水，在天水与另一支队伍会合。其实，我们一行三人的主要任务就是运送摄影器材。一台崭新的切诺基吉普车，刚刚下线，是当年中国改革开放在工业领域最重要成果之一，由美国克莱斯勒汽车公司与北京汽车公司合资生产，这也是有史以来中国第一家中外合资的汽车公司。三人当中，两位是人美的司机师傅。长路漫漫，道路生疏，也只有上路始知黄土高原路之难行，非两人轮流驾驶不可。切诺基轻快地飞驰在千山万壑之间，正是初春时节，中国北方大地万物复苏，处处都能感受到一股清新的气息。越过麦苗返绿的平原，从河北的易县翻越太行山进入三晋大地，径直向西，我们开始从山西吉县翻越吕梁山进入陕北。太行山上苍凉的悬崖峭壁，吕梁山的峰回路转，正不知何时是个尽头的时候，黄河壶口已在脚下，滔滔黄河水，一桥飞跨，已是来到陕北延安。穿越历史的旅程从此开始。来到与陕北接壤的甘肃庆阳，黄土高原典型的地理风貌呈现在我们眼前。一如平原的大地上，麦苗儿青青，中间却是宽沟深壑，这在黄土高原叫塬。塬的尽头拔地而起一座摩天的高山，著名的关山就是它了。关山飞渡，始知黄土高原之博大、峻伟。就这样，我们从庆阳到天水，到兰州，到黄河大峡谷，越过乌梢岭，走河西，次第穿过武威、张掖、酒泉，最后到达敦煌。交通路

线大体上是由东到西，穿越历史却是反方向的。由敦煌的莫高窟石窟，张掖的金塔寺石窟，黄河大峡谷的炳灵寺石窟，庆阳的北石窟，天水的麦积山石窟，武山的拉梢寺石窟，到甘谷的大佛石窟，从两千年前的汉代开始绵延到清代，这些石窟寺将宗教、人文、艺术的历史镂刻在山崖上一个个窟龛之中，记录了佛教随着丝绸之路的开通，由西向东传入中国的历史。追溯艺术的历史则更加源远流长，是一个从古希腊到中国的演变过程。

在敦煌的洞窟，在炳灵寺的洞窟，在麦积山的洞窟，我被一次次震撼，我为古代艺术家丰富的想象力和精湛的艺术技法迷醉。石窟寺之外，我和人民美术出版社《中国美术·甘肃石窟寺艺术》的责任编辑陈履生一道探访了黄河大峡谷的马家窑遗址。陈履生与我同龄，1978年同年考入大学，1985年获得南京美术学院美术史和美术理论研究生学位，如今是中国国家博物馆副馆长。他还是画家、艺术评论家、文物收藏家。多年以后他在自己的家乡江苏扬中开办了一家专门收藏古代油灯的私人博物馆和以自己名字命名的陈履生山水美术馆。油灯博物馆中有大批汉代的藏品。在他的带领下我们深入张掖村庄向老乡搜集汉代墓葬出土的文物，还在老乡指引下来到刚刚被挖开的汉墓现场。看着满地被敲碎的蓝色釉面的瓷片，想象着这些被毁损之前的瓷器精美的样子，不由得让人心痛。戈壁上汉墓众多，多到老乡都不以为意，干农活时看到异样的土包，随手就是几锄头，金银玉石才是他们认为值钱的东西。我们还跟随甘肃省考古研究所所长岳邦湖来到秦安县大地湾古人类文化遗址，该遗址的发现和发掘是新中国成立甘肃最重大的考古成果之一。我们实地参观的时候，遗址刚刚清理完毕，还没有对外开放。就这样，我们的穿越历史之旅，不止于石窟寺的宗教、艺术的历史，还上溯到大地湾、马家窑遗址所展示出的远古和上古新石器时代中国先民的历史。我们参观甘肃省考古研究所，看到仓库里堆积着上万件出土文物。这些文物于无声处，在在叙说着中国西北高原种种不老故事。月明星稀，玉树凌风，麦积山石窟的夜晚处处飘逸着一种清甜而神秘的气息。麦积山地处甘肃南部和横断中国南北的秦岭北麓山下。白天游人如织，一些洞窟的拍摄只能在夜晚进行。作业小憩之时，人民美术出版社的摄影师小陆问我，你今年多大？我说，刚过31岁。小陆说他今年正好30岁，接着来了一句，人到30岁真好！20多年过去了，我一直在体味他这句话的含义。是啊，人到30岁真好！80年代对我们一代人来说，全程经历了十年动乱，赶上改革开放，上了大学，丢失的青春还能弥补回来。30岁在生理上又正是有劲使不完的时候。谈婚论嫁，成家立业，生儿育女，差不多都在这个时候完成。但这些还不是最重要的，最重要的是，你处在一个伟大的时代，一个需要英雄而且能够造就英雄的时代，而你却还年轻。尽管大多数人够不上成为那种古典意义上的英雄，但是时代能够给你机会做你想做的人，做你自己认为的英雄，做你家人心目中的英雄，这已经足够。人到30岁真好！无论20世纪80年代，还是21世纪的今天。从那时算起，30年过去了，改革开放使中国社会发生翻天覆地的变化，也触发了种种尖锐的社会矛盾，公平、正义、贫富差别，使今天刚刚踏入30岁人生的许多人备感挫折、无奈，甚而至于愤怒，但是相信我，做一次穿越历史的旅行，你会发现，放在历史的长河里，于今的时代是中国两千年最好的历史时期，它仍然满怀热情地期待你去发现自己，去选择，去行动，去做自己想做的人，去做自己以及你的家人的英雄。

再一次分别的时刻到来了，1988年我离开新华社，“下海”了。我来到了河南郑州，在一家国际贸易集团的下属公司任职。这要感谢我的同学方风雷，他给我提供了一个投身时代大潮的机会。两年时间里，我学习经商、理财，更多的是学习社会，学习接人待事，无可避免地，也目睹了那个年代最后发生的许多事件。多年来，总有朋友，包括家人问我，你后悔吗？1984年新华社第一个将我从80年代入社的大学生中提拔为副处级干部，担任《瞭望》周刊值班室（总编室）副主任，那一年我28岁，政治上不仅被评选为中直机关优秀党员，在中南海受到总书记的集体接见，还被推选为十二大党代会代表人选。与副处待遇同时而来的是先于同龄人分配到一套一居一室的住房。谁都说，好小子，前程似锦啊！可是突然说要“下海”，还说走就走了。当年在新华社真有那么点儿“一石激起千重浪”的意思。说我是自我炒作，当年还没有这个概念，连这个词都没有，况且谁会拿自己的政治前途开玩笑。说我是一时冲动，也不是。这一点可以用多年以后对自己的选择绝无悔意加以证实。后悔是对选择的否定，可是，二十多年过去了，我无怨无悔。那是什么促使我做出这个决定的呢？我也在问自己。作为改革开放恢复高考的第一批大学生，我们所接受的教育，一方面是苏联式高等教育模式下传授的文化知识，其中还有不少文革遗留下来的思想残余，一方面是随着国门打开大量涌入的西方知识和思想，孰轻孰重，各取所需，全看学生自己的选择了。中山大学为同学们提供了最好的图书资料服务。早在1978年入学不久，弗洛伊德的《梦的解析》、萨特的《存在与虚无》、弗洛姆的《逃避自由》等港版图书开始流入校园，成为文科学生们追捧的读物。这一时期，马克思的异化理论也是学生热议的话题。萨特的存在主义宣扬，人有绝对的自由。自由选择行动，并为选择的结果负责，是使人在本质上由自在状态转化为自为状态的必由之路，自为状态下人的存在才是有意义的。因为自在先于本质，在你没有选择行动之前，你作为人的本质什么都不是。自由选择，选择行动，成为存在主义的一面大旗。作为弗洛伊德之后的精神分析专家、心理学家和哲学家，弗洛姆的“逃避自由”则是从精神分析和心理体验的角度指出，人类有充分的自由做出选择，但面对选择人类无可避免地会陷入一种“生存的两歧”境地，生与死之间、无限的想象和有限的生命之间、生而孤独与结群或同流合污之间，都是人类面对的两难选择，因此人类更愿意“逃避自由”，退回到听天由命的位置，哪怕逃避自由的代价是蒙受精神和心理的损伤。他认为，无论是个人、团体、社会都一无例外受到异化力量的支配，异化使得人类所创造的事物成为反过来压迫人类自己的力量。为了消除异化，为了不再回避自由，为了人的精神健康，他呼吁改造社会，建立一个他心目中的健全的社会。在这个社会里，人道主义是第一位的。大爱、理性、责任、自由的选择，成为人道主义心理体验的一个过程，这个过程也是一个人“成为自己，为着自己”，在本质意义上成为人的过程。

20多年过去了，且不论“选择行动”的结果怎样，但是他让我十分怀念那个时代所给予年轻人的思想氛围和“选择行动”的环境。确实，那是一个思想的年代，是行动和行动能够给你带来一种做人的满足的年代，是个了不起的年代！在过去的30年里我也充分体验到弗洛姆那句醒世名言的真谛："生命的意义不是结果而是生命的过程。"

"……忽然，天阴沉下来，是那么迅速，顷刻间世界变得黑沉沉的。我眺望远方。渐渐地，我感到风起半天中，带着啸声，像一种呐喊声从远方传来。只一会，雨随风至，雨到声到。整个空间顿然充满了轰响，充满了雨柱。整个城市隐去了，只有朦胧的轮廓……"这是十年当中给妻子最后一封信中的一段。郑州所处皇天中土之地，四季最是分明，初夏风雨交加之日，有着一种难以名状的朦胧美。到了告别的时候了。

别了，1980年代！

森　林

最亲爱的君：

好！我知道，新婚别意味什么。当我登上火车看到你哀怨的目光时，我能感到八年热恋的苦楚在你心作痛——多少次我们在车站分手：列车载着我，在你的目光中远去。探出车窗，我向你投去最后的一瞥，在你消失在站台尽头的刹那。我们憧憬着有一天不再分离。可是，又分离了。当列车在夜幕里驶出山海关，清晨，目睹一轮殷红的太阳从辽阔的黑土地冉冉升起，这时候，八年苦恋那一切一切美好的回忆全都浮现在我的眼前。也许爱就是这样，离别的痛苦更眷恋相濡以沫的温馨。让我们继续憧憬。我很快就会回来。

现在让我来说说哈尔滨。站在凛冽而清新的空气里，环顾四围，破旧的街道，遍布着宽阔厚重的俄式建筑。然而，男男女女，一个个，脸蛋红扑扑的，身穿呢子大衣，脚蹬靴子，却喜气洋洋。数十年前俄国人创办的秋林百货公司，依然巍峨，在经过十年浩劫后，商品依然琳琅满目。入夜，小贩在街头拐角自制煤石灯照耀下，吆喝着不知从哪贩来的冻得冰凉的水果。松花江清冽的江水和冰清的天空，太阳岛萧瑟的树木和远方一望无际的平野，这一切，真正是北方的风情。北方的风光。

我们采访的线路大约是哈尔滨以西一线，最后到达大兴安岭。出发前准备的皮大衣暂时用不上，但是11月的哈尔滨已经够冷的了。对了，告诉你两件新鲜事：这儿下午四点四十分天就黑定了。大中午太阳已是落日样斜挂天空。今天是礼拜天，我们也到教堂做了个“礼拜”，算是考察吧。牧师大谈精神文明，牧师说：“耶稣不是为了审判世界，而是为了拯救世界降临人世的。你们要学习我主耶稣，

1959 年，黑龙江大庆油田工人欢呼第一口油井试喷成功(文化传播 /FOTOE)

阿门!”

1982.10.31

最亲爱的君：

好！你想象不出我在什么地方给你写信。想象一下：一望无际的大草原，在草原的腹地有一高耸入云的井架。在井架不远处，有一个列车厢式野营房组成的营地，我就在这儿给你写信，寄自黑龙江的第二封信。

我们是前天到达大庆的。昨天跑了采油厂和石化厂，而后来到距大庆一百公里的钻井前线，1205钻井队。我们这代人小时候听得最多的英雄故事就发生在这个钻井队。1960年大庆石油会战，王进喜率领1205钻井队打下了大庆第一口喷井。从那以后，每年五千万吨石油原油注入全中国，注入全中国的各行各业。无论当时还是现在，这都是惊天动地的事。大庆几天的见闻，我不得不说，大庆是个给人激情的地方。荒凉的大草原，皓月当空，井架灯火点点，寒风呼嚎。钻机的轰响非但没有打破草原的寂静，反而使无限辽阔的天地更其静谧。多么粗犷、雄浑而又温柔！一如那一个个钻井工人，健壮，满身污泥，一副铁骨铮铮的样儿。我到大庆听到最多的是“铁”这个字眼。石油与钢铁结下不解之缘。现在我明白了。因为在这场人与大自然的搏斗中，只有钢铁才能深深地钻入地底，所以人们以钢铁的属性来形容那些意志坚强者。工人们亲切地称呼王进喜“老铁”，既是钦佩，亦说明，只有钢铁一般意志和体格的人，才干得起钻井这活计。

对了，忘记给你介绍大庆的地理位置。大庆处于松嫩平原腹地，在哈尔滨以西两百公里处，正处在哈尔滨和齐齐哈尔铁路线上。大庆的区域长一百多公里，宽六十公里，总面积两千多平方公里。这么说来，你就不会惊奇为何我所在的钻井地点距大庆一百多公里了。

想我吗？钻井工人编了一首反映他们两地分居生活的歌谣：“好女不嫁勘探郎，长年累月守空房，有朝一日人归来，抱得一身破衣裳。”有意思吧。没准我回来，你也是“抱得一身破衣裳”。

1982.11.5

最亲爱的君：

好！我在齐齐哈尔——冰城给你写信。此刻，轻柔的雪花在天空飘舞，不算稠密，有点像北京春日的飞絮。我们前天到达齐齐哈尔。从北京到哈尔滨到大庆到齐齐哈尔，马不停蹄，这会儿有点累了。

齐齐哈尔是个破旧的城市，没啥特点。反而是那些大工厂所在地建筑规划得井然有序。齐齐哈尔车辆厂，富拉基尔重型机器厂，这些都是中国同类型企业中最大的工厂了。富拉基尔重型机器厂更是“国宝”：它拥有一万两千五百吨水压机，看上去，简直是顶天立地的庞然大物。它能把巨型的钢铁轻松地挤压锻造成型。其高其大其雄伟，可想而知，当年，中国工人阶级能制造出这么伟大的机器，被称作是毛泽东思想的伟大胜利。可惜，时代不同了，这机器大多时闲置着。国家要求“军转民”，军工产品订单也少了。不过，在有如飞机跑道一般长的车间里，我看到刚刚为海军生产出的巨型岸炮，一溜排放着，甚是壮观。

大兴安岭漠河村6少年（林晨1982年11月摄）

齐齐哈尔比哈尔滨更北方气。吃饭，粗瓷大碗，喝酒，烈性高粱酒，穿衣戴帽，厚重而结实。昏暗的街灯映照着漫天飞舞的小雪花，夜色晦暗。然而，就在这同样的天空下，在几十里以外的地方，在那广袤连野的芦苇丛里，却生活着美丽的丹顶鹤。这可是国宝。齐齐哈尔扎龙自然保护区被称为丹顶鹤的故乡。急着赶路，我们是无缘观赏丹顶鹤翩翩起舞了。

1982.11.14

最亲爱的君：

好！我在中国最北端的漠河县给你写信。别误会，漠河县还不是称作北极村的地方。漠河县是从加格达奇起始的林区铁路的最后一站，是大兴安岭林区的一个林业局所在地。著名的北极村远在黑龙江边，叫漠河屯，那才是中国的最北端。冬至这天，夜如白昼，全中国九百六十万平方公里的疆域，能一睹“白夜”奇观的，独此一处。还有精彩的，是它与苏联隔黑龙江相望。中苏敌对，不是一年两年了。中苏边境安宁吗，这反而是我最想知道的。

我们是昨天离加格达奇乘坐十五个小时火车到达漠河的。加格达奇作为大兴安岭南坡，气温已在零下十五摄氏度，北坡的漠河就更冷了。据说夜里气温能到零下三十摄氏度。我感觉还不是十分冷，至今没穿棉裤，可能与这儿无风有关，冷空气直呛嗓子，却感觉不到一丝儿风，如果把北京的风加到这里的气温上，就是另一番景象了。大兴安岭并无巍峨的山峰，连绵千里的山岭，仅黑龙江省境内的一片，面积就达七万多平方公里，相当于一个浙江省，或两个比利时，剩下的在内蒙古，呈东北西南走向，北坡林木旺盛，树种主要是落叶松：一种入冬落叶，在白雪衬托下显得黑乎乎、光秃秃的松树。从加格达奇至漠河沿途看去，皑皑白雪，黑压压的森林，有着一种说不出的悲怆。千年万年，它们在这苦寒的环境生生不息，用一种单调的色彩和粗疏的线条，塑造出一种绝无仅有的原始的美。让我在祖国最北端表达我对你无限的爱。

1982.11.19

亲爱的君：

好！中苏边境没有新闻。

今天下午三时许，我们登上了中苏边界线我方瞭望塔，透过高倍望运境，穿过冰封的黑龙江上茫茫的雪霭，向苏联境内瞭望。瞭望所及，乃苏方的一个林场和边防连队的营地。执勤的苏军士兵挎着AK-47步枪在营房门口无聊地溜达着。冰冻的黑龙江上，两个苏联人在凿冰钓鱼，时有车辆驶过江沿道路。

忽然，一个冰雪覆盖的小庭院——全部用木板搭建的别致的小

大兴安岭漠河镇（林晨 1982 年 11 月摄）

大兴安岭漠河村中苏边境边防哨所（林晨 1982 年 11 月摄）

屋，环以木头栅栏——走出一位年轻的妇女，手提一黑包，匆匆向东走去。我相信这是一位漂亮的俄罗斯妇女，高而苗条的身材，着一件齐小腿的黑呢大衣，一双高筒皮靴踩在雪地上，听起来吱吱作响，而且，身后不知从哪儿蹿出三条嬉皮的狗，尾随其后，哄来攘去，簇拥着它们可爱的人儿。

黑龙江不足三百米宽，以江心为国界，多少年来中苏隔江对峙。此时看上去了无冲突的迹象，相反有一种浅淡的宁静。边界双方的人们平静地为衣食住行忙碌着，生活着。据向边民和边防军人了解，近些时双方颇有礼貌，江心两相交错，船上百姓会彼此招手致意，士兵巡逻相遇，再不像过去仇眼相视，而且边民对中苏和解呼声甚高。

今日，好大的雪。从县政府所在地到漠河村，相距七十五公里。一路上，雪雾迷茫，寒气逼人。然森林连野，严寒下傲然挺立，却是无比动人。

1982.11.21

最亲爱的君：

好！我在大兴安岭塔河十八站给你写信。十八站的来由得从光绪年间说起。话说当年，漠河老沟发现金矿，量之大之纯，轰动朝廷。曾有人掘到十几斤一块的金块奉献给慈禧，慈禧大悦，取老沟名为胭脂沟，并派官人定期前往取金。于是从黑河始，建驿站二十五，每一站四十里。凡二十五站均由鄂伦春人向导定点，十八站即为此中一站，如今也是鄂伦春人的聚居地，距塔河县六十公里，处在大兴安岭呼玛县与塔河县之间。

我们是六天前离开塔河的，其间跑了三个林业局，也是目前中国最大的三个林业局。这使我们有机会饱览大兴安岭寒冬的自然风光，亦体验了林区生活的苦寒和艰辛。

真难以向你描绘皑皑雪地上优雅的白桦树林和樟松林——大兴安岭唯一挂绿的树木，而最多的是落叶松林——多么忧郁而倔强的树木啊！偏偏选定大兴安岭这严寒的地方作为自己的栖身地。当然，这里指的是幼壮林，老林子是另一番景象。冬天里整个是一幅破败的图景，枝干佝偻着，歪斜着，再倔强也掩不住那老朽的气息。我不得不承认，我最喜爱的是樟松，向阳而立仪态端庄。白桦林最是优美俏丽，却有一个不成材的名声。大兴安岭有言道：白桦不扒皮，三年烂成泥。意为白桦生时已是贱材，倒后亦不足为用。以前只从俄罗斯风景画上见过白桦树，而今身临其境，不得不感叹它那无以名状的美：夕阳西下，一抹红霞晕染在树梢，洁白的树干，洁白的雪，密密匝匝，融为一团，仿若飘浮在山岭上的一片镶着金边的雾霭，悄无声息。

让我回头记叙十八站的鄂伦春人。今天上午我们乘车由塔河来到十八站，随即下到鄂伦春人的一个村庄。一色的原木塔建的小屋，简洁而优雅。这里的鄂伦春人是一九五二年定居的，之前他们过着游猎的生活。鄂伦春人可不像一些文章描写的那么神奇，容貌与蒙古族相仿，个头矮小，一点不彪悍。陪我们挨家访问的是生产队书记，一个眼睛呈褐色的五十五岁的老人。于今鄂伦春人的生活已经汉化了。但是，作为一个民族的性格特征：耿直，耐劳，诚实，相敬如亲，依然保持着。唯一的恶习是酗酒。这是汉人教给鄂伦春人的，而今已是鄂伦春人的灾难。仅以十八站为例，一九五三年定居时，人口有三万余，三十年过去，人口竟少于此数，也就是人口自然增长率低于死亡

雪地中的鄂伦春人 (孙中国 /FOTOE)

率，而死亡多为非正常死亡，其中又以酗酒为最。据悉，我们走访的这个鄂伦春人生产队，三十年来死于酗酒者达三十多人，死亡方式多种多样，均属酒后，或斗殴，或自杀，或溺毙，或冻死，或暴亡。最近的一个故事是，一个鄂伦春小伙酗酒后，骑着马端着枪，朝着公社办公的房屋猛轰。我们走访了一户最穷的人家。老两口没有儿女，没有房屋，住在鄂伦春传统的帐篷里，褴褛的衣裳，佝偻的身形，帐篷里没有一件不是破烂的东西。陪我们去的鄂伦春老人感叹道，这家伙是出色的猎手，穷就穷在酗酒上。去年他猎得一头梅花鹿，有六个叉的大鹿角，他居然换了六瓶酒拉倒。看着他迷惘的黄眼睛，怎么也想象不出他就是森林里的精灵，鄂伦春猎人。

因为酗酒，鄂伦春姑娘都愿与汉人结婚。走访了几户鄂汉通婚的人家，确实比鄂伦春人富裕。告诉你一个秘密：进到鄂伦春人家的汉族小伙子都是“盲流”，而且大多是地、富、反、坏、右子弟。文革期间，与其在家等死，不如“盲流”进山，入赘鄂伦春人家。放心，我不会入赘鄂伦春人家，相反，大兴安岭盘垣数日，我该出山了。过不了多久，我就回到你身边。

1982.11.29

草 原

最亲爱的君：

好！一切顺利。塞外比我预料的好。或说呼和浩特比我想象的要美丽。当黎明初起，列车行驶在一马平川时，一条小河和我结伴而行，北方，一带青山，雄阔地耸立在淡淡的雾霭之中，褐色的土地，一溜、一行、一片夹杂着金黄色叶片儿的树林，和蕴染着些微霞彩的明净的天空，我真不敢相信，这就是塞外的风光——到处漾溢着清凉如水的秋意，高远的天空，云雀在歌唱。后来我才知道，那雄阔的大山——像大海中隆起的一道带状的岛屿，就是阴山山麓的大青山山脉，那宁静的土地，就是有名的土默川平原，而那河流，大黑河是也！古称“阴山黑水”就是这个地方。“敕勒川，阴山下……天苍苍，野茫茫，风吹草低见牛羊。”不身临其境，体会不了，塞外这种优美而别致的风韵。呼和浩特，蒙古语意为绿色的城市，故有青城之称。以前我常把它与荒漠或戈壁联系在一块儿，今天一踏入这座古老的塞外都城，迎面而来的却是满目的苍翠和似锦的鲜花。就其绿化而言，比北京都好。看那枝条低垂的杨柳，已开始挂黄的修长的白杨和松柏，夹持拱托着干净的街道。满街的花坛，时值深秋还盛开着大力菊、一品红、金鱼花等，加之秋风正爽，这里一片儿黄叶，那儿几片红叶，随风飘落，在阳光照射下，金光闪烁，把它身后浓郁的绿荫点染得色彩斑澜。我从未想到在祖国的大北方，还有这样一个美丽的城市和如此动人的秋天的图景。

今天来得也巧，正赶上一场马球比赛：内蒙古乙队对巴基斯坦航空公司队。骏马驰骋，骑手骄健，打得难舍难分，要把人和马的动作协调到不偏不倚击中那小小的球且准确地朝目标飞去，一刹那间，人和马完美地融为一体，充满着迷人的韵律，这是其他运动无可比拟的。据说呼和浩特赛马场是世界最大的三个之一，围着跑一圈是两公里。最后客队以6 ：3胜主队。巴基斯坦是马球强国。

这次出行最让我依依不舍，无他，因为你身上怀着我们的小宝宝。一想到两个月后她就要诞生，我就心花怒放。我就要当爸爸了!

就让这美好甜蜜的感觉一路伴着我，开始这草原之行吧。

1983.10.13

最亲爱的君：

好！呼和浩特连日晴天，虽已是深秋，却不十分冷，穿一件毛衣足够。

我住在呼市新城宾馆，伙食一天一元五角，每天还可洗个澡，虽然那浴池十分简陋，像大食堂洗菜的池子。须知，新城宾馆是过去专门为接待国家党政领导人建设的，建筑不雄伟却十分宽敞，事实上就是个大型别墅。置身其中，你会被那些蜿蜒曲折的走廊迷惑，正当不知去向时，它最终会把你引到一个室内游泳池。

这几天我查阅了一些有关内蒙古风土人情的资料，我发现，在我下一步旅程中，将有很多新鲜的事物在等待着我。大草原，湖泊，古迹，新石器时代的人类文化遗迹，古战场，风景名胜，等等。

今天上午就有一段奇异的旅程。我借了一辆自行车专程去拜谒昭君坟。相传，时到深秋，遍草皆黄，唯昭君坟独青，故称青冢。我恰好深秋在此，岂能不亲睹这奇异之景。于是，我不顾路途遥远，上大道，过黑河，疾行二十余里。可路不熟，边走边问，怎么还不到呢?突然，一个六角亭闪现在公路尽头的半天当中。一路榆杨，一路金色，及至跟前，柳荫杨蔽，昭君坟——一个大土包掩映其间。登青冢远望，一览土默川平原，大青山由西向东，横亘南北，几许青烟，遍野秋色，登时心间有说不出的慨叹："叹衮衮英雄谁在?"也只有在这时候，我才发现，人们平口说出的"中国"两个字，意义之深远。因为展现在我眼前的一马平川，赫赫阴山，仅仅以它自然的风貌已摄人心魄，更何况它记载着中华民族最动人最精彩的历史片段。一时间，我仿佛看到匈奴战马奔腾，狼烟滚滚，接着，契丹人，鲜卑人，蒙古人，满人，或立马横刀，或商旅往来，或牧马放羊，纷纷登台。是的，这是个舞台，是中国北方各民族崛起、衰落、融合、发展的大舞台。这里才是中国真正的北方！

转过脸来，我想看看，昭君坟是否真的草色青青。结果我惊喜地发现，坟之青草不仅青而且绿，几丛牵牛花还在迎风怒放呢！历代文人都把昭君出塞描写得凄凄惨惨，事实上怎样姑且不论，但我相信，昭君出塞来到此阴山之下、平野之畴，定也有我刚才的心境。

好了，不能再多写了。我为即将进入真正的大草原而激动。下一站是二连浩特。

问我们即将出世的孩子好！

1983.10.14

最亲爱的君：

好！我在二连浩特给你写信。你可能想知道中国版图正北方边境线上这个小城的风貌。那我告诉你，这是一个一条街的小城，从东到西不到一千米，三千米以外，大草原——非广袤二字不能形容的大草原，隐然可见另一个小城镇，以一幢尖顶的房屋为标志，带点异国情调，那是蒙古国的扎门乌德镇。我是昨天夜晚到达二连浩特的，出车站后，漆黑一片，只有摸索着朝民居透出的点儿亮的灯光走去，不时问自己，这会是个什么地方。天亮

1955 年 12 月，集二线铁路建成通车，锡林郭勒盟苏尼特左旗牧民，喜看火车通过草原的新风光（新华社著名摄影记者，曾任《瞭望》摄影编辑室负责人袁苓 /FOTOE)

了，一看，呵哈，一个多么小巧玲珑的城市！建筑都是六十年代那种灰砖灰瓦低矮平整的样式，它的特色在于与草原融为一体。草原的沙土漫街都是。人口不多，街上行人寥寥，中午日头暖洋洋的，想起晚上，大草原寒风劲吹，不只是人，整个小城都在瑟瑟发抖。

与二连相比，我更为昨天一天集二线上的经历所感动。北京至莫斯科的国际列车从北京开出进入内蒙古，有个枢纽站，向西到呼和浩特，向北到二连浩特，它就是集宁。集二线指的就是集宁到二连浩特一段铁路线。而且重要的是，以集宁为界，从南到北绵延中国几千里的农区风光到此结束，戈壁大草原从此开始。当然，事实不尽如此。从集宁出发，列车载着我，差不多走了六个小时。开始也能见到农区风光，只是怀疑，在这么贫脊的土地上靠耕种能生存吗？接着是荒无人烟的戈壁滩。当太阳西斜时，真正的大草原像突然铺开般展现在你眼前，一望无际。渐远渐近，几个黑点嵌在草原上，哦，是静静吃草的马儿，是一群羊在缓缓地移动。进入真正的大草原的时候，并不是草原本身告诉你这就是大草原，而是一群形如野生的骆驼，被火车惊动，踏蹄奔跑，扬起一溜烟尘——告诉你，这就是大草原——在一片只有阳光在波动的永远的沉静中，不时地被草丛中腾起的一只小鸟、一只潜行的狼、慢步移动的羊群、几乘快马、雷电、风暴所惊动，但它不会愠怒，待一切都过去了，它又重归于沉静。确实，车上车下，农民，牧民，铁路工人，草原落日草原暮色，草原之夜，等等，叫人难以忘怀。当西边草原只剩下最后一抹红霞而东方草原已消融在最初的夜色里时，草原上一乘快骑迎面奔来，那景象，不知透着多少朦胧迷离的美！至于怎样描述日落之际的大草原，我反复思索，终于发现，最准确的描述也是最简单的描述。因为真正的大草原只有一根线条，夕阳沉入草原的时候，草原多了一条弧线，因此草原日落的景象用两根线条就准确完美地描述出来了：一根横线上加一根半圆的弧线。

我在二连浩特主要采访有关蒙古当局驱赶我旅蒙华侨的经过。从四月到十一月止，有两千多人被驱赶经二连回到内地。究竟什么原因不详。可能与经济有关。旅蒙华侨大多是河北人，主要集中居住在乌兰巴托，做点买卖，都有点手艺。蒙古不产粮食，靠牲畜同苏联交换食品和工业品。近年蒙古经济不景，苏联老大哥农业也连年歉收，驱赶华侨，既可以减少吃饭的人，又可以把生意夺回来。印尼、越南都曾驱赶过华人。

现在是晚上九点三十分，我得打住了，十点我将和二连外事处的朋友去车站，看看从莫斯科开来的国际列车怎样在二连这个虽不起眼，却是中国陆路最大的国门通过。想你！

1983.10.16

最亲爱的君：

好！我在苏尼特左旗——二连浩特东南五百里的一个草原小镇给你写信。我今天上午到达这里。我在二连浩特滞留了整整两天，主要是交通不便所至，给我急的。滞留期间，反倒有幸探访了二连浩特的恐龙之墓——世界上恐龙化石最丰富的地方之一。还捡到几块恐龙化石哩！顺道，又去边防连队探访。平生第一次跃马驰骋。就当时的情形而言，虽只“驰骋”区区几百米，在我却是异常激动人心的经历。那黝黑脸膛的蒙古族战士还说我绝对不像第一次骑马的人。眼下，苏尼特草原，这个广袤而起伏的荒漠大草原，等待着我的又会是什么呢？牧羊人，肥尾羊，白骆驼，还有，风沙的侵蚀，草原的退化......

1981 年，内蒙古阿巴嘎纳尔，宰羊（曾湘敏 /FOTOE）

先说苏尼特的肥尾羊。其味之鲜之美，无与伦比。北京东来顺涮羊肉之所以有名，全在于选用苏尼特肥尾羊。在招待所的餐厅里，我

遇上一位草原老骑兵——他曾率他的骑兵连在苏尼特草原征战，如今旧地重游。他自豪地说，蒙古骑兵是人民解放军最精锐的部队。他讲完一段草原骑战故事后，一把从餐桌上盛满大块羊肉的盆里操起一块雪白的肥尾，用刀大大削下一片，递到我面前，一边命令道，年轻人吃了它！他说，当年在草原征战，有的战士只吃瘦肉，不吃羊尾肥肉，结果几天拉不出屎，这时就要逼着他们吃羊尾肥肉，一吃就好。其实羊尾非常美味。看着那白花花的羊尾，简直就是一块肥油！我鼓足勇气，大咬一口，嗬，好吃！那种细腻、香甜，简直无以形容。

1983.10.20

最亲爱的君：

好！我在阿巴嘎给你写信。就在几分钟前，我点燃了一只火炉。真不容易。事实上炉子再好点不过。以干牛粪引火，续上煤，不一会准保炉火熊熊。可在苏尼特我却失败两次。因为牧区火炉的炉膛特大。点燃旧报纸，放进一点牛粪做火引子，燃起后再添煤。错了，这是烧柴火炉子的方法。烧粪火炉子的办法是点燃报纸随即勇敢地放很多牛粪，紧跟着加煤，然后坐上水壶了事。草原客栈的小屋，最大的摆设就是那只大肚子炉灶和一簸箕牛粪，一簸箕煤。在寒意迫人的大草原，进入冰凉的房间，自己亲自动手点燃粪火炉子，一会儿，小屋里，其暖融融，其乐也融融。

在苏尼特北部牧民达西玛家的采访对我是一次奇异的经历。那是草原上的一个皓月当空的夜晚。睡在蒙古包里，我久久不能入眠。想到的事太多太多了。月光从蒙古包的塔诺（天窗）泻进来，可以看到一块不大的天空。夜是那么静谧，几声狗吠，沙啦沙啦的，是骆驼吃草发出的声响，使我恍如来到一个梦幻的世界。而达西玛，一位蒙古族劳动妇女，招呼我们客人一一睡下，最后吹灭油灯，解下腰带，脱去蒙古袍，平静地睡卧在我们身旁。不知为什么，她的形象，事迹，怎么也不能从脑海里抹去。她使我在这草原之夜的蒙古包里，反复赞叹：达西玛，达西玛。这个名字本身就很有音乐感和富有诗意。说起

白骆驼为锡林郭勒草原所独有。图为前去参加比赛的骆驼骑手（罗更前 2018 年 1 月摄）

来，她的事迹极平凡，可身临大草原，其情其境，看上去却极之伟大。黑瘦的脸，大眼睛，刀刻一样的皱纹，满是草原大风雪和骄阳留下的印迹。她出生在逐水草而牧的勒勒车上。她的三个孩子也是出生在放牧的路上：一个在勒勒车（草原上牛拉的木头轮子车）上，两个在骆驼背上。一个月前，她的丈夫在与特务搏斗时壮烈牺牲。这又是一个故事。一个逃亡到蒙古的中国人被派遣潜入国境，就在他单骑策马向南奔驰的时候，被达西玛的丈夫发现。须知，苏尼特草原毗邻蒙古，牧民不仅仅是牧马放羊，还担负着戍边的重任。达西玛的丈夫见来人可疑，上前盘问，来人穷凶极恶，竟拔枪射击，达西玛的丈夫腹部中弹。这位中年牧人真正是大气凛然。他吩咐身边的年轻牧人赶快回浩特（牧民聚居的村落）通知大伙，自个儿独自追踪敌人。

于是，茫茫草原上演出壮烈的一幕：前面是一个慌不择路，落荒而逃的凶手，后面是一位流血负伤的牧人，伏在马背上，不远不近地，跟在敌手身后。前者形同猎物，后者俨然是一只狼。这只狼不紧不慢地，与猎物保持着一段距离，但永远跟在猎物身后。这是意志、毅力的比赛。就这样，辽无际涯的大草原上，两个黑点，一前一后，一会儿疾驰，一会迤行。时间好像凝固了，唯牧人的鲜血在流淌。几个小时过去，凶犯的马饥渴交加，不再前行。决胜的时刻到了。凶犯握枪，严阵以待。然而，聪明的牧人却并不靠近，选定在一百米的地方停下，不慌不忙地伏在地上，端起了枪——

敌人知道，他永远走不出这片大草原了。他除了哭泣，唯有躲在马后，利用马儿做掩体，让牧人奈他不何，企图等到牧人流尽最后一滴血，他成为赢家。他太低估草原牧民了，更何况是达西玛的丈夫，巴特尔，苏尼特草原最著名的神枪手。一声枪响，划破草原静寂的天空，子弹不偏不倚，擦着当作掩体的马匹的肚腹，射入藏在马后仅仅露出下体的敌人阴部。这回轮到这可恶的家伙躺在荒漠的草原上，哭泣着，陪同英雄的牧人流着鲜血，看着草原夕阳西下……等到救援的牧民找到达西玛的丈夫巴特尔时，敌人已经咽气，巴特尔一息尚存。达西玛和牧民们赶忙送巴特尔上医院，无奈，茫茫大草原太辽阔了，三个小时后，巴特尔被送到医院，经过一番抢救，终因失血太多，巴特尔英勇牺牲。达西玛默默擦干眼泪，把丈夫掩埋在草原的一个高坡上，又回到马背上。这就是草原牧民。在恶劣的环境顽强生存的同时还履行着自己的职责。看着达西玛披着一身月光伫立在草原之夜如一尊雕塑的形象，我想到了，因交通不便未能如愿看到白骆驼——整个蒙古草原只有苏尼特草原出产白骆驼。达西玛不就是白骆驼的化身吗？在广袤荒漠的千里草原上，她像白骆驼那样高昂着头，不屈不挠地向前走去……

从苏尼特到阿巴嘎，是我第一次乘坐草原客车。草原上的那种天然公路，把一车人颠得七上八下，更有车内一阵阵爆起的灰尘，呛得人喘不上气，也只有从这种灰尘里，你才能体会什么是荒漠草原。今天就写到这里。

1983.10.24

最亲爱的君：

好！今天是25日，我还在阿巴嘎。交通太不方便了。想到蒙古包采访，没车动不了，只有干等。不是没想到骑马下去，一则旗政府压根就没马，一则那些散落在草原上的蒙古包距离动辄就是上百里，骑马也不是一天能到达的。

昨夜，草原降雪。清晨起来，一片白色。干燥而且暴土飞扬的空气，顿时湿润了，仿佛孩子一阵嚎哭之后，脸上挂着泪珠睡着了。看着这孩子，每个人不由得蹑手蹑脚。

阿巴嘎采访的收获是找到一个多年为草原建设呕心沥血的知识分子群。他们最早的五十年代就来到草原，课题一是阻止草原退化，一是开发风力发电。因为中间有个文化大革命，成果不大。近两年风力发电有较大进展。工程师老高带我参观了一个样板。那是旗（县）政府附近一户牧民人家。他们已定居下来，所以有砖土结构的房屋。屋后竖立着一个铁架，上面装着一副可以随风向转动的桨叶。桨叶在蒙古高原的劲风鼓动下，不停地旋转，将电力充入家里的蓄电池里。牧民就靠这蓄电池的电照明、听收音机甚至看电视——国家为了让牧民看上电视，专门在呼和浩特定点生产可以用直流电使用的电视机。这在内地看来算不了什么，可在牧民却是极大的进步。当看着牧民开心的样儿，我对身边的老高不由得肃然起敬。他到草原二十年了，正牵头组织研究更大功率的风力发电机和设计建立风力发电站——把几十几百台风力发电机并联起来。到那时，牧民的生活就大变样了——前提是牧民必须放弃逐水草而牧的生活方式。放弃这一切牧民还叫牧民吗？当然还是。他的理想是草原的电力供应强大到不仅可以让牧民定居下来，而且可以利用电力从事牧业活动——建立现代化的牧场：从打井、养护草原、繁育、牧养、屠宰到冷藏，一体化作业，这就是一位普通中国知识分子为之奋斗一生的梦想。老高真可爱！

1984.10.25

最亲爱的君：

好！我在锡林浩特给你写信。我没忘记今天是你的生日。从阿巴嘎到锡林浩特的路上，一路上情思绵绵。真想你！草原的冬天随着第一场雪的降落到来了。漫行于草原近二十日，说来也怪，开始不觉得什么，如今却因了这雪的飘落，自觉有如鸿雁到了该南下的时候了。多么奇妙的雪啊！昨日还是干黄一色的大草原，今日却白雪皑皑，把人的一切情思、瞑想、希冀勾发出来而深深追忆起消失了的，黄花、秋色，渴望起新的春光，新的生活。

似乎我该给你介绍一下锡林郭勒的由来。锡林郭勒是整个这一片草原的称呼。蒙古族的发祥地大约在今东北呼伦贝尔草原东侧靠近大兴安岭的额济古纳河。在成吉思汗统一整个蒙古草原之前，草原上散布着许多部落，他们各自为王。锡林郭勒草原有苏尼特王、阿巴嘎王、乌珠穆沁王，后来他们组成联盟，号称锡林郭勒盟。这个称呼沿用至今，其首府叫锡林浩特，下辖苏尼特左旗，苏尼特右旗，阿巴嘎旗，西乌珠穆沁旗，东乌珠穆沁旗。旗就是县。而旗的称谓是从清朝来的，早前是一种为打仗而设的军事建制，后来大清一统中国，朝庭把旗变成了军政合一的地方政权机构，新中国此名称沿用下来作为县的建制。打从阿巴嘎开始，汉人渐渐多起来。有科技人员、教师、官员、商贩，各行各业的人都有，还有知青，而且，最早来到这片草原融入蒙古族生活的，你知道是什么人吗？是蒙古族收养的汉族孩子！这里又有一段故事。新中国成立初期，共产党来到锡林郭勒草原，看到的，是一幅悲惨的情景：贫穷，疾病流行。当时梅毒像瘟疫般流行于草原，牧民们痛苦万端，为此，中央政府立即派出医疗队奔赴草原扑灭梅毒。经过一段时间，疫病遏止了。可是牧民们大多丧失了生育力。于是中央政府又从上海孤儿院送来许多孤儿让牧民领养。在阿巴嘎我访问了一位蒙古族干部，他抱养的汉族女孩已长大成人，在一所蒙古族幼儿园当老师。在幼儿园，我看到她在用蒙语给孩子们上课。随后，看着这位已成蒙古族人的上海姑娘温情地和孩子们做游戏，看着那一群蒙古族小孩欢快的笑脸，不觉地我的眼睛湿润了。这就是历史，中华民族几千年来，就是这样不断融合，形成了今天的民族大家庭。我还采访了一位留在草原的北京下乡知识青年。她嫁给了一个蒙古小伙儿，如今已是三个孩子的妈妈。我到她家访问，她告诉我，当年来草原的北京知识青年，方圆千里，留下来的也就是三四个，其他的都回北京了。她一点也不后悔留在草原做牧民，因为她热爱草原。她看上去也像牧民，黑瘦的脸，眼睛炯炯有神，头上缠一块蒙族的黄头巾，每天也是忙里忙外。挤牛奶，酿奶皮子，用骆驼毛捻线编织毛衣，为一家人洗洗涮涮，照顾孩子。正说着，她的小女儿放学蹦蹦跳跳回到家中，白里透红的小脸蛋，两眼水汪汪。我问她，到过北京见过姥姥吗？见过。 北京好吗？好！草原好吗？好！……草原故事真多。

这些日子，我采访的蒙古人越多，越为蒙古族人的那种纯朴、友爱、勤劳、英勇、诚实所感动。在中国历史上，不管那个民族做统治者，他们都能友好相处，一旦国家有难，他们又都能英勇献身。有时受到非人的凌辱，他们也能默默忍受。在阿巴嘎下辖的一个公社，我采访了这个公社的书记。他是一位蒙古族壮汉，有多壮，你想一想那些蒙古摔跤手就知道了。他和我谈起了“文化大革命”。当时共产党内有人说内蒙古有个地下党，叫内蒙古人民党，头是乌兰夫，宗旨是推翻共产党，要民族独立。于是，一场揪“内人党”的运动像瘟疫一样横扫大草原。锡林郭勒草原汉人少，那些下乡的知识青年成了急先锋。他们严刑拷打蒙古族干部，无所不用其极。这位蒙古族壮汉就是不低头，他们居然拉开他的裤子，把炽热的炭火投入他的裤裆。这场运动伤害蒙古族人感情之深，可见一斑。当我问这位书记，你恨他们吗？他哈哈一笑：恨什么？他们都是娃娃！

1983.10.23

最亲爱的君：

好！昨天是你的生日。让我想想你是怎么度过的这一天。也许是在一种即将做母亲的遐思中度过的。想我吗？不能在这一天为你买一件礼物，陪你吃一顿好饭，或者，陪你散散步，说说话……在此草原小城想到这些心中不免惭愧。我猜想你已为我们即将出世的孩子做好了一切准备。这些日子，我特别能理解你在怀孕期间的感情何以如此敏感。记得吧？你会为极小的一件事感情冲动而热泪盈眶。这情形我在大草原的这些日子也出现了。时隐时现，时明时暗，即将做父亲的喜悦、焦虑，使我对草原上的一草一木都怀有一种深厚而奇特的感情。一只飞鸟，干黄的草原上的一群羊，天际骆驼的剪影，这一切，随时都会把我带入新生活的憧憬之中，而在不知不觉中，热泪涌涌。这时候，我觉得我的爱是如此宽厚，足以包容天地。同时，大自然的爱也如此宽厚地笼罩在我的身上，使我对人生世界生出无限的眷恋。活着多么好。创造生命多么好。爱与被爱多么幸福。我不记得我们相好的这许多年我们有过怨尤、反目，有的只是温存，体贴和深长的爱。而且是那么热烈，那么平静。所以，当意识到我们的孩子即将呱呱落地自己就要成为父亲的时候，我简直不知怎么表达我对你的爱。我爱你。我爱我们的孩子。我爱草原的风，雪，日月星辰，我爱一切！这就是我奉献给你生日的礼物。

1983.10.27

最亲爱的君：

好！我在西乌珠穆沁旗巴音乌拉浩特给你写信。我情不自禁要告诉你，我又回到了真正的草原。前几天在锡林浩特把我憋坏了。灰秃秃的城镇，毫无草原特色，更不用说草原气息了。它是中国千百个中小城市中的一个，奇怪的是它坐落在如此雄阔的大草原上。在这里你看不出一点点当年苏尼特、阿巴嘎、乌珠穆沁几个大王结盟在此的痕迹。也许是历史太久远了，也许是社会主义建设的新高潮和无产阶级“文化大革命”把一切都涤荡干净了，锡林浩特连新闻都没有了。我迫不及待重新回到草原。

1963 年，内蒙古西乌珠穆沁，蒙古包前的蒙古族儿童 (邓永庆 /FOTOE)

昨天，当草原客车载我翻山冈越平野，在高处远远看到巴音乌拉浩特，一个简洁的草原小镇呈现在眼前时，我差点欢呼起来。我来到了乌珠穆沁草原。是啊，我来到了乌珠穆沁草原，锡林郭勒最著名的丰水草原。在这片草原上有八条河流，八十个水泡子并以雄健的乌珠穆沁马、肥尾羊闻名于世。更为重要的是，这里的蒙古人保留着浓厚的民族特色。牧马放羊，竞技格斗，唱歌跳舞，豪放，粗犷，彪悍，极其动人。

今天，我采访了这里的乌兰牧骑。它再好不过地说明了乌珠牧沁蒙古人的气质和风格。你看那舞蹈：苍鹰穿过乌云密布的天空，潇洒飘逸地翱翔在雨过天晴的草原上空。姑娘手捧山丹丹花伫立在蒙苦包前等待着什么，啊，在等待牧羊的情郎早早归来。你简直想象不到，在这样一个小地方的文工团里，有如此生气勃勃的创作活力。1980年全国舞蹈大赛获一等奖的男子独舞“鹰”，原创作就是乌珠牧沁乌兰牧骑。再说那马头琴的演奏，烈马嘶鸣，马蹄声声，草原在脚下，天空多宽广。辽阔而深沉，激越而清丽，几乎在乐曲的第一个小节，你便进入到茫茫大草原。相传，马头琴能使骆驼垂泪。那是骆驼生下小崽不给奶吃的时候，牧民便给母驼拉起马头琴。悠扬惋恻的琴声打动了母驼，于是，母驼流下自愧的眼泪而把小骆驼揽到腹下，让小骆驼尽情地咩咩吃奶。再说草原民歌的长短调。我欣赏了一个姑娘的长调和一个小伙子的短调。好家伙，长调长调，调可真长，仿佛那辽远悠长的声调在与骏马赛跑，驰向远方。短调则欢快喜庆，生气勃勃，让你觉得看见一个豪情满怀的青年牧民，骑着一匹顽皮的公马，时疾时徐，且走且停，一路欣赏着草原美好的风光，饶有风趣。乌珠穆沁的长调是蒙古民歌的宝库。这里，牧民们只要聚在一块非唱不可，两个歌手前身都是牧民，我为他们美妙的歌喉深深打动。我似乎窥探到了这个北方游牧民族深不可测的情感，而这种情感只有用歌声和舞蹈才能最虔诚最彻底地表达出来。

1983.11.3

最亲爱的君：

好！今天是星期天。西乌珠穆沁草原的采访即将结束，计划再向东走一程，前往东乌珠穆沁旗，这样，西起苏尼特，东到东乌珠穆沁，正好横穿整个锡林郭勒大草原。可是我草原的朋友劝我，该是踏上归途的时候了。看不到吗？一队队大雁掠过草原的上空向南飞去。锡林郭勒草原到了时刻有暴风雪袭来的季节。一旦风雪袭来，道路阻隔，咱们就明年开春见了。两年前，一场大风雪将锡林郭勒草原对外封锁足足三个月，牲畜冻饿死伤无数。牧民将雪灾叫白灾，冬季不下雪也会酿成灾害，是为黑灾。我不怕暴风雪。可我确实该回家了。我知道你是多么需要我，而我是多么想你。我能想象我们未来的孩子在你腹中与日俱增地成长，时时踢动你的肚腹，好似急着来到这个世界。而你则忐忑不安地等待这一刻的到来。

相恋八年，终成眷侣。你为我吃了不少苦头。我一介书生空手来到北京，人海茫茫，房无一间，唯宿舍有我一张床，你家有你一张床，哪头都可说是家。每月我收入六十二，你收入四十整，真正是一无所有。前途在哪里？然而我们还是敢成家。靠的是什么，靠的是勇气，靠的是爱，尽管多少有些悲哀。你也看得出，不管现实多么令人无耐，投入这喧嚣都市的一年里，我没有消沉，没有逃避，同样，你也没有丧失信心，相反处处表现出令人难以置信的勇气，时刻温暖着我的心。在草原的这些日子里，我有机会站在一个无比辽阔的地方来看待过去一年里不时泛起在心间的悲哀，顿觉豁然开朗，对人生、命运的看法也变得达观起来了。从来没有什么像大草原这样使我热爱生活。大海我见过，在最初的惊喜和慨叹之后，我很快发现它是那么单调、沉郁，充满不可战胜和吞噬一切的力量而使你感到作为一个人的渺小。大森林我见过，它的五彩缤纷、它的恢宏气势和莫大的含蓄确乎令人流连忘返，沉静中充满欢乐，但我很快发现，它的存在是很难与人融为一体的。在大森林面前，你随时都会发现自己是多余的。至于平原，当生活的平野你一眼就能穷尽时，你的心一定跟着荒凉起来。唯有大草原兼有大海、森林、平野的优美，同时又有跌宕起伏、自由辽阔的——大地的一片亲情。我来自大山，高山也是我的至爱。山再高也有顶。这一原始人类即已发现的真理，至今仍在激励着人们的想象。它高峻的身姿，旁礴的气概无时不在幻化，以至在人们心中成为一种象征，逼迫人们刻意去追求，去探索，去攀登，以成伟业。一如高山那样雄伟、瑰丽。所以，当我把自己的情感融化到大自然的这一切里的时候，我发现，人世的艰辛，生活的苦恼，全不足以挂齿。只要在大自然当中发现自己——高山的威武，草原的宽广，大海的深沉，森林的含蓄，有了这样的性格，世间还有什么能摧毁我呢？就这样，我从大自然无限宽广的怀抱里找到了力量。

1983.11.6

最亲爱的君：

好！天气已经转坏，呼啸的大风夹杂着雪花，可能是牧民谈虎色变的白毛风袭来了。我又回到了锡林浩特。我的路线是从锡林浩特乘草原客车南下张家口，然后在张家口换乘东去的列车抵达北京。本来我的线路是从西乌珠穆沁到东乌珠穆沁，然后向南进入辽宁境内的赤峰，由赤峰转乘列车返回北京。白毛风刮起来，这条线路就完全不可取了。是的，我着急回家，我想你。我不愿当我们的孩子出世的时候，父亲被阻隔在蒙古草原的雪窝子里。

草原之行即将结束，所见所闻历历在目。在苏尼特草原我为达西

锡林郭勒草原是保留蒙古族文化传统最完整的地区，每年冬季的那达慕赛马格外精彩（罗更前 2018 年 1 月摄）

玛的形象深深打动，在阿巴嘎草原，以至锡林浩特，一群汉族知识分子为造福牧民，几十年如一日地开发新能源，阻遏草原沙化，繁育良种，等等，他们使我看到草原的希望。乌珠穆沁草原，我从马背上的艺术家那激昂的歌声和奔放的舞蹈，找到了草原的声音和节律。其后，我采访了牧区的教育事业，无论是校舍里的教师，还是那些游弋在草原马背上的教师，我从他们身上找到了草原的灵魂。事实上，古时草原的教育机构就是喇嘛庙。它担负着文字、音乐、舞蹈以及医药、天文地理等各类知识的教学任务。喇嘛庙的一个活佛，等同于一个校长。今天不同了，草原有专门的学校。牧民们十里百里将孩子送到学校，让他们从小学习蒙古语言和历史，更偏远的地方有马背上的教师。他们骑着马，一个一个蒙古包游弋，教孩子们读书写字，你能想象出那是何等样感人。我在一间小学，看到敞向茫茫草原的校园有一口古钟，当它敲响的时候，一群身着蒙古袍的孩子像小鸟一样飞扑出教室，欢快地在场子上，蹦呵跳呵，当钟声再次敲响，这些小鸟霎时消失于无痕，只留下那口古钟的余响在广袤的大草原回荡。看着这一切，我无限感慨。

这个千百年游牧于亚洲北部草原的民族，他们大块地吃肉，纵情地喝酒，他们能歌善舞，自由开放。他们热爱孩子，热爱生命，同时，他们又好勇斗狠，爱憎分明。在他们身上总让人觉得有一个影子，时隐时现，终于，我看清楚了。这是帝国时代的影子。须知，这个民族曾经征服过大半个世界。他们是帝国的后代。好了，这是我从草原给你写的最后一封信。但愿我和这封信同时到达你的手。我是多么想你，想那即将出世的孩子！

1983.12.5

（1983年12月31日中午，我们的女儿在北京邮电医院出生。新年前夜，除旧迎新，我们给她取乳名迎迎。）

黄土高原

最亲爱的君：

好！北京的清晨真美好！我们趁孩子熟睡，悄没声地出门，一路穿行在北京的小胡同里。在东总布胡同人民美术出版社的小院里，你送我钻进切诺基吉普车，我目送你骑车离去。六点十分，汽车启动出发，在你，是医院药房每天面向病人派药天天如此的事儿，在我却是踏上一次奇妙的旅程。我要感谢人民美术出版社总编辑刘玉山给我这次机会。我们将走遍甘肃全境所有石窟。在他们是拍摄照片出版《中国美术全集》，在我却是探胜访古。而况，此行是驾乘一辆中美合资刚刚出产的切诺基吉普车，一路“骑乘”，出北京，过河北，上吕梁，越陕西一角，进甘肃，穿越整个黄土高原，直抵敦煌。我已经预感到这是一次充满惊奇、刺激和奇异的旅行。现在我是在太原郊区一家汽车旅店给你写信。每个床位三元钱，旅客都是过路的司机。夜深沉，灯光昏暗。在锅炉打一盆热水洗把脸泡泡脚，已是莫大享受。

我们从北京出发，长趋583公里，历时14个小时，直到日落吕梁、月上半天才到达太原。一路上，我们的切诺基时速总保持在60公里的刻度上，轻盈地飞奔，眼前一会儿是犬牙交错或锯齿般的嶙峋山峰，一会儿是两山相持的大峡谷，其间一片坦途。一会儿，古长城的残垣断堞浮现眼前，一忽儿，又变成晋北五台山下的一马平川。这有如变幻的图画，有的地方还可看到残雪，有的地方却已春风初度，绿上枝头。于是乎，我东瞧瞧，西望望，兴趣盎然。

中国是个多山的国家。打小生活在云南，云南山之多，以为山都在云南，今天才深深知道，中国哪儿哪儿都是山。中国山之多，大可称之为山之国。而这些山有的是那么荒凉。看看河北与山西交界的地方和山西北部地区的荒凉景象吧。干黄干黄一片连着一片的黄土地，没有树木，没有水，有的只是嶙峋的怪石。很难想象中国五千年文明是在这样的地理环境中发展起来的，抑或是五千年文明把环境破坏成这个样子。十亿人口，土地是那么少，山是那么多，水少，树也少，人类赖以生存的东西正在消失，人何以生存、发展?

这一路上，太原是最大的城市，可惜我们是顶着月亮进城，难以仔细观察，也就无法向你描述。初步的印象是脏、乱。

夜深了，先写这些。

1987.4.10

最亲爱的君：

好！我们整一天长驱在山西大地上。从晋中驰到晋南，然后向西，驰向晋西南。当夜幕降临的时候，我们投宿在山西与陕西交界的吉县——一个建在吕梁山下的小县城。而隔着一座大山，就是黄河。我对山西十分陌生，除了知道山西人爱吃醋外，其他一无所知。然而这一天的浏览，尽管只是对山西大地地物地貌的观察，已使我对山西有了一个粗浅的认识。都说山西人吝啬、抠门、当然还有精明、勤

甘肃境内的九曲黄河（周沁军 /FOTOE）

劳，我想这与环境有关系。生活在一个多山、肮脏、干旱且在历史上常常兵荒马乱的地方，人们无法不吝啬、精明。他们操着浓厚的地方方言，从早忙到晚，处处事事掐算得清清楚楚。当汽车载我们攀上一座高山时，我惊讶地发现，就在摩天样高的山巅上竟有人栽下一畦畦小麦，而正当我纳闷是何人，是如何爬上这高山，在这高山种下的庄稼，是如何管理时，路边一个土洞里钻出了几个人。原来是他们，大约是每到农忙就执上工具，掘洞而居，像原始人那样，过一段洞穴的日子，待到活干完了，再返回他们那遥远的小村庄。此情此景不能不说是一大奇闻。真是勤劳的山西人！无怪乎山西自古出英雄。

我们从太原擦边而过，故对太原未留下完整印象，但太原以下一直到临汾，我们沿着汾河一路南下，晋中的富庶、晋南的丰饶却尽在眼中。只有介休到灵石一段可怕。在汾河河滩建起的这座小城整个空间充满的是灰尘加灰尘。似乎没有一个人的脸是干净的，而山西人从质地上讲是白净的。

两位司机已经入睡，我不能再写下去。和你聊天真是没完没了，在家是这样，出来还这样。

1987.4.1

最亲爱的君：

好！清晨，七时许（夏令时），我们的越野车又启动了。昨天山西的灰尘还未从车上掸去， 今天我们又要去迎接黄土高原风尘的洗礼。我们的出发地是山西西南部最西边的一个县——吉县，我们的目的地是甘肃省的庆阳县。中间要穿过陕西。这就是说，我们要做一次越界旅行——从山西到陕西再到甘肃。用一天的时间横跨陕西，顺着黄土高原的走势横切而过，无论如何都是激动人心的。不过，我必须承认，最令我激动的并不在路线的奇巧，而在于当汽车从山底爬上吕梁山时我所看到的一切。我把这一段旅行命名为“过壶口”。

这是怎样的一段旅行啊！当清晨我们爬上山梁的时候，我万难想到这段路途竟充满诗情画意。现在闭上眼睛仍能看到，在那一座连着一座的大山上，在那一个山峰挨着一个山峰的群山巨壑之间，一辆越野车在平稳而轻快地奔驰。初春的阳光照耀在车上，照耀在黄土路上，照耀在千山万壑之上。山上、山壑里，这里、那里，一片一片的灌木林，还未脱去冬天的枯蒿，一丛丛野桃木却吐出粉红色的点点繁花。苍凉、雄浑的吕梁山麓，一边望去，一山高过一山，莽莽苍苍，不知顶在何方；一边望去，千百座的山峰却一山低过一山，在晴明的早春的太阳下，朦朦胧胧，像无数墨点浸润开来，最后消失于无形。过去，我们走过的盘山路总是在一座或两座最多四五座大山上盘旋。我也曾从五百米的海拔高度盘旋到三千多米的山巅，可谓壮哉。今天，我们却是在千百座山峰上盘旋。刚刚盘上一座山峰，一座山峰又在眼前。这时候，我们已不是从山下盘到山尖，简直就是在无数山尖尖上盘旋。从这座山峰已可看到相隔十几座山峰之外缠绕在又一座山峰上的路迹，而正当盘旋着来到波涛一般的千山之巅时，却又意想不到地看到毗连着的几个山峰上，居然高高耸立着几座古代遗留下来的炮台。一时间，你直觉周围山涧响彻着古战场上士兵们兵刃相交发出的叮当声和撕杀声。当然，这是历史的回响。当这些声响消失的时候，我们开始向山下奔去。又是蜿蜒曲折、盘山绕涧的路途。先前所见所闻还来不及细细品味，黄河已在望中。跟着来到了黄河峡谷。黄河，这条激励和养育着中华儿女生生不息的泓川巨河，突然奔来眼底，我该作何感想？我的思维钝然停止了。我几乎是痴呆地看着她，由北向南挟着泥沙匆匆流去。在这深邃狭窄的黄河大峡谷里，最触动我目光的正是激流当中两块巨大的岩石。它在河床中形成一个高大的台阶，河流从它身上冲刷而下，激起无数水花，这无数水花相拥相聚，一同跌落，跌落到十几米下的河心，从而形成一派蔚为大观的瀑布。哦，这就是黄河壶口瀑布！它不是世间最宏伟的景观，但它却是世间最令人敬畏的景观。它使人想到，今天已变成河床的巨大的岩石，何尝不是昨天的高山。它使人想到黄河的意志、黄河的伟力——它从雪山之癫，一路冲激而下，即便九曲十八盘，仍锁不住它。它只有一个目标——劈开高山，冲决一切障碍——向着大海——奔去。其间决不停留，毫不迟疑。在这里，正是黄河把山西、陕西一刀切开，大峡谷的两侧，一侧是山西，一侧是陕西。从山西吉县到陕西宜川跨越黄河的地方，便是黄河壶口渡口。于今，一桥飞架东西，我们越桥而过。告别了，山西！你好陕西！我们开始了陕西的旅程。

1987.4.12

最亲爱的君：

好！从在山西爬上吕梁山起我们实际上就登上了黄土高原。在陕西看黄土高原，已觉山河破碎，及至甘肃，我简直无法形容它悲惨、破碎的情景。现在我们投宿在甘肃省庆阳县。这是一个建设在黄土堆上的小城镇。我不想再细细描述它。明天，再经过一天的跋涉，我们将到达第一目标地甘肃天水麦积山石窟。转眼，我出来四天了。行程一千三百多公里。路途上一切顺利。行车安全，和两位司机相处很好。放心好了。穿行在黄土高原，不知为什么，时时想起你和孩子，还有我们那个温馨的小家。我想到女儿出生的那一天，我守在手术室外，焦急地等待。突然，手术室门推开了，护士抱着一个孩子出来了。天哪，这就是我的孩子！拳头大的小脸上，五官端正，眉清目秀。我欣喜得不知该做什么或说点什么，只是一个劲儿地看啊看，看着那张小脸，直到护士把孩子从我手中夺走。从那一天开始，我们就围绕着她，创建我们温馨的小家。我曾对同事和朋友说，自有孩子那天起，三年没有睡过一个囫囵觉。你就更不用说了，每天忙里忙外。工资微薄，几年里，你和小保姆几乎天天中午吃面条，省下钱来给孩子买好吃的。虽然艰辛，但是每天夜晚看着孩子熟睡的脸蛋漾起甜蜜的微笑，看着孩子一天天长大，我们得到了最大的满足。而且，恰恰在这个时期，我们比任何时候更奋发、更充实、更充满活力。别忘了，每天代我亲她！

1987.4.12

黄河壶口瀑布风景区(阎建华/FOTOE)

最亲爱的君：

好！整整一天，我们都在盘旋，不停地盘旋，从早上七点到夜十点。

我们盘旋在黄土高原的塬、沟、谷、川之间。我们从甘肃东南部与陕西比邻的庆阳县，一路西行，经西峰、泾川、华亭、张川，最后抵达天水。一轮明月把皎洁的月光洒在黝黑而起伏不定的秃山岭上，渐渐地，月光和黑色的山影融合在一起，夜色越来越浓烈，像一堵穿不透的墙。正当我们为久久不能到达目的地而心烦意乱、精疲力乏之时，我们冲上最后一座山峦，顿时，我们的眼睛闪亮起来——山下灯火辉煌，天水已在望中。

我把今天的旅行分为两段，一段叫“塬上行”，一段叫“下天水”。

在汉语中，“塬”是个奇妙而特殊的字。它当属于会意字一类。顾名思义，就是土上的原，土上的平原。它只出现在黄土高原，特指黄土高原上的平地。

说来奇妙，我们从满目疮痍的庆阳黄土地驰出，竟投入一片平原之上。但见平整的大地延伸到远际，一望无边。田野上麦苗青青，远村近树，烟霭迷蒙。桃花开得正闹，杨树梢爆出的新芽像敷着一层绿色的丝绒，给人以暖意。这是一幅多么美丽的春天的图景。在这里，没有“小桥流水人家、古道、西风、瘦马”，只有春天的风和日，只有绿色的田野和脸色红润的甘肃人。几只硕大的黄土高原杂毛狗在麦苗地里忽东忽西地追逐，一望而知它们在寻求配偶，追逐着得到交配的欢快。这使得这片田野不仅有春的诗意，而且充满春的生机。万物苏生，都在寻求生长，寻求繁衍，寻求欢乐。在这种时候，人还能无动于衷吗？不能，从哪方面都不能。夜晚，他们在床上极尽房事之乐，清晨，他们迎着初生的太阳走向田头。这都是本能，是大自然的本能、春天的本能、人的本能在驱策世界走向未来。只是，当人的本能大于大自然的本能时，大自然将受到无可名状的蹂躏。黄土高原就是人类蹂躏大自然的结果。也许正是这幅春天的图景太美好了，当我看到人们在机井前排着长队打水时，我突然意识到，在春天掩盖下的实际是缺水、人口增长过快、对土地过度垦殖，而这一切终将毁灭黄土高原上的这片宝地。

后来我从地图上才知道，这片黄土平原，叫“塬”。所谓塬，是黄土高原上千百个黄土山峰，也许是天工所造，一码齐地被削平。千万不要上当，看上去一望无边的黄土平原，实际是由一座山上的成百上千的不知怎么被削平的小山头组成。一个一个平山顶之间是一道道的深壑。千百年来，人们在这些平顶山上垦殖、耕种，种一样的庄稼，使用一样的方法，这些由千百个小山组成的塬，越来越平整，以至今日几近平原。描述黄土高原的地形有一整套术语，什么塬、峁、壑等等。不亲历其间，你很难理解其形象。

过了这片塬以后，我们就又钻进了山沟。我们并不知道这次选择的线路是一条充满惊险的路线，所以按照地图一路奋勇地奔去。直到驰到一条深谷，猛抬头看到眼前是一片连绵的大雪山才知道，我们不只是旅行，而简直是走险。两个小时前我们还在大好的春光之下，眼下却闯入风雪弥漫的雪山峡谷之中，这简直不可思义。两位司机可都是在大都市里行车惯了的人，见此情势脸色顿时严峻起来。我也开始做起翻车如何脱身的准备，尽管深知一旦翻车连九死一生的希望都没有。看着汽车在狭窄、泥泞、陡斜的山道上吃力地、左一弯、右一弯爬行，时而骑在悬崖边缘，如临深渊，时而，呼呼一辆拉煤的大车，迎面而来，眼见就要撞上，双方各自急打一把方向，又一次化险为夷。上帝保佑。我们终于爬上了陡峭的山峰。看着身后积雪升腾起的烟霭，纵览群山远去，我自己都觉得好似在一次升华后进入一个新的境界。

此山叫关山，我不知道古诗里常提到的彼一“关山”是不是此一“关山”。过“壶口”，闯“关山”，下“天水”，真是奇妙的旅程。好了，先写到这里。

1987.4.13

最亲爱的君：

好！你猜，我来到了什么地方？麦积山石窟！直到现在，我还不能有条理地把这一天的见闻写出来。因为眼睛看到的，耳朵听到的，脑袋里产生的，信息量太大了。我真幸运，竟然来到这个地方。它让我惊奇、目眩、赞叹！她坐落在天水市南三十公里的地方。走到跟前你就知道了，这是一块神圣的地方。在树木葱茏的群山怀抱里，一座山峰突兀而起，像一个高高垒起的麦草垛。当地人把麦垛子叫麦积子，麦积山因此得名。我去过洛阳龙门石窟，原不以为然，抵近一看，顿时被镇住了。只见一个个石窟密匝匝地，布满整整一面悬崖。你要观赏这些打一千六百年前后秦时期开窟以至宋元明清的艺术杰作，必须攀援登上那一条条七上八下凌空悬挂在崖上的栈道。待你一个个石窟浏览过去，只要稍懂艺术，中国壁画、雕塑、石刻的艺术历史便在你的

1961 年，甘肃天水麦积山石窟 3 号千佛庙（新华社著名摄影记者，曾任《瞭望》副总编辑黎枫 /FOTOE）

成为一幅悠远、灿烂的画卷，让你久难忘怀。

麦积山石窟艺术研究所所长告诉我，麦积山石窟与山西大同石窟、河南洛阳龙门石窟最大的不同是麦积山石窟有一种神秘感。此言正是我能感到却无法道出的感觉。看看它周围的环境。从天水南下，一路上，一山比一山幽深，那松林、阔叶杂木、一片比一片葱茏，及至麦积山，四围已是树木参天，浓荫蔽空。怪不得一千多年前，从印度来的僧侣选中此地作为传经布道的地方。帝王将相们视此地为圣地，开窟造像，求神拜佛，超度魂灵。再看看天水，到处都书写着历史。天水是丝绸之路的第一站。天水是汉武帝设的郡。天水有杜甫的足迹，在这里他留下不少诗篇。今天，天水是甘肃第二大城市。从这里开始，我们拉开了甘肃石窟探密的序幕。

时间太紧了。明天我们就离开天水北上兰州。啊，等着我的东西太多了。

1987.4.14

最亲爱的君：

好！从天水到兰州是一段平淡无奇的旅程，一如前一段旅程那样，弯曲的山路在黄土高原盘旋起伏，所不同的是，这里的黄土高原呈现出的是一种更为荒凉、贫瘠的景象。与关山以东的黄土高原不同的是，这里的土质更像沙土，更贫瘠。在这样贫瘠、荒凉的山坡上，那些直上山巅的梯田，更加深了我对黄土高原前途的认识。今日的黄土高原就是明天的沙漠、沙丘。依据是千百年前，这里还是树木葱茏的地方，可是后来由于气候的变化和人类活动，如垦殖、战争等，使这里的森林尽数毁灭。森林的毁灭反过来影响气候，使这里干旱缺雨，水土大量流失。生态环境已恶劣到如斯地步——兰州不远处的西海固地区，人畜饮水已是定额分配，事实上政府宣布此地区已到了不适合人畜生存的地步，可是人们依然在垦殖，企图榨干贫瘠的土地上最后的一点生产能量，并将这种行为美其名曰“人定胜天”，否则不会把田地垦殖耕种到山巅之上。黄土高原有难了。中华民族有难了。

人与土地、人与森林、人与江河日月，恶性循环已经开始。中国西北大片河山沙漠化的厄运在所难免，就是优越的社会制度也挽救不了此一命运。而土地的消失定将反过来影响社会生活的方方面面。黄河流域是中华民族的摇篮，最后可能反过来毁灭中华民族。没准，一两世纪之后，中国发生大动荡。中华民族流离失所，北方人将再次向南迁徙。在这样的大迁徙过程中将由于争夺生存空间而发生大规模内战，内战的结果是毁灭。这是一幅多么可怕的末世图景。看看这片黄土地吧！

甘肃永靖炳灵寺石窟外景（刘浩1987年摄）

下午五时，我们安抵兰州。这是我第二次来到这个峡谷城。与1985年相比，这里有了不少变化。街市商店多了，车辆也多了，同时，污染也比以前更严重了。甘肃省去年半年未下一场透雨，今春依然如此。同时，兰州空中弥漫着干燥的灰尘，使整个城市笼罩在工业废气和尘土之中。我们住进兰州友谊饭店。能洗热水澡，这太诱人了。接连五天奔跑，使我从头到脚每一汗毛孔都充塞着黄土高原的尘土。

我与大队人马会合，明天动身前往炳灵寺。动身之前，我将把这组信件寄给你。估计我从炳灵寺归来，你已收到这组信。如有事对我说，你可打电话到编辑部，让他们转告我。我从炳灵寺回来会和编辑部通话。

1987.4.15

最亲爱的君：

好！从兰州出发往西有相当一段路线是我1985年做邮政调查跟邮车走过的地方。但从一条向北的大道驰去，对我确是一条新路。这条路通往刘家峡水库。在刘家峡我看到了黄河最美的容貌，清可见底的一池绿水向西天漫去。它是那么平静、清澈，直让你想起女性所特有的一切秀美之处。刘家峡水库蓄积量达54亿立方，为亚洲第一大水库。据说汛期水库泄洪时，从泄洪闸冲出的黄河水能发出天崩地裂般的怒吼，巨大的水流能飞出两百米远，溅出的水雾能在周围几里范围内形成一场小雨，壮观异常。可惜我们正好在枯水季节到此，看不到这一宏伟壮观的景象了。

车过刘家峡我们就进入一条山间土路。这是天下最颠簸最坑洼的道路之一。这里依然是黄土高原的地貌地势，黄土高原连绵起伏，黄土筑成的村庄从山间到山涧到山巅都有。耕地从山脚一直耕到山顶。没有树和很少有树，山包都是裸露着的，一块块裸露的耕地还未下种，无望地等待着太阳被乌云遮去的一刻到来。近一个小时，我们来到了半山腰的一户农家。这户农家是文物考古所的“堡垒户”。工作人员到炳灵寺必先到此人家稍事休息。在这户高山人家，我领略了西北黄土高原山巅上的农家风情。黄土和木头构建成的农家小院，一间正房里大炕占去了三分之一的空间。房主老妈妈五十开外，身上收拾得干干净净。蓝色的大襟衫配一条中长纤维的灰黑色裤子再配上一双穿着黑灯芯绒布面的三寸金莲，使这位老大娘风采照人。她把屋子收拾得很干净，差不多可称之为优雅了。这与房外忧伤、绝望和厌无声气的黄土山形成极为鲜明的对比。小院外有若干窑洞，有的是菜窑，有的是柴米窑，有的是马厩。一只长毛狮子狗也占据一个小窑洞。这可能是黄土高原最小的窑洞，高不过一尺，宽不过半尺。附近有一小片菜地，上有几株果树，桃花红、梨花白，开得正闹。生活在这里，只要能自给自足，他们也就没有什么可企望的了。这户人家是当年刘家峡建水库时被迫迁到山上的。刘家峡水库淹掉了她们生活几辈子的田地。户主对我说，那时，我们在黄河边上什么都有，除了棉花不出产。可是现在，除了产小麦、豆和土豆，什么都不出产。他们为国家做出的最大贡献，可能是让出土地，从丰饶的平地搬到贫瘠的山地了。而国家能给她的是什么呢？

黄土高原的风物及农民的劣势生活境况给我极为深刻的印象。中国要全面富强起来，还会有一个漫长的路程。

从这户农家出来，我们就踏上了通往炳灵寺的山间小路，从小山村到炳灵寺有十五里之遥，需徒步行走。我们的行装和器材雇了一头骡子、一头驴和一个小推车装载，我们除挎个照相机两手空空，走起来倒也利索。沿途山峰林立，我们一路下坡直达沟底。说来也怪，黄土高原满目黄土山包，这里却突兀地生出一片喀斯特山林。但见风化如马蜂窝的千仞山峰错落有致，山势雄伟中带点秀丽，一眼看去便知此地气势不凡。峰回路转，及至黄河边，炳灵寺也就到了。炳灵寺选在这里是有道理的。

一面向东的崖面上，一尊大佛端坐于正中，周围是许多洞窟和浮雕，野鸽子扑扑地，在洞窟里飞进飞出，沟谷里一片清寂。这就是炳灵寺石窟寺。必须承认，它没有麦积山石窟那么壮观，却比麦积山显得古老，就在大佛和石窟密布的崖面下，是黄河水留下的淤沙。

到炳灵寺有两条路，一条水路，一条陆路。我们走的是陆路。由于徒步行走在高山峡谷之间，陆路带有点探险的意味。而水路从刘家峡水库乘船以往，沿河看山看水，忽而转入一小港湾，湾口两峰对峙，犹如山门的看护人。驶入港湾观览炳灵寺大佛，感觉与陆路自不相同。大多数到炳灵寺的人走的都是水路。而水路只有在八九月份汛期时才通行，我们赶在枯水期，自然只有走陆路。因此我只能有陆路的感觉而无水路的印象。

炳灵寺石窟开凿于公元四世纪的一千六百年前。这是多么漫长悠久的岁月。它给你想象的时间和空间太大了。我恨不得立即蹬上悬崖一睹丰姿多彩的各个时代的雕塑、壁画为快。可惜我们到达炳灵寺时日头已沉入西山，沉入黄河奔流而来的万山群中。

我们投宿在炳灵寺文物保管所。它正与炳灵寺石窟隔岸相望。趁天还亮，我们几个人来到了黄河边。

黄河，中华民族的象征。在这里，我看到它匆匆向东流去，一点也不犹豫，一点也不踌躇。

这里的黄河，古时称门津渡。在未修水库之前，水流湍急。据说河床本身就是起伏不平的。如今，水流都较平缓。不远处就是一个近90度的大弯，据说前方还有一个90度大弯。也许是这两个大弯的缘故吧，以前它是著名的黄河险滩。黄河水在这里也是黄的。河两岸已淤积起近十米的泥沙，炳灵寺在二十年前比现在至少高出地面20米。这也是泥沙在山脚堆积的结果。也就是说，炳灵寺与崖脚的泥沙有20米厚。这说明黄河上游水土流失的情况也是较为严重的。人们说，黄河像中国大地上的一根血管，每天都在流血。血就是泥沙，谁知哪一天中国大地会不会因失血过多而衰竭。

夜晚的黄河峡谷和炳灵寺峡谷的景色也是奇特的。漫天繁星离天顶是那么近，好像伸手即可攫取。四周一片静谧。峡谷里正值山鸡交配季节，咕咕叫唤声不断，空气里则充满甜润的气息。这些在大城市都是领略不到的。头枕静谧，心念四宇，情思纵横于往古来今，我想，不用修禅，如佛家弟子那样，也能领略和顿悟人生真谛。

1987.4.16

最亲爱的君：

我又看到了一碧如洗的天空。它是那么蓝，蓝得把天下的河流、峡谷、石窟罩上了一层晶莹的青光。上午十时许，当灿烂耀眼的阳光投射到石窟上千平方丈的崖面时，我们开始顺着栈道登上炳灵寺石窟群最高处，也是最大的石窟——169石窟。你可能如我一样，知栈道而未见过栈道。《三国演义》说诸葛亮率军入蜀，而蜀道难难于上青天，故修栈道以往。栈道者，山崖上凿桩眼，架木梁，在木梁上铺上木板以为路的就是。它常常是依山势，破天险而立，仰望如攀援于悬崖上的盘曲天桥，攀登时如爬天梯。炳灵寺石窟崖面上的栈道是今人修的，但古人凿下的桩眼和伸出崖面的木梁比比皆是。据说，在清朝时，附近乡民间回汉族人发生械斗，汉民跑到炳灵寺避难，回民于是发火烧栈道，使古栈道尽数焚毁，只留下几根残桩断梁。今天我们行走攀援其上的栈道是今人于70年代初修建的。它大体上依古栈道的

作者在炳灵寺 169 窟留影（刘浩 1987 年摄）

路线和方式修成。不同之处在于它有栏杆扶手，漆了一层黄油彩漆，这使它看上去更像盘曲在悬崖面上的一道空中走廊。从悬崖脚到169窟，几乎是直上直下。在山崖自然形成的弯曲槽凹里，栈道依势修成，直达洞窟。此洞窟其大无比，是一天然洞穴。就在这个洞穴里，中古先民雕下了若干佛像和绘下满壁壁画。想必那时候，这个洞穴一定是光辉灿烂的。经历了十六个世纪所留下的雕像、壁画证明了这一点。169窟是炳灵寺石窟的全部价值所在。风化、战争的破坏使它留下的东西不多，但壁上的一方墨书石刻题记所揭示的历史年代，却使那些残留下来的雕塑、壁画闪射出中古历史光芒。按照这个题记，炳灵寺石窟开窟于西秦时期。西秦是汉、晋以后的一个小王朝，历史把这些小王朝并立天下的时期称为十六国时期。时为公元四世纪，据今一千六百年。

在考古学中，断代和确定历史时期是一件十分重要的工作，也可以说是一件首要的工作。敦煌、云冈、龙门、麦积山等石窟的开窟期长期以来都是以雕塑的艺术风格等直观的办法来确定年代，像炳灵寺这样明确标明年代的却未见。这样一来，炳灵寺169窟的雕塑和壁画便成了所有石窟的标本。凡在技法风格上拙于169窟雕塑的就可推断为西秦之前的作品。成熟于169窟的就可能晚于西秦。敦煌有早于炳灵寺的，麦积山只有晚于炳灵寺的。云冈、龙门一直认为开创期很早，这样看来也都晚于炳灵寺，晚于西秦。炳灵寺的意义就在于此。

除169外，炳灵寺还有不少好东西。如北魏（十六国之一）的雕像，唐代的石雕。有些雕像你一眼看上去就有一种感染力浸上身来。有人把炳灵寺称为中国石窟一瑰宝，我看一点不为过。炳灵寺的发现也是一件有趣的事。一九五一年，当时甘肃省的副省长和文化局长在此土改，听百姓说附近有寺院，遂前去踏看，不想一巍峨石窟跃入眼帘，大喜。于此前后，兰州大学一位叫冯国瑞的老先生在麦积山调查完后亦辗转来到此地。做了粗略的调查，并报道给外界。1953年，国家组成一支包括很多著名考古学家的炳灵寺考古队进入炳灵寺。调查完毕还将调查成果在北京举办了一次展览。炳灵寺开始为更多的人所知晓。到了1962年，甘肃文物考古队又开赴此地做了一次细致的调查，这次调查的最大成果是爬上了169窟，发现了西秦时的题记，大体上确定了炳灵寺的开创年代。此一成果在当时的文物考古学界及海外引起小小的轰动。自此以后便不断有人来调查研究炳灵寺石窟及其雕塑壁画。1976年，第一个外国人（瑞典人）作为旅游者进入了炳灵寺。以此为开端，炳灵寺逐渐向世界开放了。到1986年，到炳灵寺参观的国内外旅游者达到七万人，这还是在交通限制之下的数字。如果交通方便，每年十数万人涌来不成问题。

甘肃永靖炳灵寺石窟西秦石刻（刘浩1987年摄）

1987.4.18

最亲爱的君：

今天是4月19日。在同一时间里，我们却在不同的空间做着不同的但又十分重大的事。你在北京自学考场考试，我在黄河岸边一古石窟采访。今天，是我到炳灵寺的第四天。像发现新大陆一样，我每一天也在为新的见识、新的发现而激动、兴奋。从17日起，我就开始随同人美社的人拍摄石窟照片，爬上爬下，插空则做文字采访。这四天里，我已先后与《中国美术、炳灵寺卷》的主编、炳灵寺文物保管所所长和甘肃文物考古所所长做了交谈。人民美术出版社的责任编辑陈履生与我同住一室。他与我同岁，是美术史研究生。我们在一起的时间也是谈古探古道古。这样，我几乎不知道今天是怎么回事了。每天都生活在探古论古的环境里。炳灵寺一卷的主编名叫董玉祥，中年人，他向我介绍了炳灵寺及甘肃其他石窟的许多知识和情况。炳灵寺文物保管所所长王万青是一个很有意思的人。在将近三十年的时间里是他独立做着炳灵寺的保护工作。他向我介绍了炳灵寺文物的保护情况。前信说到的黄土高坡农户人家的小脚妇人就是他老婆。别看在如此幽闭的高山峡谷，人家还有不少风流韵事呢。甘肃文物考古所的所长名岳帮湖，他担负炳灵寺卷的摄影工作，我请他谈的是整个甘肃三十多年来的考古情况。我们的话题从石窟谈到汉简，从汉简谈到原始社会人类遗址的发掘，谈到彩陶，接着我们还要谈岩画。陈履生也是个人物。他的思想和观点既有稳健的一面，又有激进的一面。他在美术界很活跃，属于当今美术理论界中的少壮派中坚分子。我们交谈美术史，交谈古代文化发展源流，交谈岩画、雕塑。从他的谈吐中可看到他代表着美术理论和美术批评界中的一种倾向——走向理性，走向科学，走向比较。而一批老年画论者和大部分中年画论者至今却仍在用直观、印象和杂七杂八貌似理论实是大杂烩的东西在评论作品，评论画家。告诉你一个新打算，炳灵寺拍摄工作可能提前完成。以下的每一程也都可能提前完成。这样我们就得到几天宝贵的时间。用这几天时间，陈履生将陪我到敦煌一游。计划从兰州坐飞机去，两天返回。

1987.4.19

最亲爱的君：

好！甘肃与北京有一个小时的时差，这里大约到九点钟，夜幕才降下来。现在这里正是日落西山之时。我回到炳灵寺的住所已八点了。

今天，我做了一次真正的访古旅行。上午，当地一位青年带我乘羊皮筏子渡过了黄河，接着便在陡峭的山间小路上行走。

我们所要去的地方叫齐家坪。早年就是在这里，考古工作者发现了原始社会人类生活的遗址，发掘出许多彩陶。

彩陶是辨识古代人类生活的标本。一只陶罐上的花纹常常是识别当时人类文明程度的标志。中国通史从北京周口店讲起，讲到山顶洞人，接着讲到仰韶文化——彩陶的制作和绘制的文化。迄今发现最精彩的是在河南出土的人纹、鱼纹彩陶。考古学家把它的历史定在四千年前的新石器时代（晚期）。

齐家坪曾出土目前中国最大的彩陶——彩陶王。实物存在历史博物馆。而今，齐家坪就在炳灵寺黄河对岸，我能放过这样一次访古探胜的机会吗？炳灵寺文物保护所有一位工作人员家就在齐家坪。听他说，在齐家坪的山坳里，那彩陶片多的是。我更加不能无动于衷了。也许我能捡回一些彩陶碎片呢！

道路是那么崎岖。我们终于来到了齐家坪。哦，上帝，这里简直是文物的宝库，在当地一位老乡带领下，我们在山坡上、在山坳里看到，彩陶片俯拾即是。有的陶片像新的一样，上面的花纹美丽极了。我观看了现场，这些有陶片的地方，大多有火烧结的土。这说明当时这里是古人的陶窑。再放大眼界观看周围地势，这些古窑几乎就挨在黄河边上。于是，我的神思不由得飞翔起来，想象着三千多年前黄河岸边古人的形容和活动情景。一时间好像自己也变成了那时候的人，奔忙在黄河峡谷里，破土，砍树，烧窑，制作陶碗、陶罐，以最大的想象力在这些陶器上绘上一道道美丽的花纹。

我的全部收获当然不止于此。我还采访了齐家坪的两户人家，我力图通过交谈找到他们与原始人的共通之处。我让他们与古人对话，我充当古人。结果我发现，对话极其精彩。一位大婶问我这个北京的古人，北京有活鸡吗？还说："我给你带一只回去吧？"多么纯朴的黄河岸边人！

我的收获还不止这些呢！我在一户人家观看了他的文物收藏，全是新石器时代物品，有石凿、石刀、玉佩。我为这些文物照了像，并以五元钱和几张照片的条件买下一只玛瑙色玉石石凿。你简直想象不出这只石凿有多么精美！

接着我就踏上了归途。在黄河大峡谷陡直的山坡上，我们沿着一条放羊人踏出的鸡肠小道小心地碎步行走。一路上，黄河在峡谷里盘曲回环的身姿尽收眼底。恐怕这峡谷和峡谷坡上的小道是第一次印上一个记者，一个从北京来的城里人的足印。待到达黄河渡口时，我几乎迈不动腿了。

我又爬上了羊皮筏子。在湍急的黄河水里，黄河船工以独一无二的身手把我和我的向导送到河对岸。富有传奇色彩的一次访古旅行到此结束了。

我回家一定要和你讲讲黄河上的羊皮筏子。这是世界上独一无二的渡河工具。

当你收到这组信时，我们可能已通过一次电话。我将在22日（星期三）晚给你挂长途。另24日我们奔张掖。

1987.4.21

1935—1937 年，青海共和县，黄河畔的羊皮筏子 (庄学本 /FOTOE)

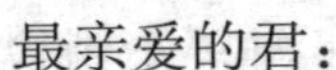

最亲爱的君：

好！我们早晨八点出发，下午六时到达张掖市，行程五百余公里。而这五百余公里竟只是整个河西走廊的一半里程。多么令人惊叹的地方！

乘汽车飞奔在河西走廊是一件愉快的事。笔直的大道，一路向西，向西，向西。在南，是祁连山脉的雄姿。在北，是龙首山、合黎山沉郁的身影。有时河西走廊狭窄到两脉山峦如峡谷沟壑，有时宽如辽阔平原。在这条沟通中国腹地与西部的大道上，有青色妩媚的绿洲，有一望无际的戈壁滩。

就在这条充满历史回响的通衢大道上，排列着著名的河西四郡——武威、张掖、酒泉、敦煌。

出武威，展现在我眼前的是一片茫茫戈壁。正在这片戈壁上，东西逶迤的是一道土墙似的历史残存物，这就是著名的万里长城——明长城。

当武威的绿洲突然像往事那样消失以后，看着眼前的大戈壁，我失望了。我不知道这大戈壁的尽头在哪里，我甚至已想象出张掖就坐落在这片不知延伸到何处去的大戈壁上。然而大戈壁却奇迹般地消失了。一片绿洲，一片比武威绿洲更动人更妩媚的绿洲出现在眼前。春天在这里已不是阳光的明媚和土地的复苏，而是千树花开，万树叶绿。一股股溪水潺潺流动。

不过，我也领略了河西走廊的大风。天色渐渐灰暗，说时迟那时快，狂风大作，日头顿时变得蒙蒙然如一绒球，黯然无光。

河西走廊从广义上说，指的是兰州郊区往西的一条狭长地带。狭义上说应是乌鞘岭以西到敦煌这一狭长地。我们从兰州出发，大约两小时就到乌鞘岭了。兰州以西，春风初度，夹道杨树已绿染枝头。可到达乌鞘岭时却草色干黄，树木枯槁，山峦高处残雪未融。然而出乌鞘岭，天地又焕然一新。地里的麦苗已呈油绿色，梨树花白夹在翠叶片里似有凋零之态。在人们心目中，河西走廊是不毛之地。其实不然，这里富饶美丽，生态环境良好。我必须承认，我已爱上这个地方了。

现在说乌鞘岭。乌鞘岭从地理学上说，是中国西北部黄土高原的最西端。从山西省的吕梁山到甘肃的乌鞘岭，苍凉的黄土高原横跨山西、陕西、甘肃和宁夏四省区。面积我不知确切的数字，但我从吕梁山走到乌鞘岭，深深感到，它是那么大，大到好像走到天涯才是尽头。

乌鞘岭山势并不高峻，事实上只是一片连绵的山岭，它没有吕梁山的磅礴，没有关山的险峻，但它有高寒山区的寒冷和阴郁。处在乌鞘岭的是甘肃天祝藏族自治县。岭连岭，山连山，积雪皑皑的乌鞘岭上，看上去似有草甸草原的景象。凡属草原，草甸草原，历史上大多是少数民族占据的地方。只有他们适应这样的生活环境。这是他们游牧生活方式所决定的，汉族是农耕民族，他们把这些苦寒艰苦的地区留给了少数民族，自己去垦殖那些宜于耕种的地方。而长期的无政府状态的耕种，他们向土地索取的东西是那么多，给予土地的东西是那么少，土地上的树木消失了，肥力减少了。水土流失的悲剧也就开始了。

我在甘肃听到不少人说到定西的贫困情况。定西在兰州以南，天水以北。在这片黄土高原里，一些农户至今全家穿一条裤子，全家只有两只破碗。可就是这些人，当让他们迁徙河西时，他们竟不愿去。汉民族的伟大和愚昧无知混合在一起造就了一批批、一代代连好歹都不懂的愚民，真叫人哭笑不得。这不能不使人思考，中华文化也许是一种滑稽可笑的文化。在这种文化里，有能使人高尚的东西，也有使人堕落、无知、愚昧的东西。

今天我们下榻在张掖地区招待所。晚上陈履生拉我去会他在张掖的几个朋友。所见所闻甚是有趣。

1987.4.24

最亲爱的君：

好！自兰州通电话后，我的心境一直不能平静。我想你，想迎迎。离你们越远，越想你们。每当入睡之前都会情不自禁地想到那每一天都值得留念的日子，和女儿迎迎那活泼可爱的小样儿。我怎么也忘不了走前到幼儿园接她的情景。她看到我，愣了一下，紧跟着大声喊起来：爸爸接我来啦！她的小脸蛋红扑扑的。她的内心一定像成人那样，有一种不可名状的喜悦和由这次喜悦激发而出的激情。在这种激情的驱策下，她不顾一切冲出她的“牢房”，欢呼跳跃着去滑滑梯，攀登架梯，直到汗水湿透了衣衫，额头渗出一层汗滴。那天，她脱去了外衣，露出那件紫红色的连衣毛裤的上半截。领口还敞开着。看着她粉红的脸蛋，蜜糖色的绒绒的头发和闪闪发亮的黑眼睛，我的心里真有一种说不出的幸福感！

现在谈谈今天的活动情况。我们到达张掖的当天，就碰上了大风天。入夜，竟下起雨来。天公不作美，雨天无法拍照，我们只好滞留

甘肃河西走廊上的明长城遗址（刘浩 1987 年摄）

张掖。在张掖我们干点什么呢？人美出版社的陈履生早有谋划，来之前已通知在张掖的朋友。滞留张掖反给我们一次收集文物的好机会。在陈履生朋友的引导下，我们来到了张掖东北三十公里处戈壁滩上的一个汉墓遗址前。这座汉墓已被农民在挖掘时彻底破坏，但我们仍然满怀希望抠挖墓前浮土，希望从中得到一点“宝物”。当时的情景，我们都觉得好笑，活像几个盗墓的魔影在戈壁滩上晃动。挖掘的结果，不无收获，我们每人得到一块汉砖残块和一些汉陶残片。跟着我们来到黑水国附近的村庄挨家挨户收集汉代陶罐。一个上午得了六七个陶罐，这使滞留张掖的一天变得极富传奇色彩。黑水国是闻名于世的汉墓群所在地。附近老百姓家里或多或少都存有几样汉代出土文物，我们收集到的东西谈不上是最精美的，但在其他地方是绝对找不到的。陈履生是个文物收集爱好者，他的收藏已不少。这次收集到一只陶灶他很满意。一路上他都在激发我收藏文物的兴趣。他一再鼓励我形成这一爱好，坚持数年，所藏必丰。目前，我的收藏已有一原始社会石器，几块原始社会的彩陶片，一个汉代陶罐，一个汉代陶碗，几片汉代上釉陶罐的残片和一块有纹饰的汉砖残片。这些文物都是很珍贵的。这是采访之外的重大收获。说起来，甘肃大地上文物之多，简直令人难以置信。这些上古时代的墓群遗址密布在甘肃大地的东西南北，密布在古丝绸之路上。每当我看到这些碎陶片和墓冢，我就感到它们在微微细语，向我们诉说着什么。这使我想到“甘肃访古”一文的另一个副题——历史在这里微微细语。好了，今天就写到这里。天空已出现星斗，明天可能放晴。清早，我们将出发前往祁连山金塔寺。

1987.4.25

最亲爱的君：

好！清早我们启程向张掖南方奔去。远远即可看到一溜东西走向的雪山，阻断天际。这就是祁连山——河西走廊南面绵延千里的著名山麓。

从张掖到金塔寺约有七十公里。金塔寺石窟就深藏在祁连山的万山丛中。这一趟的动人之处就在于它既让我目睹到中古时代的石窟，又让我领略到祁连雪山的巍峨身姿。可惜，当我们抵近祁连山，巍巍雪山就在眼前时，我们的车再也不能前进一步了。张掖落雨，祁连山落雪。那条通往金塔寺的曲折的山路满路泥泞。谁能保证汽车在穿越这条泥泞路时不会滚到山沟里呢？不过，我们还有一个选择——弃车步行。从山里来的一村民却告诉我们，翻越雪山到金塔寺的小路积雪尺厚，恐怕我等是上不去的。无奈，我们只有原路返回。从兰州长驱500公里赴金塔寺的计划落空了。我们与其在张掖等天晴，莫如返兰州执行下一步计划更为可行。一番比较之后，我们决定按后一方案行事。于是，又一个长途奔驰的日子开始了。我们过张掖即来到山丹。山丹在张掖与武威之间，前几日祝贺路易、艾黎来华工作六十周年。艾黎在四十年代后期和五十年代初期曾在山丹县工作过九年。他很热爱这个地方，一九八二年他将他来华几十年收藏的三千多件文物捐给了山丹。山丹为此建造了一座“艾黎捐赠文物陈列馆”。我们中途停车参观了这座陈列馆。在这座陈列馆里，你可以看出文物收集者的那颗火热的心是如何地牵系着一个古老民族的文化历史在跳动着。是啊！一个外国人尚且不由得爱上甘肃大地，并为保护宣传它的文物而做出那么大的贡献，更何况一个中国人。我一定要把这次采访所得写好。当你细读着我每天给你写下的见闻时，你或许也能感到非如此不可吧——写一本书，一本好书，一本有趣的书。

太阳西沉，我们进入了武威市。前面说过，武威是河西走廊四郡之一。从考古的角度说，它作为文化名城主要是在一个汉墓里发现一只铜奔马。在全国各地出土的铜马、石马、木马中，没有一匹马像武威马那样四脚腾空奔腾如飞。这匹马现已是国宝。美国一家博物馆愿出一亿美元购买。武威市的中心广场即矗立着这匹铜马的复制铜象。迎着暮色渐浓的天空看去，它恰如疾驰在河西走廊传递军令的战马，确实生动。晚间，我们住宿在武威市招待所。打算明天上午参观武威博物馆，下午赶到兰州。

1987.4.25

最亲爱的君：

好！不知不觉，我已经给你发出十六封信了。这也意味着我入甘已半月有余了。在家时我们常说，我们太好了，好得一刻不见面就想得不行。十六天在家时不觉得长，不觉得短。因为生活就是这样由一天天所构成的。可一旦分离，这一天可就长多了。

上午九时，我们前往武威博物馆参观。又碰上一个不凑巧，博物馆十点才开门。等吧，路途遥远赶路要紧，走吧，一次访古机会要跨门槛了却放弃了。我服从了大家的决定，还是登车上路………

我们到达张掖的那天夜里，甘肃整个下了一场雨。当我们再路经河西走廊东段各地时，仅仅是几天，春天便名副其实地到来了。我们于下午四时抵达兰州。炳灵寺抢出的几天，由于祁连山降雪而全部丧失。原打算明天就奔赴武山、甘谷等地实行下一步计划，也由于考古所人有事而耽搁下来。这样，明天我们就空闲一天。为了利用空出来的每一天，我们必须行动，我和陈履生决定，明天奔赴甘南拉卜楞寺。拉卜楞寺是布达拉宫和青海塔尔寺之外最大最著名的一座喇嘛教寺庙。既到甘肃，岂有不去之理。谁知，去拉卜楞寺的计划又黄了。司机怕担风险，加之想回家。光明日报的人不来了。我们建议司机不必再跟下去，人美也同意了。这样，去拉卜楞寺只好放到后期了。计划明天到武山拍片，其间十数日不再返回兰州。待返兰州给你通电话。

1987.4.26

最亲爱的君：

好！拉卜楞寺去不了，还在兰州白待三天，实在是件腻味的事。主要是考古所的人在兰州有事走不了。这就苦了我们——在饭店里待着无所事事。我们离家已久，都希望尽早结束工作，早日返回。下一步的活动大体安排如下：明天（29日）赴武山拉梢寺，然后到甘谷县木梯寺、天水仙人崖和麦积山，然后赴庆阳北石窟寺和南石窟寺。时间定为十天。十天以后返回兰州。整个拍片活动就结束了。回兰州以后可能在兰州待两天，然后准备用五天的时间到拉卜楞寺和敦煌两地游览。回兰州后即动身返回北京。按此安排，5月20日前必可回到北京。入甘已近二十天。我一直想给编辑部打电话，可又怕听到他们催我快回的声音。干脆还是老将不见面的好。在兰州无意买到一本好书《妇女心理学》。粗读下来直觉新颖、精妙。千百年来，妇女是人类社会一个备受压迫、欺凌的群体，在上古，妇女算不算人还是问题。在甘肃博物馆一个复原的原始社会的墓葬中，一个男性骷髅身旁躺着两具女性骷髅。它揭示了人类曾有一个时代，妇女的命运是那么悲惨，连牲口都不如。陪葬制的残忍正在于它不承认妇女也是人，也有人格，也有与男性一样的能力。上古的烟云消失之后，中古、近古的妇女的处境也好不了多少，就是现代，在一些细微的地方，她们不也是从属于男性而生活在处处受排斥的历史命运之中吗？无怪乎马克思认为，衡量人类解放的最后尺度是妇女的解放。妇女要认识自己，要为自己的权利而斗争。西方女权运动的主旨也就在这里。可惜，在这一方面，中国妇女基本上是无动于衷，甚至对自己在世界上的姐妹们的所作所为反感、排斥。她们更喜欢做一个弱者。这本奇书（我称之为中国开放以来出版繁荣所带来的硕果）则从妇女的生理、历史命运和能力对世俗的偏见进行了大胆的匡正。它甚至主张，女性也可以或也应该像男性通过手淫学到性知识那样，通过手淫去学习对自身性器官的认识和感觉。目前，这本书是美国大学妇女心理学学科的教材，既有理论深度又有客观分析。其科学性是毋庸置疑的。它比弗洛伊德的性心理学和劳伦斯的泛色情主义更进了一步。你一定要认真看看。我从文摘报上还看到一则书讯，由农村出版社出版的一本名叫《我们自己和我们的身体》的著作，是美国几位女权主义者以亲身体会撰写的。近已出版。你留意买一本。十天以后我给你打电话。

甘肃武山拉梢寺北周摩崖石刻（刘浩 1987 年摄）

1987.4.28

最亲爱的君：

好！今天是四月三十日。我在甘谷。此刻电视里正在播放“五一”节联欢晚会节目。这真是一台又臭又长的节目。

它使我觉得我们又回到了六十年代。

好了，不说这些。

我发出的第二批信件和临离兰州到甘谷发出的信想已收到。当你再收到我这封信时，我归家的日子也就指日可待了。

说实话，我已经厌倦这样的旅行了。沿途满目荒芜，处处可闻土地在呻吟。要不是山回路转，不断引我来到那些一千多年前开凿的普度众生的石窟寺，我一定会患上忧郁症。就说昨天（29日）从兰州出发到武山的经历吧。随着一步步南下，黄土山包的绿色也多些了。你知道，当我看到黄土沟里长满青葱的小树，看到山沟里一畦畦麦苗油绿油绿是那么喜人时，我差不多相信，有些事情确实是事在人为。只要人勤劳，荒山可以变成林地，土地可以长出珠玉。就在离武山县不远的地方，我们穿过一个沟谷，那里农民正在采石。此石为蛇纹岩，是一种墨绿色的玉石。它是武山的特产。用此玉做成的酒杯称夜光杯。当时边塞诗人不是有诗曰“葡萄美酒夜光杯”吗？用此夜光杯举杯邀月畅饮，是一种多么富有诗意的事啊！它一下子给你许多美好的联想。可是，到武山县城后，听人说，武山是贫困县，近两年有不少人出外逃荒讨饭，我先前的美好印象顿时化为烟雾，我迷惘了。我不理解，这是为什么？探究下来，哦，这一切都是我们的山河破碎了，而且这破碎的山河还由于人口众多而严重超载。

武山县共有人口三十多万，人均两亩地。但真正出粮食的地不到十分之一。其他地都在山区，亩产极低，加以连年天旱，岂有不闹饥荒之理。

今天到甘谷。甘谷在渭河河畔。渭河是黄河的支流，早在新石器时代这里的文化就已高度发展。出土的大量彩陶和遗址以及秦以后的文物证实了这一点。在渭河畔一条狭窄的川地上，你看到的是一派富饶景象。可是河川两岸黄土山的荒芜抵消了这片河川地的全部富饶，使甘谷这个濒河，紧靠铁路、公路的县仍然列入贫困县之中。

在黄土高原，我已跑了近二十个县。行程已达两千多公里。从印象、感觉到理性的思考和事实的调查，都告诉我，中国，如果不立刻动手整治国土的话就没有希望了。多少天来，我都在寻找一个描述这一景象的词。终于，我找到了。这就是“山河破碎”。据了解，甘肃处于贫困线的人口有五百万之多。以前报道说全国贫困人口约两千万。我估计整个黄土高原就有这个数。全国至少两个亿。两亿人的贫困有一部分是由于政策、交通的缘故，但大多数是因为生态环境恶化所至。就在离兰州仅三四十公里的东乡县，其贫困状况就已十分触目惊心。在这个县的许多地方的人，都穿着军装，人称全民皆兵。原来，他们的衣服全是来自国家军服救济。在定西，有的人家全部财产只七元钱，只相当于一只皮鞋的价钱。人称这里是中国的埃塞俄比亚。然而对如此严重的生态环境恶化状况，当政者出于政治需要不管不顾，仍然在不断地要求农民增加粮食种植面积，增加产量。为什么不可以进口粮食让土地休息休息，须知，它们也是有生命的！完全可以预言，如此下去，几十代人以后，山河已不只是破碎，而且可能完全毁弃，像玛雅文明的消亡一样，中国文明在失去土地以后也随之消亡了。

好了，不谈这些令人沮丧的事了，还是谈些令人激动新奇的事吧。

今晨，我们从武山县出发，不一时就走上一条曲折的土路。再往前，可以说已经没有路了，只有山沟河床上的车辙。沿着这条车辙，突然一方巨石当道而立，看上去真正是山穷水尽无路可走了。一个急转弯，巨石甩到了身后，我们竟进入一个深邃的峡谷。就在峡谷的一侧，悬崖上栈道盘错。崖面上，高高地浮突地雕出三个大佛（一佛二弟子）。其造型生动，色彩鲜艳，猛看上去，直觉整个峡谷触目生辉。摩崖大佛四周都是砂岩尖峰，气势磅礴。谷底一股清泉，淙淙潺潺地流动着，再衬上一片片葱茏的树木，置身其中，真是恍入圣仙之境。这里就是拉梢寺。拉梢寺的摩崖大佛刻于北周时期，距今一千两百余年。原来崖面上满布壁画，如今剥落得所剩无几，但细看仍可看出那个时代的风韵。拉梢寺对面山上是水帘洞石窟。这也是个有趣的地方。说它有趣，已不是石窟有趣了。而是在这里的石窟上，大约在清朝末年，来了一帮道士，他们占据了这里，在此建起了道教的寺观。如今此道观有三个道士。我分头和他们做了交谈。三道士两老一少。每一个人都有一段有趣的故事。老道人称陈爷，有过许多光荣的经历，当年曾护送过一批红军赴延安。文革时为保护文物被人砍断一

甘肃武山拉梢寺石窟北周摩崖石刻（刘浩 1987 年摄）

只手指。另一位老道人称曹爷或曹道，他身为道士不好好修道，尽闹风流事，人们又称他为花道，不少前来求道的大姑娘小媳妇被他迷惑搞出事来。小道年方二十，血气方刚。因看破红尘，不满家人逼婚而出家，曾上北京多方拜师求道，报考宗教学院道学班，败阵而归。他究竟能否修炼成道，大多数人似乎是拭目以待。

拉梢寺没有炳灵寺那么古拙，却以空灵清新拔萃于众石窟。作为旅游地，它有一种既神圣又柔和的吸引力。它的环境让人一望而知就是一个修行养性超凡脱俗的好地方。待日后，我们带孩子一块来玩一次。

从拉梢寺出来我们就赶到了甘谷县。明天将去甘谷西五公里处的大象山石窟寺。

1987.4.30

最亲爱的君：

好！同宅的人都睡下了，我得赶紧写几句。长话短说吧。

今天的经历总的说来是令人兴奋的。上午从甘谷，一个历史久远而破败的县城出发，不到三十分钟，我们就到了大象山石窟寺。大象山石窟寺已无什么古代的东西。只有一尊唐代的泥塑大佛高高矗立在渭河北山，象征着古代历史在这里的演出。这样石窟建在悬崖的情况，在甘肃大大小小二十多个石窟寺里是很普遍的，我协助他们拍摄完大佛在山下吃了一顿饭，便又出发往麦积山驰去。

甘谷到麦积山路上花了近四个小时。今天五一节，正是全国性春游的日子。麦积山人如潮涌，原想借此次机会好好看看那些不对外开放的洞窟，结果因人太多秩序难维持而落空了。麦积山是我所游览过的最精彩的洞窟。作为补偿，在短短三个小时里对麦积山石窟艺术研究所所长和一位美术主任的采访却是令人高兴。我不要求他们谈很多，只要求他们谈出观点和见解。

当采访结束时已六点多了。我们随即驱车返回天水市。

这是我第二次到天水了。上次住在天水市的一个区，叫北道区，原为天水县。这次住在天水市。天水市给人的印象不如从山上看到的那么可人。它的发展模式有点像兰州，是在一条狭窄的山谷河畔求发展。由于南北两山相隔，这里城乡差别很大。在城里，人们身着整齐，可在十几里以外的山里，人们却蓬头垢面。

现在屋外下起了小雨，淅淅沥沥。雨中的天水倒有一番饶人的风韵。这里就不多谈了。我可能到庆阳北石窟寺给你去电话。

1987.5.1

最亲爱的君：

好！我在泾川给你写信。大约十五天前，我从这里路过，翻越关山进入了陇西——地理上甘肃西部地区。今天，我却从陇西翻越六盘山——红军长征走过的地方，陇东、陇西的分水岭——来到了陇东泾水河畔的泾川县。

十几天前，我从这里走过的时候，泾水平川晓春毕露，那麦苗儿刚刚返青，那白杨黄榆刚刚绿上枝头，而今，春天却已成熟，麦苗儿油绿油绿的，路旁、宅边和川谷上的片林，绿色的枝叶已能在阳光照射下投影在地上呈现出一派绿树成荫的大好景象。

真没有想到，今年我是在一个特殊而广大的地区做长途的春游。与北京郊野的春游相比，我所进行的春游简直是追春的旅游。没有谁能像我这样从这样的春游里获得如此众多的收获。

我们今天的出发地是天水市。离开天水我们来到了天水以北70公里的秦安县。从秦安县继续前进40公里，我们来到了大地湾。到大地湾是我今天最大的收获。几年前，一批考古工作者在此地发现大量残碎彩陶片，遂决定在此发掘。土方一方方取去，这些考古工作者逐渐意识到他们在发掘的是什么。他们把这些遗址清理出来，惊奇地发现，这是七千年前原始社会村落的一间大房屋的遗址。遗址地面基础告诉人们，这是一间三口开的大房子。房内有一个大火塘，面积达120平方米。两根直径50厘米的大柱支撑着房梁，房墙上的数十根扶墙柱告诉人们，这间房子的房顶一定是个庞然大物。更为奇妙的是，这间原始人的大房子的地面竟是如此之光滑坚硬，酷似今天的水泥地面。在四千多年前生活在这里的人是怎样加工50厘米的木头，那美妙的地面是什么样的建筑材料，原始人建造这么大的房屋作何用途，这些都是难解的谜。大地湾原始村落遗址的发掘轰动了国内外学术界。在大房子的周围，在大房子所处山坡之下的河川上，甘肃考古队的人们发掘出多达两百多处原始人居住地的遗址。这些遗址所处时代不同，却是相承继的。它使人们看到从距今七千年到距今四千年这一时期原始人居住情况的演变。于是，人们产生了一个美妙的想法，想把这里整理、复原和建成一个原始村落博物馆。想想看，你走进一个原始人的村落，会怎么想。也许你会想，原始人也许是一群很可爱的人。他们勤快、富有智慧。他们一定比现代人磊落大方。当然，他们也一定比现代人傻。

我较早就对人类学感兴趣。大地湾使我的想象力大为兴发，我仿佛看到了原始人类的生活，甚至觉得洞察到他们的感情和内心世界。

在我发出这几封信之后，我将在北石窟寺给你和迎迎打电话。

1987.5.2

最亲爱的君：

好！我在北石窟给你写信。原打算在这里给你通长途，现看来困难了。我不相信在这样一个县城以外四十里地的乡村里能在短时间里接通北京。就是已经写好的几封信也无法寄出。石窟寺的开凿地点通常都要考虑几个方面的因素。一是清静，二是靠水，三是交通便利。但交通便利不是直达的便利，一定需要朝拜的人做中途跋涉始能到达。这样，石窟寺常常建于重要城镇四五十里以外幽静偏僻的地方。也就是说，石窟都有相对闭塞的特点。

北石窟寺即建在陇东两个著名的塬——董志塬与镇原塬之间。窟前又是两条小河——蒲河和茹河交汇的地方。这种依山傍水的环境，自然更显出北石窟寺的幽静。

早在二十年代一位先生在发现南石窟寺后，就预言有南石窟必有北石窟。但那时没有多少人对寻找北石窟感兴趣，直到1959年，甘肃考古队在文物普查时才发现此地。

甘肃秦安大地湾原始居民群落遗址，图为距今5000年原始人大殿遗址（刘浩1987年摄）

从外观看，北石窟几乎打动不了人心，除了一个大洞窟的门前刻有两个孔武有力的武士或叫天王外，不高的山岩上零七八碎的窟龛都已为风雨所蚀而破败不堪。但是走进那个高大的洞窟，你却不能不为之心动。七个八米高的石刻佛雕环壁而立，再加上满壁的佛雕和其他的造像，你顿觉进入一个气象非凡慑人心魄的宗教圣殿。而最初的感觉是双腿微微发颤，心跳加快，好像有一种神秘的力量在胁迫你承认你自己的渺小。

这个洞窟开创于北魏，即五世纪初。这时期是佛教在中国最兴盛的时期之一。在一种宗教感情的驱策下，古人创造出比宗教更见其精神力量和智慧的艺术作品。这也许正是它所以能够轻而易举地打动一个生活在二十世纪八十年代的青年人的地方。

北石窟令人赞叹的还有壁上的佛雕。在敦煌，飞天是彩绘出来的。在麦积山，飞天的肌肉和骨骼是用薄薄的泥塑出，衣服等则用五彩绘出，人们称此具有创造性的技法做“薄肉塑”。而北石窟的飞天则是石刻佛雕。

有一幅佛雕使我想起电影《印度之行》。你还记得吗？那位英国姑娘骑车独自闯入森林深处，猛抬头看到一组佛雕。她可能是被佛雕的内容所震惊，也可能是为佛雕的造像所困扰。她神思恍惚地逃跑了。这里的一幅佛雕与电影上的造型极相似，可以看出印度佛雕艺术的影响是深刻的。

晚上我们开始拍片。估计北石窟的工作有四天就可完了。

甘肃近日大部分地区均是阴天。北京也如此吧。

1987.5.3

最亲爱的君：

好！到北石窟已三天。此地连续阴天，极大地影响了拍片工作，只有晚上利用灯光工作几小时，不然拍片进度会更快些。

说实话，每天空闲在古刹石窟里很乏味，加之整个拍片工作已近尾声，出来多日，归心似箭，不免有些焦急。甚至想把敦煌之行也取消赶紧回家。我是多么想你和孩子。尽管这样，敦煌之行仍不能取消。甘肃石窟除敦煌外，凡残存有价值塑像的，我几乎跑遍了，难道能在最后一刻放弃涉足敦煌而半途而废吗？敦煌太有名气了，也太遥远了。我在向人们报道甘肃石窟时如果撇下敦煌不谈，那将如向人们介绍一幅画却略去画的主体不谈那样，令人难以接受。

计划是这样，8日返兰州，9日到张掖，二上金塔寺，10日返酒泉并在此乘飞机赴敦煌，再于12日乘机返兰州。在兰州还要停两天，看看考古所和甘肃博物馆的收藏品，然后就返回北京了。

原计划还要到拉卜楞寺。我放弃了。想想看，我在甘肃跑了多少地方！如再不留一两个能打动人心的去处，我想，我这一辈子再不会去甘肃了。

今天，我们驱车前往北石窟三里以外的北石窟北1号窟。你可能会奇怪，同是一个石窟为何相互远在千米之外呢？我也提出了这样的问题。我得到的答复是，北石窟北1号窟严格地说不属于北石窟而属于一个单独的石窟。当年（北魏）佛家弟子不只在现北石窟的地方凿窟，而且在塬下的蒲河沿岸凿下若干个石窟。后来经过一千多年的历史变迁，有的被地震摧毁了，有的风化殆失了，有的被水淹没了。剩下的北石窟也是在1959年才被发现的。发现北石窟后，人们发现三里以外还有一个洞窟，前往勘察，发现虽风化严重，却也有几身造像幸存于今。于是把它划入北石窟，并把蒲河沿岸的所有发现的和未发现的石窟，统称北石窟群。

在古代佛教兴盛时开凿的石窟大体上都是成群落的。拉梢寺是如此，金塔寺也是如此。它们分别属于水帘洞石窟群和马蹄寺石窟群。而石窟群的存在，给人的历史感也就更强烈。你会立刻意识到，按当时的人力物力，兴凿这么多石窟，一定有一种狂热的感情在驱动人们，否则是断然做不到的。

北1号窟离地面十数米。我们是架梯子爬上去的。此窟很有特点。窟内有一中心柱，柱的四面均雕有石刻佛像。可惜风化的消磨使它们面目全非了。不过，残存的几爿石刻十分精彩，有飞天、动物和两排小人像。这些石刻造型之生动，优美，就像一道光芒那样，把风残的洞窟照亮了。

石窟造像因为题材相同，技法也大体相同，故很容易给人千人一面，千篇一律之感。但是由于石窟所处地理位置不同，洞窟凿型不同，内行仍一眼可看出它们之间的差异优劣和风格异同处。我不是内行，但看得多了，有了比较，更重要的是我利用感觉去观赏，我的判断常常是正确的，除正确之外，我相信在如何表达这种艺术感觉的问

甘肃庆阳北石窟北魏雕象（刘浩 1987 年摄）

题上，我也有高人一筹的地方。

多日来，我像走在一个雕塑艺术的画廊。就在我即将走到这画廊的尽头时，不知为何我的心里有一种不可名状的惆怅和迷惘。我觉得在人类艺术史上，宗教给人的艺术灵感是巨大的。相比起来，政治，一种纯为政治斗争而服务的意识形态却总是窒息人类的艺术灵感。看看我们今天的雕塑吧！不管有多少种形态上的变化，却也比不上表现在同一形态的一尊佛像面部表情上细微的不同那样动人心魄。今天就写到这里。

87.5.5

最亲爱的君：

好！北石窟的拍摄工作终于结束。离家越久，我越希望这里的工作安排得紧凑和有效率。可是我们在北京习惯了的快节奏高效率的工作方式和生活方式，在乡野完全行不通。他们总告诉我们，不用忙，慢慢拍。不过，闲散于我也带来不少好处。它使我有机会与当地老百姓交谈，了解他们的生活现状和前景，了解他们的思想感情。我的印象中贫穷仍然是这里左右百姓行为和感情的最根本的因素。饭是可以吃饱了，但是没有货币进行维持人们其他的物质和精神需要，使他们深陷于一种既渴望获得钱财却又无法获得钱财的绝望的境地。于是很多罪恶由此产生。比如买卖婚姻、虐待妇女、重男轻女等等陈规陋习死灰复燃，偷窃等犯罪行为也日益增长。贫穷是罪恶之源，中国有太多的地方太落后了！

在石窟的洞龛，点上三只各五百瓦的白炽灯，把灯光投射在一尊尊佛雕上，对准焦距，按动快门，听到咔嚓一声脆响，想到千百年前遗留下的历史实物留到了自己所有的胶片上，从哪一方面来说，内心都是愉快的。走过石窟，山坳里静悄悄的，一弯月儿在天空散发着温凉的清光，吸一口山间清新的空气，想想世事人生，好像顿悟到不少的东西。

在麦积山时， 我和陈履生以及人美在麦积山拍片的小陆凑在一块，相互询问年龄，发现我们都是同龄人，都在三十多岁上。小伙子冒出一句话说，人在三十几岁时是最愉快的时候。我也有同感。确实，我们应该用蓬勃的青春活力和欢愉的生活步入中年，不要像有些作家笔下的主人公那样凄凄惨惨步入中年。我们应该把握自己命运之船的舵轮，让它驶向欢乐的彼岸。贝多芬为什么创造第九交响曲并取名“欢乐交响曲”？那是因为他发现欢乐对于人类来说是多么重要。我们不能到了中年、老年才懂得欢乐。

1987.5.6

最亲爱的君：

好！当听到你和迎迎的声音从千里之外传到我的耳底时，我的心不由得颤抖。听听，这是多么可爱的声音：我问，你想爸爸吗？她说：我想你！显然，她已经懂得了眷恋之情。只要是家人，一旦离开她，在她幼小的心灵都会留下一个空白。这个空白会使她感到缺少了点什么，在大多数时候她是表达不出的。可是当她听到爸爸在远方问她想不想爸爸时，她的心被触动了。她感到有一种激情在触动她，一时间心里有很多话想说。这时，就像人们常常所见到的动人情景那样，想说的话是那么多以致不知该说些什么。于是，她把所有的话和所有的感情都凝缩到一句话里，说出：我想你！

从你和迎迎的声音里，我感到一种在一个幸福的家庭里所有的那种温暖和馨香。它像春天田野里的各种花蜜所产生的迷人的气味那样，吸引着我像蜜蜂嗡嗡地想赶快赶快地向它飞去。

不过，就像我感到无限遗憾那样，你会感到失望。当你收到这封信时，我不但没有踏上归途却踏上了通往敦煌的漫漫旅途。因为，我不能走到山门了却不跨入那山花烂漫的山谷。我必须去敦煌。不仅是出于机会难得，更主要的是在我的写作里有敦煌的探访和河西的探访。所以，仅仅在昨天还打算告别甘肃踏上归途的想法，在今天被否决了。

这次敦煌之行计划是这样的。我将于12日乘飞机直飞敦煌，在敦煌逗留两天，接着就登上火车直达北京。这样安排在时间上很紧凑，大约17、18日也就到达北京了。

这次旅行将只我一人。人美陈履生明日即离兰州返回，考古所的人也各有其事不能相陪。当然，有他们相伴，一路指点，收获会更大些。单一人旅行全凭一双眼睛观察和一张嘴不厌其烦地询问，收获也不会小。我此行的目的很明确也很简单，就是要双脚站在敦煌的大戈壁上，要步入洞窟。就是要那种身临其境的实感，这就够了。鼓励我去获得更多的实感吧！

这两天在兰州也不算枉然滞留一无所获。今日随陈履生拜访他在兰州大学的朋友。听到一个“五四”滚画的故事就很精彩。欲知故事详情，且听我回北京绘声绘色地叙述与你。先写到这里。

1987.5.9

最亲爱的君：

好！在昨天夜里我还信心十足地说，我将于12日乘飞机前往敦煌，可是今天往民航一打听，想提前三天买到敦煌机票简直是做梦。须知预订敦煌机票至少要提前十四天。我想从空中鸟瞰河西走廊，一睹绵延千公里之长的祁连雪山，如今变成了白日梦。

我不得不乘坐汽车在我来回走过一趟的河西走廊（一段）上重复一次。可能只有张掖到敦煌一段的自然风光能给我带来乐趣了。

东汉马踏飞燕（铜奔马、马超龙雀），甘肃省博物馆镇馆之宝（苏鲁张 /FOTOE)

计划是这样的。我将于明天搭乘考古所到敦煌搞发掘的车子出发，第一天停靠在武威，第二天停靠在酒泉，第三天到达敦煌。全程一千一百余公里。在敦煌我将逗留两天，然后就搭乘乌鲁木齐到北京的列车在三天三夜之后回到你和迎迎身边。耐心等待吧。

今天闲散在兰州，我们参观了考古所的库房——整整一个大厅里堆积着满满的彩陶罐、青铜器、壁画、佛雕，这是一般人所看不到的。站在这个库房里，你才会发蒙呢！各个时代的文物都在微微细语，不说目不暇接，就是耳朵也不知所措，究竟听谁倾吐好呢？

今天还采访了考古所所长岳邦福。我们一路上曾走到哪里谈哪里，今天是深入采访，谈他个人经历，谈他所经历的考古发掘。不知觉间我的本子记下了好几页。甘肃考古所这位所长很敦厚、很诚恳。越谈下去越觉得他是个大好人。一路上我和他相处的感觉也支持我下这个判断。想来是不会错的。

在敦煌我将接触到这次采访中的最后一位人物。他是敦煌接待处主任。是考古所董玉祥先生的老朋友。他建议我也采访一下这位接待主任。此人原任麦积山文物保管所所长。对于我来说，在完成一次大规模采访中，人物越多越好，见物不见人的新闻总是呆板乏味的。

好了，这是你能收到的最后一封信，往后几天的信等我回到家再给你看了。

1987.5.10

最亲爱的君：

好！我在武威给你写信。加上不久前来回路过，这是我第三次到武威了。上两次过武威，都是打的擦边球。这回参观了它的博物馆，虽然只是走马观花，收益仍大于上两次。

中国有许多地方，你去挖掘它的具有全国意义的重大政治、经济新闻，十之八九要落空。可是你去探寻它的历史遗存，却总是收益多多。中国是一块古老的土地。在有的地方，几乎处处都明明白白地书写着历史两个字。武威就是这么个地方。在汉武帝于此设郡之前，匈奴、大月氏均在这里扎过营，汉以后又有突厥、吐谷浑、吐蕃在此治所。在汉唐几百年的历史里，这里是各少数民族斗智、斗力、斗法的大舞台。想象一下，那是一种多么富有戏剧性的场面。

不过，从历史遗存的各种文物看，武威历史上最精彩的是在汉代。在这里，汉代出土的东西是那么多，以致让人觉得，只有汉代以它强大的政治、军事、经济实力和蓬勃向上的文化艺术在这里随处雕镂下历史的刻痕。你注意一下，在国家旅行社的所有汽车上都有一个标记——一匹骏马在奔驰。这就是武威地下出土的文物——铜奔马。这匹铜奔马在美国展出时，曾有人提出用1亿美元购买。可见这匹40

多厘米高的铜奔马之精贵。

武威博物馆收藏的文物大多是汉、魏晋至唐的东西。武威出土的汉代木雕和唐代木雕也很精彩。那木马、木车、木俑，看上去是那么稚拙而优美，你一下就会喜欢上它，喜欢上雕刻它的那些人和那个时代。你会发现，在这些艺术品上所表现出的是一个纯真的民族在本土独立创造出来的文化，没有一点点外来影响的痕迹。博物馆里我还看到一些唐代的木雕。这时的木雕已见外来艺术的影响。融合外来艺术创造出一种崭新的艺术形式，形成一种高于时代特点的艺术风格，是唐代的动人之处。但比之汉代的艺术造型，它却少了一点什么。这就是民族性。汉王朝是中国五千年文明史上最光辉灿烂的一页。它的统治者富有进取心，富有开拓精神，它的政治、军事、经济制度不断完善，日臻完美。它的疆域西达新疆以西苏联境内，东达朝鲜半岛。它的文化艺术雅拙而朴实，既有抽象的一面，又有写实的一面。可是对于汉代，人们了解太少了。相信有一天，随着更多的汉代文物的出土和大戈壁挖出的两万多支汉简的破读，人们会发现，今天走入迷蒙的文化艺术和一系列国民精神的问题，在汉代历史的废墟里都可找到光辉的启示。到那时，人们可能会不由自主地被牵进一场伟大的文艺复兴运动之中，一如欧洲的文艺复兴以古希腊文化艺术为蓝本那样，未来的中国的文艺复兴运动难说将以汉代文化艺术为养料。

这是武威博物馆中的汉代木雕牛车马及车夫的造型。我的笔拙，画不出实物的神韵。有机会咱们带孩子做一次河西游。到时你会被那些汉代雕刻深深打动的。

武威博物馆还有一些魏晋时的文物。当刘备、曹操、孙权三足鼎立争霸天下时，河西却是一片净土。从大量出土的魏晋墓的壁画可看到，当时这里男耕女织，五业兴旺。以前人们从记载上知道魏是中国美术史重要的发展时期。出了许多大师级的画家和书法家。可惜没有实物遗存下来。河西魏晋墓的壁画填补了这一空白。壁画虽非出自文人画家的手，但民间工艺匠人的创作从一个侧面晓人以技、以法、以思。今天的另一收获是重过乌鞘岭。乌鞘岭是黄土高原最西端终点。

前两次路过时，只注意摄取景物，思考不多。今天思考的东西却很多。自然环境、生态与人类活动及其文明兴衰的关系问题，是我一路思考的问题。今天思考得更深入了。我觉得中国文明从一开始就过于强调农耕，这是它今天水土流失、山河破碎的根本原因。汉人应该学习一些少数民族，多一些山川崇拜，自然崇拜。在未来的岁月里多发展畜牧业和林业。否则大家统统要完蛋！今天从兰州出来，看到仅仅下了几场雨，黄河水就变得像泥浆一般。黄河上游水土流失是如此，中游就更不用说了。要治理黄河，仅靠在千山万岭植几毛毛树纯属自欺欺人。黄土高原和黄河的前途就是中国的前途。要让它走向光明，最好的办法是立即关闭这一块区域。

1987.5.12

最亲爱的君：

好！我在嘉峪关市给你写信。明长城东起山海关，西止于嘉峪关。这使嘉峪关饮誉内外。我今天到达的当然不是古长城的嘉峪关，而是以嘉峪关命名的一座小城镇。它完全是在戈壁滩上建立起来的。向着北方，猛回首，祁连雪山历历在目，这使嘉峪关市平添姿色。如无雪山衬托，嘉峪关市就太算不了什么了。它仅仅是围绕境内一个钢铁企业——酒泉钢铁公司，而建造的一座城市，当然，还有我们的火箭基地。

现在让我们来说说酒泉市。酒泉市距嘉峪关市20余公里，它比嘉峪关市离祁连雪山更近。就在它的南方数十公里处，高高矗立着贯通一千多里的祁连山脉的主峰——祁连山。路经酒泉市时，我向南方极目远望，雪峰像锯齿一样，我分不清哪一座山峰是祁连山。但我知道祁连山主峰海拔达四千四百多米。然而酒泉市的令人瞩目之处并不在于它濒临祁连山。它的魅力在于它是汉代设置的河西四郡之一。看来，谈酒泉不能不谈古了。

关于酒泉的历史沿革和名胜古迹，有当地专门撰写的小册子，今天虽未停车浏览，也不为遗憾。重要的是我得到了这座历史名城的实感。今天要谈的是近年来在酒泉附近发现的若干魏晋壁画墓。在昨天的信里，我已谈到魏晋壁画墓的发现所具有的重大意义，今天只说这些墓葬的出土地点。

那是一片戈壁荒滩。它离酒泉市区约七公里，地名叫丁家扎。同车考古所所长指给我看，具体的地点似在戈壁与绿洲交界的地方。他告诉我，此一墓葬已复制一座，展出在甘肃博物馆。为什么在汉代设置的城邦却有大量魏晋时墓葬呢？这涉及当时的时代背景。中原地区三国相争，河西却歌舞升平。这使河西固有一个安定的政治环境，而在经济文化上有一个大的发展。墓葬壁画所表现的歌舞升平气象说明墓主人是在平静而舒适的生活气氛中入土的。

酒泉给我印象不深，但是有历史和祁连山做背景，我能很好地把它画出。

今天，我们是从武威出发的，从武威到嘉峪关市约三百公里。我又一次到达张掖。从武威到张掖，其间的景象我已比较熟悉。从张掖到酒泉这一路对我来说，却处处充满新奇。大戈壁冒出来了。它从祁连山

嘉峪关是明长城最西端的关口，历史上曾被称为河西咽喉和天下第一雄关，有连陲锁钥之称

下向北一直延伸，延伸到目力所不及的地方。戈壁上长着骆驼草。我在内蒙古旅行时就见过蒙古人称骆驼草为高毕，实际就是戈壁。戈壁是蒙古人用骆驼草来称呼那些只生长骆驼草的地方的名字。后来人们沿用下来。然而，许多人并不了解戈壁的由来，而我知道。

当眼前只有一片茫茫戈壁的时候，我简直想象不出酒泉坐落在一个怎样的地方——在荒芜的戈壁上，一座孤城矗立在蓝色的天空下。可是穿过戈壁，突然出现在我眼前的一片绿洲立即粉碎了我脑海里的幻象。祁连雪水化作小河灌注在沟渠汩汩流淌。它养育着这片绿洲。在这片绿洲里，有葡萄园，成片的树木和油绿的麦田，酒泉市就掩映在这片绿洲的深处。

河西真是个迷人的地方。雪山、戈壁、绿洲和炽热的太阳，与多变的云层相映成趣。在这片土地上，尽可发展工业、农业、畜牧业、旅游业。如果它是一个国家，它会是一个美丽的国家。如果它是一个省，它会是西北最富裕的省，可惜它只是贫穷落后的甘肃省的几个地区。在甘肃省治下，甘肃把贫穷的气息也带到了这里。因此从哪一方面说，河西的人都很土，河西办的许多事业都不可避免地冒着土气。

今天最大的收获应该说是我们从张掖出来一路上的谈古。很幸运的是与我们同车的有一位甘肃考古所的年轻人。他是汉简考古的行家。他给我讲了许多从张掖以北居延出土的汉简上所记载的当时汉代屯兵的小"故事"。如汉简记载，有两个士兵把军服拿到市场上倒卖，受到处罚，一个候长（县团级）欺压老乡，在老乡起诉后三审之下被撤职。一个小军官与上级关系不好，一天趁夜色将两个守关士兵打倒，夺马出关投奔匈奴。等等。

甘肃考古所近十年最大的考古成果有两件。一是大地湾原始村落的发掘，一是居延考古挖出两万多支汉简。当年英国人斯坦因和瑞典人伯格曼曾从居延得到七千支汉简。这已足令全世界倾倒。甘肃的两万支更让全世界汉学家趋之若鹜了。据考古所所长和那位姓何名双全的年轻人说，他们已整理出约七千支准备今年发表，一旦发表，定可轰动世界。

而两万支全整理出来，汉代的军事、政治制度恐怕大体上就全清楚了。这时候，人们会发现，在中国历史上，最伟大的君王是汉代的一系列君王，其中以汉武帝最出类拔萃。最伟大的朝代是汉王朝。

在许多方面，都有我们今天可资学习的东西。中国没准真的能够以汉文化为养料勃发出一场中国的文艺复兴运动。当然这需要出土更多的汉简并且解读之。

1987.5.13

最亲爱的君：

好！我在敦煌莫高窟给你写信。早在张掖，我就听到一个小伙子说，有一个日本人辛辛苦苦攒了多年钱，来到了莫高窟。他一到，扫了一眼，立马就趴在地上恸哭起来，连声大叫上当上当。我原想，我来到莫高窟，可能也会直呼上当。但从最初的印象——我还未及进入洞窟——我已在微微颤抖，我相信我来到圣地了。仅从洞窟的规模来看，我已知道，这是其他任何石窟都没得比的。

不能排除，这些年对敦煌宣传得有点过火。不能不看到，所谓的敦煌艺术是附着在宗教内容这一基础上的。离开这个基础，敦煌的美也就无从谈起了。要欣赏敦煌艺术的精髓，你必须了解历史，了解佛教。可是对于当代人，谁愿意钻到佛学的玄机中去呢？他们的生活哲学是实用主义，存在主义，物质主义。他们在精神上要求的是刺激、自由而不是麻痹。他们不喜欢坐而论道，而喜欢行动。到敦煌去，在他们恰恰是体现行动的最好办法。看它是多么遥远，看它有多少美好的传说。走，去看看！于是人们从四面八方涌来了。人们之所以到敦煌，在更多的情况下是为了寻求刺激，寻找旅途当中可能遇到的种种新奇事。把敦煌看得如参观罗浮宫那样，事情就麻烦了，非得趴在地上痛哭一场。也许，正因为有这样的思想准备，我在决心到敦煌之前，更为看中的是如何来到敦煌，而非到敦煌看到什么。因此，当汽车载我们驶出嘉峪关市后，我的眼睛就在不停地搜索。

当我看到浩瀚的大戈壁在狂风、阳光和云彩的阴影下变幻出各种

莫高窟又称千佛洞，位于甘肃敦煌市城东南25千米的鸣沙山东麓。莫高窟创建于前秦建元二年(366年)，迄今保存北凉、北魏、西魏、北周、隋、唐、五代、宋、西夏、元代，历时一千多年的多种洞窟735个。其中有壁画和彩塑的洞窟492年，壁画45 000平方米，彩塑2400余身，唐宋木构窟檐5座。1900年，在第17窟(藏经洞)，发现西晋宋代的经、史、子、集各类文书及绘画作品5万余件。由于当时保护不力，大部分已流失海外。莫高窟是当今世界规模最宏大、艺术最精湛、保存最完整、内容最丰富的佛教石窟，1987年被联合国教科文组织列入世界文化遗产名录
(杨兴斌/FOTOE)

图景时，我看到了大戈壁的美。

当我看到大戈壁当中孤独地矗立着一个汉代遗留下的长城烽火台时，我立刻听到战马嘶鸣，刀戈声震。当我看到大戈壁的深处隐约浮现出一座古城——有人说是唐代的沙洲城，有人说是清代的古城——不管这些，反正我看到了那个时代的影子——士兵站在城楼上瞭望，百姓在城中嘈杂。当我看到大戈壁上一望无际的汉代坟茔时，我立刻想到人生的不幸——人从很小就知道人必有一死。人之所以出生，仿佛只是为了迎接死亡，好似生命的全过程只是为了死而安排的一种仪式。这是一种多么巨大而不可战胜的悲哀啊！秦始皇一统天下后，便想长生不老，遂令道人遍寻长生丹。岂料长生未求得，反拾来暴毙。秦时，怕死，欲求长生不老之风颇盛，这不可避免地带来了腐败。汉人则不同。汉人思想开明，知道人固有一死。因此格外珍惜在生命的火炬最明亮的时候，要照亮一片天地干一番事业。所以汉代从上到下，都有一种进取精神。他们当中许多人把大戈壁作为人生最后的归宿。看着这些坟茔，我仿佛看到了一幕幕人间悲欢离合的场景在这片大戈壁上演出。也许这次对大戈壁，对大

戈壁上汉代的遗存物感受至深的缘故，我直觉着真正的中华精神形成于汉，存在于汉而好像又终止于汉。离开汉王朝谈中华精神显属无稽之谈。毛老人家作诗讥嘲说，秦皇汉武略输文采。但汉武帝是能治天下的人。把各代在中国历史上发挥过重大作用的人物做一个比较研究，这是一件很有意思的工作。“中国的帝王”本身就是一部读不完的书。

今天，登上嘉峪关城楼亦不可不谈。嘉峪关离嘉峪关市约五公里。这是明代的杰作。在北京以及整个华北，明长城看上去壮丽无比。可是放在河西这块有着汉代遗存物的土地上，明长城以及遗留下的一些清代炮楼就显得猥琐而逊色了。严格地说，整个明长城的建造就是摆样子的。它反映的是民族精神和锐气的一种衰落。看看汉人的长城是修到哪里？从武威延伸贯通整个河西不说，一条从张掖直往北去，抵达到蒙古人民共和国的边境。一条从张掖延伸到酒泉、嘉峪关、安西，从安西穿过西戈壁，到达敦煌，再从敦煌西去进入新疆塔克拉玛干沙漠的边缘。这是何等气派。

随便告诉你一个重要的动向。甘肃考古所决定在今年8月底到9月期间，对敦煌以西的汉长城做一次考察。考察的终点是新疆境内的罗布泊。半个世纪前，美国人斯坦因曾在此探险考察过。他说看到了汉长城的遗迹。可是半个世纪过去了，竟没有一个中国人对这一地区的汉代遗存进行过考察。我已与甘肃考古所所长说好，到时一定随行。这意味着，我将再次旅行甘肃，而且更靠西了。

好了，今天就写到这里。实行夏时制，敦煌九点五十分天还大亮着。敦煌五月上旬的气温大约相当于北京六月底的气温。炽烈的太阳，干燥的风使这里热腾腾的。干黄的细沙在空中飞舞。

我忘了说明，我还未到敦煌县呢！我先到了莫高窟。

莫高窟离敦煌县还有近三十公里。据说敦煌县建设得相当不错。

1987.5.14

甘肃敦煌莫高窟的壁画。
(谢光辉 /CTPphoto/FOTOE)

最亲爱的君：

好！今天我终于进入了敦煌莫高窟的洞子，观览到闻名中外的敦煌壁画。我之所以用终于两个字，实在是因为我早就在等待着这一天，尽管在过去的许多年里，这种期待着有朝一日亲眼欣赏敦煌石窟艺术的愿望是隐隐的，毫无冲动和激情可言。但毕竟是早有了一种期待。所以，当我走进敦煌莫高窟时，我并不感到激动，但心里有卸下一种负担的感觉。好像期待着什么，得到了，心里便有一种还愿以后的轻松感。我必须承认，敦煌石窟所表现出的古代绘画艺术是光辉灿烂的。它像一个艺术画廊，穿行于其中，我看到了从北魏到元一千年的艺术历史。北魏的飞天是那样质朴，就好像非洲部落的女子不以裸露双乳为羞一般，线条是粗粝而流畅的，画像是写实的。事实上，北魏的飞天大都是裸露着双乳的，甚至有几幅全裸的飞天。唐代的飞天则优雅、华丽，线条柔和。在空中，她们飞翔自如，风姿卓著。而表现歌舞的，重在造形，重在优雅。与北魏歌乐飞天所表达出的狂歌劲舞的节奏感形成鲜明的对比。于此可看出两个时代艺术风格、社会风尚的明显差异。魏晋艺术包括舞蹈继承了汉代风格并吸收了大量少数民族以及印度艺术形式的精华。因此飞天的扭腰摆臀，很是粗犷有力。到了唐代，舞蹈可能就宫廷化了。因此工匠令飞天们极尽优雅之能事。腰还是要扭，臀还是要摆，但是速度和节奏放慢了。我更欣赏北魏壁画上的飞天舞蹈。对了，还有一个重要的区别是，唐代的飞天已不再裸露双乳。从画像上看，已现出仕女的面目，不像北魏时的飞天，面容是写意的。它引导你注意的是整个形体而非面容是否姣好。此外，北魏的飞天形象有着明显的印度色彩。敦煌壁画的价值就在于，它不仅为你提供了那个时代的美术实物作品，而且为你提供了那个时代的风尚、审美情趣和当时的生活图景及民族人物的形象。在唐代的壁画里，你能看到出钱修建佛窟的当地显要的生活图景。他们出行、日常起居和宴乐等等，这些都是历史形象的生动记录。汉时犁地采用的是二牛抬杠的办法，即在两牛之间架一横杠，横杠拽着一只铁犁。历史学家认为二牛抬杠是一种笨拙的农业技术，汉以后就被放弃了。可在唐代壁画里仍有二牛抬杠犁地的画面。这说明在唐代时二牛抬杠还在普遍运用。无独有偶，我顺河西走廊一路上来，正值播种春小麦之际。河西人至今还有人以二牛抬杠的方式耕地。真是古风犹存啊！

确实，敦煌壁画可划分出若干专题来加以研究，如历史、绘画、服饰、舞蹈、民俗、牲畜、民族等等。历史记载，唐玄宗很欣赏安禄山的胡旋舞，常令其表演。这胡旋舞是个什么样子，在唐代的一幅壁画上有具体形象。好像是在一块地毯上，做各种腾跃、盘旋的动作。唐人服饰雍容华贵，在壁画里你可照样摹下，很容易就能做出一套。但也不能把敦煌壁画吹得太玄。在有些方面它可以给人们提供历史实物资料，但它毕竟是宗教艺术，它表现的主题是宗教故事和宗教精神。离开宗教内容，把它用在各个方面，好像敦煌壁画能揭开中国历史上所有千古之迷，那就上当了。国际上形成一门专有学科叫“敦煌学”并不主要是研究敦煌壁画和佛教艺术，而主要是研究从敦煌得到的一大批经书资料。只有这些资料才能最确切地揭示历史上的真相。而其他的不过是附会加臆断罢了。敦煌研究所，今称敦煌研究院，三十年来无甚重大研究成果。一些热血青年一头扎进敦煌十数年二十几年，并无大的建树。这说明敦煌学很容易给人造成错觉，好像这里指甲盖大的一点东西都是价值连城的。好像敦煌壁画雕塑像九头鸟似的，斩掉一个头又会生出一个头，总有你可斩的。再说雕塑。我得承认，敦煌石窟雕塑令我大为失望。特别是有几个唐代洞窟，其中的雕塑均被清代重修过。于是显现在你眼前的是唐代雕塑的下半身配着一个清代的上身。下身优美，上身却怪物一个。两者结合在一起，简直叫人恶心。清代在艺术上是最无建树的一个朝代。除了一本《红楼梦》外，其他都不咋的。看看北京人引以为自豪的景泰蓝吧。世界上没有比这种工艺品更俗气的了。还有什么栗子面窝窝头，真不知当时中国人的智慧都到哪里去了！可是恰恰在中国人丧失智慧的时候，欧美人赶上来了。这几年复古之风甚烈，还美其名曰：中国传统。从孔子就开始，不断地复古，每一个朝代都要以上一个朝代为楷模复古，使中国完全落后了。

再回到雕塑的话题。敦煌却也有几个精品。北魏的一个菩萨像，嘴咀含笑，面形圆润，与“蒙娜丽莎”有异曲同工之妙，实在让人惊奇。雕塑艺术从希腊到印度再到中国，从外来影响脱胎而出，创造出本民族崭新的艺术肖像，发生在北魏。北魏是一个很值得史学家研究的朝代，其君主北魏孝文帝也是一个很有开拓精神和进取心的古代君主。他是鲜卑人，上台之后即诏全国（北中国）着汉衣、用汉文、袭汉制。他是汉文化的继承人和复兴者。在他治下，佛教艺术一改前期风貌而完全改观。佛像不仅变成了完全的中国形象，而且变得极富人情味和世俗化。敦煌的北魏菩萨在微笑。麦积山的两个菩萨更大胆，竟于佛法大事之时，交头接耳说悄悄话！炳灵寺的菩萨也不那么严肃，虽是说法释经，给人的感觉却是在与人做平等的谈话。而一尊思维的菩萨手托香腮笑眯眯的样儿，与其说他在思考佛法不如说在做春梦。敦煌也有几个很好的唐代雕塑。唐代雕塑有一个显著的特点，就是方耳肥腮。特别是武则天以后。武则天本身就是个胖女人，从云冈，到龙门，到麦积山、炳灵寺、敦煌，唐代佛雕无一不耳大腮肥。但唐代佛雕也有一个优美的地方，就是腿长。由腿长衬托肥胖，肥胖即变成丰满。唐代石雕菩萨的造型常常是以维纳斯一样的S形站立，服饰精美华丽，紧裹在圆润的身体上，这样，给人的感觉是人体丰满，皮肤富有弹性，自有优美典雅之处。敦煌雕塑好东西不多，大大受制于这里的客观条件。敦煌雕塑几乎全是泥塑，自然难于与石刻石雕相比。石头的质地是雕刻最好的材料。而敦煌只有沙砾岩面，不适宜雕刻。要看好的雕刻还得上云冈、龙门、炳灵寺、拉梢寺及北石窟寺。麦积山的雕塑也是以泥塑为主。

好了，千闻不如一见。我期待着有一天咱们结伴出游。到敦煌，到新疆，到西藏。古人做学问有一句话，读万卷书，走万里路。

1987.5.15

中原小记

最亲爱的君：

好！此刻郑州细雨淅沥，天空中弥漫着淡淡的雾霭。就在十天以前，这里还是冰雪漫天。真是中原的天象：尚未立春却有些春的意味。也许是郑州所处的地理位置，恰好在南北交界地带，冬天来得早，春天也来得快。

我是个热爱大自然的人，去到哪里我都留意天象的变化。我发现，中原天象颇多可爱之处。记得你带迎迎来郑州的时候，那是去年九月间。我在办公室写材料。忽然，天阴沉下来，是那么迅速，顷刻间世界变得黑沉沉的。我眺望远方。渐渐地，感到风起半天中，带着啸声，像一种呐喊声从远方传来。只一会，雨随风至，雨到声到。整个空间顿然充满了轰响，充满了雨柱。整个城市隐去了，只有朦胧的轮廓。我则任凭雨点随风卷入我的房间。好像我能够理解它们的感情而友好地注视着它们，一点一点把我房间的一角浸湿，把整个城市浸湿，把中原大地浸湿。

秋去冬来，冬去春来。今天，当我细细聆听窗外细雨汇成的水流敲打着下水道和窗下的土地，这时候，我才意识到，郑州，作为一个我生活、工作近两个年头的城市，有着许多令人留恋的东西。

想一想，我还是幸运的。我走过那么多的地方，我在那么多的地方生活过。

很快，大约在22日，我就要到深圳赴任了。两年里头，经历了、办了那么多事，应该说是可以引以为傲的。在这时候，我才发现，下海没错。

然而，这两年里让你受了那么多的累，独撑家务，哺育女儿的成长，我一点帮不上忙，每每念及却愧疚又愧疚。

90.2.16

第二编　散文集

风雨时节

1980年代的中国确实与众不同，就连大气环境、气象天候的四时交替都与中国社会刚刚起步的改革开放在节奏上、韵律上契合，而给人一种超验的预知和意蕴深长的感悟。这个蕴意可能是一种隐喻，可能就是现实的写真，但从形而上观察，她却是一首诗，一首由天、地、人合写的诗。如果把历史、苦难、抗争、奋斗、坎坷和光明的追求放入这一首一首的诗中，那么足以形成一部浩荡的史诗。

确实，1980年代，从哪方面意义上说都是一个改革跌宕起伏，前路坎坷的时代。就在这坎坷的路上，天象竟是如此忠实地暗合人间的变幻而变幻。云天之上的大开大合，风起云涌，风风雨雨、如影随形伴随着改革开放的一进一退，仿若人间的镜像。然而碍于笔力不逮，10年当中，未能将其一一摹出，只将北京春夏之交的“风雨时节”和人们在经历了漫长的冬天终于等到“解冻”时刻到来时那种不知觉的喜悦描摹出来。这就当作那个年代的“留此存照”吧。这一章的作文时间跨度正好差不多涵盖了1980年代，题材来自日常生活和采访及途中的见闻，为有所感、有所悟而写下，分别发表在《瞭望》、《羊城晚报》、香港《大公报》。《风雨时节》《解冻》等几篇都是应我的同学、时任《羊城晚报》花地副刊编辑黄令华大姐约稿刊发。那是1983年《风雨时节》刊发不久，一天，编辑部同事老黄问我，你是不是在《羊城晚报》发了一篇散文。是的。不好意思。因为那个时代，随意在外头投稿不是很光彩的事，尤其是像我这样的新人。老黄却说，没什么不好意思，你的这篇文章被北京实验中学收入到语文课外参考书了。这位同事长期从事语文教学工作，因此对语文类的文章比较关注。在《瞭望》工作不久他调入国家语言文字委员会。

《解冻》一文是几年之后写的，我一直有个想法，跟随年代、相机而发，一如“风雨时节”和“解冻”，把北京的一年四季分别摹写出来，统称“四季之歌”。可是北京的“秋之歌”摹写出来却是在2011年，时隔将近30年，而且“秋之歌”已不成其为歌而成为“觞”了。2011年10月末，时值金秋天高气爽的北京竟然被无边的阴霾笼罩达半月之久，在北京生活30年，从来没有遭遇过如此糟糕的天气。2011年中国向天空排放的废气达7亿多吨，折合二氧化碳达6000多万吨。中国成为温室气体排放量第一的国家。高速的经济增长背后是以环境的破坏和大气的严重污染为代价。如果说工业革命200多年来累积排放的工业废气被证实正在改变我们这个星球的气候，我们中国只用了30年就改变了中国的“小气候”。这不能不说是天空之觞。秋之殇——气象、天候再次成为人间社会的镜像。

“……想象中灿烂的阳光丝毫看不出破云而出的迹象。天空阴沉沉的，从清晨到夜晚，没有阳光，没有星空。有的只是被扭曲的泛泛浮在灰色雾霭上迷蒙的夜光。而空气里则弥漫着一股说不上的味道。天空是如此肮脏，远远望去，头顶上，宛如被拉上了一道灰色的幕布。一切都在笼罩之下：魏巍北京城，雄伟的建筑，宽广的街道，树木，还有那十月之后仍在开放着的秋天的花朵……”

在这篇题为“秋之殇”的散文里，为什么特别提到2011年的这个秋天注定要被人们记住。为什么，因为从这个秋天开始，中国人第一次知道空气中有一种污染物质，它的科学名字简称为PM2.5，它的大小只有头发丝的1/30。大气污染对人体健康的危害程度取决于它在空气中的浓度。从2011年那个秋天和以后全国范围内不断出现的空气严重污染——最严重的时候，北京空气中的PM2.5的浓度超过了仪器500这个最高刻度，笼罩在北京上空的实际就是“毒雾”。于是这才有了2013年的《大气污染防治行动计划》和2015年世界气候大会《巴黎协定》签署过程中中国的积极态度和贡献。作为拟议创作的“北京四季之歌”中的一篇小作，“秋之殇”虽然跨越了时代，我还是把它列入本章，作为补遗吧，而“夏”的篇章又不知何时补上了。

风雨时节

北京三月的天，风还有些寒意，呼哧哧地，从西北向东南，贯通整个的北京城。经过一冬的干旱，城里城外裸露着的土地，本已焦敝不堪，再经众多行人那么一踩一踏，不觉间便积起一层黄土。于是，风过处，但见尘土飞扬——先还只在地皮上浮躁地打旋，沙沙作响，继之便升腾而弥漫了。这就是北京一年当中少不了的“扬土”日子。每到此时，人们除了烦忧，便是期待，期待北京春天的到来。

三月末四月初，可说是风沙最大，春天即将来临的预兆也最显的时候。天安门前放风筝的人，把风筝放到不可再高了，就会感到手中的牵线在异样微微颤抖。这是南方的暖流正从北京上空流过。从天安门前路过的行人，即使是那行色匆匆的，这时也会忍不住放慢脚步，好奇地注视着灰色天空上摇摆不定的小黑点——那北方春天的探索者。

这一天来到了。

干燥而略带寒意的西北风，一阵阵打旋。稍顷，风向骤转，湿润而和暖的东南风拂面而来。春的气息是那么微细，可人们还是感觉到了。开始兴致勃勃地筹划起郊野的春游。而仅仅几天之后，干枯的柳枝突然变得柔嫩了，不知不觉间萌生出星星点点的绿芽儿，金黄色的探春花一夜间绽满花枝。而白玉兰乘人们尚未留意，就挺着孤傲洁白的花朵，迎着春风微笑了。

可不几天后，北方强大的冷气流再次侵袭过来，那些刚刚绽出一点新绿的树木，仿佛在一阵欢声笑语之后，又突然沉默了。

北京春天的诞生，显示了大自然的阵痛。但北京的春天，也因为那黄土和风，给人以异常深刻的感受。因为没有什么地方像北京人这样以浓烈的兴趣谛听着春的脚步，对春的到来寄予如此深厚的感情。这与其

北京春天柳枝迎风起舞（林慧摄）

说是一种期待，莫如说是一种体验：对于生的苦难和生的幸福的体验。

因而，人们总忘不了那道地北国情调的春天在迟疑之后，迅猛而完全降生的时刻——

那是个令人难忘的日子。中午时分，整个城市在经历了半日风沙的磨难之后，天空突然由昏黄而灰暗，再由灰暗而昏黑，仿佛本就低沉的天空，一刹那间全部坠落，沉重地压在人们的心头。风，在那么一瞬间也完全静息了。刚才还在随风狂舞的，点缀着星绿的柳枝无力地垂下来，伸向天空的槐树枯黑的枝丫，越发显得突兀。人们开始焦躁不安，直觉有什么东西堵在胸口。有时，天空闪现出几个黑点，由远处兜着圈子，渐渐近了，这才辨出是几只急于回家的信鸽。人们的寄托，变得更其茫然了。

突然，起风了。低垂的柳条开始再次狂舞。路边宅旁的杨、槐、槭、榆等枯干的树枝在狂风中吱嘎作响。由远而近，天地间似有一种轰然声响滚滚而来。接着，滴答几滴水珠，夹在风里落到地上，留下几点很小的水渍。顷刻，蚕豆大的雨点撒落下来了，摔在地上噼啪作响，几分钟后，全城一片喧哗。

春雨！春雨！

人们干涩的眼睛突然润湿了。堵在心口的一股秽气呼出之后，他们几乎是贪婪地大口大口吸入潮湿而略带尘土气味的空气。

雨水很快渗入焦敝的地表，激起了一层淡淡的雾霭。城市到处涌泛着一股股浊黄的水流。低洼的地方开始积水了。几只雨燕穿飞于风雨之中。

渐渐地，天空开始放亮了，像冲破黑暗之后，黎明的初起。放眼望去，整个古老的北京城，上上下下，湿淋淋的，犹如印象派画家笔下刚刚出浴的少女。

就在这第一场雨后不到一周的时间里，冬天以来一直笼罩着大都市的灰蒙蒙的色彩，奇迹般地，被一派新绿所取代了：每一棵树都挂上了嫩绿嫩绿的小小的叶儿，在柔和的阳光下，闪耀着碧玉一般的光彩。天空都被映得绿莹莹的了。

然而北京春天诞生之时，也是北京夏天到来之日。当杨絮像雪花般漫天飞旋的时候，正是花好月圆之际，人们还来不及尽兴玩味北京这难得的大好春光，夏天的炎热便急步赶来了。于是，城里城外，又滚起一片热浪……

可是，那风雨时节的旋律，在一年所有的日子里，却永远萦绕在人们心头。因为，仿佛一年当中所有美好的时光，都是由此孕育而产生的，因为，比之于南方的春天，它虽没有那么缠绵，绮丽，却更深沉、更令人兴奋；因为北京的风雨时节，是忧郁和欢乐、迟疑和迅猛的交响乐，是力量和生机、命运和希望的交响乐。

原载《羊城晚报·花地》1983年

森林和人

来到大兴安岭，首先给我留下深刻印象的，是当地人喝酒那豪迈劲儿。且不说大伙聚在一块儿举杯痛饮的场面，就说那天深夜我在列车上见到的那个小伙子吧。但见他屁股刚刚落座，便从裤兜里抽出一瓶烧酒，咬下瓶盖儿，旋即掏出一块烤红薯，啃一口，喝一口。一瓶酒下肚火车也到站了，他却面不改色，步履坚定，径自走出站台，一头钻进了大兴安岭冬日早晨那腾腾的烟雪之中……

那么，能否借用酒的香醇、浓烈来“艺术”地概括这里人们的气质呢？却大不然。酒使人陶醉，亦使人惆怅；酒给人以勇气也令人消沉；酒带来希望带来歌声，也带来失意带来哭泣；而绿色的森林、清幽幽的小河，白色的雪野、黑油油的土地，却永远是爱的源泉、信念的支柱。一句话，不了解大兴安岭人对森林的感情和对土地的眷恋，就不了解大兴安岭人！

试看那位主管大兴安岭林区营林工作的工程师。他中等的个头，五十开外，微胖；除去头上那顶毛茸茸的长耳大皮帽，你会发现他已开始谢顶，除此而外再没有更起眼的地方了。可只要你和他做一番交谈，便不会不被他对森林的深厚情意所打动。他是一九六五年第一批进山开发建设大兴安岭的创业者之一，亲眼目睹了十年动乱以及长期以来重采轻育所造成的恶果：大兴安岭林区森林覆被率、有林地面积和森林总蓄积每年都正以开发初期数量百分之一的速度在退减。珍贵的落叶松原始森林正在为白桦等经济价值较低的次林所取代。他也像许多老“林业”那样，当1980年《森林法》公布时，感到欢欣鼓舞。可是堆积如山的问题，岂是朝夕之间可以解决的。他对大兴安岭森林的前途依然忧心忡忡。他和其他同事一起拦截偷运木材的车辆，研究林区节约取暖烧柴的办法，调查林区究竟有多少森林资源非正常消耗的渠道。在这一点上，他甚至连每年做棺材板、砍菜墩子用去多少木材也做了精确的计算。不过他心里比谁都清楚，欲从根本上改变森林建设的被动局面，必先从根本上改变人们重采轻育的观念。他不断写文章、撰写学术论文，开设林学知识讲座，总结我国森林建设的经验教训，探索大兴安岭林区建设的发展道路。

多少次，他在引用周恩来总理当年对于开发建设大兴安岭所做的批示“越采越好，越采越多，青山常在，永续利用”的时候，他的声音哽咽了。多少次，面对领导、同行、新闻工作者、工人，他欲言又止，欲说还休，最后还是不顾一切地喊出：“救救森林！救救孩子！”我想，把森林比作孩子而大声疾呼，这大概是新时代的“呐喊”吧！

对于人来说，真正认识自己，需要在不断认识世界的过程中完成。而一旦认识自己也就能更敏锐更深刻地认识世界。新林林业局局长、大兴安岭林区先进的“三采三集”采伐作业方法的创始人，便是在同一时期既更深地认识了世界，也更多地认识了自己。那是十年动乱期间。一些人消沉了，无所作为。可他却更自觉地把自己的命运和森林的命运紧密地结合到一起。就在那些顶着零下四十多摄氏度的严寒钻山林、抱油锯、归木楞的日子里，他第一次发现自己比原来想象中更热爱森林。当看到拖拉机轰轰满山跑，砍倒的树木遍山倒，把个林间密匝匝的幼树糟蹋一尽时，他痛苦地进行着思考：人们这样“征服自然”会给自己带来什么后果呢？当大兴安岭的原始森林从中国的土地上被抹掉后，北部中国的气候会发生怎样的变化、东北大平原是否还会如此丰饶而水草繁茂？他仿佛看到子孙们在指着他的脊梁唾骂！

一九七二年，他，一个被打倒、被下放劳动改造的“走资派”，自然是做不到“振臂一呼，应者云集”的。可这并不妨碍他和作业班的工友：油锯手和拖拉机手们去摸索实践。三个严酷的冬天过去了，一种有秩序、高效率、文明而且科学的采伐作业方法却随着又一春天的到来诞生了（围绕这一作业方法，他和他的同伴曾遭到来自多方面的攻击，此不赘述）。于今，这种作业方法在科学家华罗庚的帮助下，已发展为

“采育用一次统筹作业法”，并在大兴安岭林区全面推广。一九八二年夏日的一天，他跋山涉水专程来到十年前的试验现场。看到方圆几十里一棵棵当年硬是从车轮履带、大树身下抢救下来的拇指粗的小树秧子已郁闭成林，这位一生都在和原始森林打交道、曾转战大、小兴安岭的男子汉，眼睛在一片绿色的、正在茁壮成长的生命面前禁不住湿润了。这使我不由想起一位作家在谈到人与人的不同时说过的一句话。他说，在一些人眼睛里，树木不过是立在路边的绿色的物体，有的人却为它感动得流下欢乐的眼泪。我想，能够被树木感动得流下欢乐的眼泪的人，大抵都是感情高尚的人吧!

说来碰巧，正当我在大兴安岭采访时，当年江浙一带的大军阀卢永祥的嫡孙刚好从美国探亲归来。据说他“可以”不回来的。

在大兴安岭首府加格达奇地委招待所的一间暖融融的房屋里，他向我揭开了他去而复归的奥秘。

他说，当时他领到的是一张为期六个月的旅行护照。在美国的姨父姨妈意思很明白：先让他用六个月的时间适应美国的生活尔后定居。这两位老人身后无嗣，有一笔遗产亟待他去继承，可是自到美国后，他怎么也摆脱不了对于大森林的思恋，以至食不甘味、夜不成眠；常常独自踯躅于房前屋后，自言自语。十天、二十天、四十天过去了，他变得更为郁郁寡欢。

忽然有一天，他连蹦带跳从屋外闯入家门，五十多岁的人了，居然像小孩那样喜形于色直嚷嚷:“姨夫、姨妈，猜我发现什么啦?”

他气喘吁吁急着告诉两位老人的，原来是几分钟之前，他在屋外公共花园里发现一棵山茱萸。这不仅使他忆起唐代诗人王维“遍插茱萸少一人”的动人诗句，更忆起了大兴安岭，及学生时代在大兴安岭的一次野外考察。

那时，他是多么年轻、那么富有激情，以至一跨入大森林便情不自禁要奔跑，欢呼、歌唱；也像在美国发现那棵山茱萸那样，他用指甲剥开山谷里的一棵山茱萸的树皮，让自己整个身心沉浸在树液散发出的淡淡的芬芳之中。

大兴安岭林区森林风光，雪中松林雪景(刘朔/FOTOE)

身居异国，一种思念大兴安岭森林的激情不可抑制地在他胸间泛涌开来了。他认为，这时候一切否认或掩饰自己真实情感的企图，都是自欺、自贱甚至是无耻的。所以，他突然毫不犹豫地对姨父姨妈说“我决定了。我要回国，回大兴安岭！马上、立刻、这就走……”就这样，他服从了森林神圣而永恒的召唤，在美国住了五十天时间，又踏上了返回大兴安岭的漫长旅程。

夜幕正在徐徐降临。望着窗外飘卷舒合漫天旋舞的雪花，他沉默了。他开始撇下自己不谈转而向我描绘起大兴安岭四时交替的壮美图景。

春天，是啊，他说，春天之于大兴安岭总是姗姗来迟的。可当它突然降临时，你会感到多么惊奇。昨夜里你才刚刚听到小河解冻时冰块细碎的斫裂声，清晨一起身却发现山绿了：一点点、一簇簇、一片一片；其势不可阻挡地蔓延开去，直到漫山碧透。最后似乎连天也变绿了。这时你还能想什么呢？不，什么都不会想。没有欲望，没有思虑，有的只是广阔的胸怀和无限的喜悦。夏天的大兴安岭，那简直是一个美丽的大花环！遍山的野花、晶莹的露珠、小鸟的啼声，以及那随风拂动的森林和浑厚的林涛声编织在一起，置身其间，还能有比放声高歌更能表达自己心灵的欢乐吗？接着，秋天来了。多么奇妙的大森林：落叶松、樟子松、白桦、水曲柳、小白杨，一棵棵，一片片，金黄、赤红、墨绿、橙白等色彩斑斓的树叶，衬着一身赤褐或青色的树干，好似从早到晚环裹在彩霞当中。不，它们自身就是一团彩霞！而土地、森林、河流终日散发出的那股果实熟了的芳香，最终使你大彻大悟：啊，这里所有的一切都成熟了，其中包括那金色的阳光！七月飞雪，你能想象吗？在大兴安岭有的地方这却是实实在在的，一般在九月里便雪没马蹄了。瞧着马儿打着响鼻，拉着爬犁在雪野留下两道印辙；看着一蓬蓬松软的积雪堆在树梢枝头，眼见着小河悄悄地一点点上冻，最后以那晶青的坚冰闭合在河心，锁住了流水的喧哗，霎然，你会觉得大兴安岭沉睡了。多么静寂、肃穆而又深沉的雪野啊！这时，雪莱的诗句“冬天来了，春天还远吗”便会涌上你的心头，使你陷入遐思……。

说到这里，这位旧中国封建官僚家庭的“遗少”，今天的大兴安岭人，好似真的坠入某种幽远的遐思。他站起身来，用手抹去窗玻璃上不知何时覆上的一层冰花，出神地向窗外望去。这时，加格达奇——这块人们心目中樟子松生长的地方，在度过了冬日短暂的白昼和漫长的暮晚之后，不知不觉已被苍茫的夜色围裹起来了。没有一丝声响……

不久，我离开了白雪皑皑的大兴安岭。当列车载我行驶在嫩江大平原一望无际的雪野上时，在我个人的体验上，似乎愈是远离大兴安岭，在那里的所见所闻，愈发具有诗的兴味和诗的韵律。我终于发现，当那些生活在大兴安岭的人们表白说“我爱森林”的时候，与其相信他们的诚实，莫如理解他们的深情。这就是：“我爱祖国！”

原载《瞭望》1984年

驼山春

我常常情不自禁地赞叹古人对大自然四时交替、星移斗传的精细观察和生动贴切的描述。就拿二十四节气里的“清明”说吧，在度过了漫长而灰暗的冬天之后，忽然有一天，沉睡的田野麦苗儿返青了，柳树悄没声地抽绿了；干涩的空气开始充满和暖湿润的气息，天空变得清澈透亮，到处是阳光，一片明媚——这时候，还有比“清明”二字更贴切的描述吗？

一九八四年清明的这天早晨，在山东半岛潍坊平原益都县南部，我卷在络绎不绝的人群里，卷在喜气洋洋的情绪中，向驼山登去。耸立在平原之末形同驼峰的高山，此刻却在轻雾包裹之中，好似藏着一点儿什么春天的隐秘，越发催人举步。

1984 年清明节作者在山东潍坊地区驼山留影
（刘浩 1984 年摄）

有那么一段陡峭的山道，我是同一位老太太一道拾级而上的。看上去，老人少说也有七十岁了。瞧她那双小脚，不就是人们常说的“三寸金莲”吗！再瞧她那一身装束：簇新的藏蓝大襟短褂，黑布薄棉裤，裤腿儿那么紧紧扎着，恰与脑后挽着的发髻相呼应，是个再典型不过的山东乡下老太太。

1984 年清明节潍坊国际风筝节转场驼山竞放风筝（刘浩摄）

我不由边走边与她攀谈起来："老人家，从哪里来呀？"

"不远，俺家离这一百来里地。"

"那么，是坐车来的啰？"

"俺走路来的。"

啭，老太太不说也罢了，一说还真叫我暗暗吃惊。再瞧她那双小脚，我怎么也无法把它与那一百来里地联系到一块。老太太何来如此之大的兴趣，要从百里之外赶来登此并不奇伟的驼山呢？

老太太没直接回答我，只是布满皱纹的脸上露出一丝神秘而祥和的微笑。她问我今天真有许多人要来山上放风筝吗？果真如此，她也就不枉头夜动身走这一遭了。

可不是，这天驼山上下，熙熙攘攘，人声鼎沸，不都是冲着放风筝来的吗？方圆几百里，别看都是乡下人，消息却十分灵通，似乎谁都知道潍坊国际风筝会最后一次放飞表演，这一天移驼山来了。

当太阳拨开笼罩田野的晨雾喷薄而出，各国风筝放飞手，纷纷把自己的心血结晶高擎在手，顷刻，一只只红的绿的、黄的蓝的、中国式的、欧美式的，以及日本式的各式各样的风筝，在一阵阵清风的鼓荡下，在布满人群的山峰上，相继乘风而起。看那花花绿绿、星星点点的天空，你会觉得自己来到一个童话世界。它们哪里是风筝，分明是飞鸟，是流星，是阿拉伯的魔毯，是《西游记》里常常出现的祥云。时而，它们远去，只在天空留下一个个墨点儿，时而又近在眼前，轻盈地悬浮在天空，微微抖动着。此时此刻，你怎能不感激我们的伟大祖先，风筝，正是他们的伟大发明。

曾在此地当过七年县官的郑板桥写过一首诗，描写了当时潍坊地区清明时节民间竞放风筝和打秋千的动人情景。诗云："纸花如雪满天飞，娇女秋千打四围。五色罗裙风摆动，好将蝴蝶斗春归。"——这诗中优美的风俗画，现在又点染着浓烈的时代色彩出现了。

这一天，把驼山之巅的风筝竞飞推向高潮的是新加坡风筝协会主席，这位出生于广东潮汕的白发老人，在过去的两天里很不走运，总也放不起他那只巨型的中国式大龙风筝。今天的情势可不一样，对于"平生不爱风和雨，唯喜春风抱满怀"的风筝来说，这驼山的风，是长风，是清风，更是春风。几个聪明伶俐的本地小青年在老人指挥下，把那一百米长的"大龙"顺着山势，从这个山峰拖到另一个山峰，让它静伏在地，突然，大风来了。只见老人双臂同时高高举起，像一个决战时刻的将军般发出号令："起飞。"

"大龙"的尾巴猛地蹿上了天空，转瞬间身子升起来了，接着龙头也腾空而起。蓝天凭空画出一道彩虹，在人群当中引起极大的轰动，人们纷纷上前与老人握手致敬，抢拍照片。有些人不由去摸摸牵引着大龙的绳索，好试试这大龙是否真要五个人拖拽着。

一个多么令人喜悦的时刻！

大龙啊，辽阔的大平原在你眼前延伸，当一派烟林平远的北方春天的图景呈现在你眼前时，你怎能不欢腾喜舞呢？

原载香港《大公报·副刊》1984年

北疆门户

我取道集宁，来到祖国北疆的门户——二连浩特。阳光沐浴下的二连浩特，一条约一里长的马路是这城市唯一的街市。马路的一端是火车站，另一端是市政府新建的几栋楼房和一个新开辟的公园。公园里有一座石垒的假山和两个小亭子。再往前去，便是一无遮盖、茫无边际的大草原了。站在二连浩特这条单一的马路上，任何人都不会不注意到草原的远方，依稀可辨处，有一个小建筑群。那就是蒙古人民共和国与二连浩特毗邻的扎门乌德市。远远看去，在平坦的草原上，一栋高出其他房屋的苏俄式尖顶建筑分外醒目。

据我新结交的一位做外事工作的朋友说，蒙古人民共和国的这个边境小城，比二连浩特略大，但建筑较陈旧，都是五十年代兴建的。而二连浩特的主体建筑，大多是近几年建成的。尤其是二连浩特火车站，不仅当地人引以为自豪，就是蒙古人民共和国因公务过境的人员，也赞叹不已。我在二连浩特逗留时，恰逢两个蒙古公务员过境接车，住进二连宾馆。他们是来中国押运一批苹果出境的。他们住下后，没有忘记抓紧时间去街上转悠转悠。二连浩特不大的百货商店更是他们必去光顾的地方，他们从商店出来时，我看到一人手里拎着一双长统马靴，一人手里抱着两个装在盒子里的暖水瓶，我的那位朋友告诉我，他们入境后，一般都要买些东西，主要是日用品，以买瓷器为最多。

就我所知，大多数中国人对二连浩特都不甚了解。相比之下，许多外国旅游者却熟知这个城市。因为，对他们来说，二连浩特是他们带着许多美好的愿望抵达中国的第一站，如果他们选择走北京—乌兰巴托—莫斯科这条铁路线的话。

我到二连浩特的第二天晚上，去现场观看了莫斯科—乌兰巴托—北京国际列车入境的情况。我这才相信了我的那位朋友的话。他说，别看二连浩特在中国不起眼，对许多出入境的外国旅游者来说却是一个富有魅力且有名气的城市。

在二连浩特中蒙边境上的中国国门
（肖韦 /FOTOE）

夜深人静（这里夜不深人也静），空旷的草原刮起阵阵疾风，呼呼有声。我跟随外事接待，海关和边防检查人员来到二连浩特车站，车站大楼的建筑是中国火车站建筑中最典型的格式；主体建筑之上，高高耸着一个方形四面体，其上镶嵌着四块硕大的钟盘。我们来到车站不久，蒙方通知，列车晚点，不能于九点四十分到站。于是我们退到一间候车室等候。

二连浩特车站有若干处候车室，内里装修都十分考究，合起来能容纳五六百人。显然，在建筑之初，设计者是考虑到客流量而留有余地的。但就我的观察，我预感到，随着二连浩特对外开放，当外国旅游者不仅仅是出入境途经此地而要以此为旅游点住下来时，二连浩特车站和二连浩特的宾馆将难以满足需要。

大约晚间十一点，车站站长告知，蒙方通知列车将于十分钟后入境。正在这时，黑暗、冷寂的火车站像变魔术似的，车站大楼上上下下，灯火齐明。深沉的草原夜空之下，由霓虹灯组成的几个大字：二连浩特，赫然闪现在人们眼前。站台上，身着制服的铁路、海关、边防检查人员一溜排开，肃然伫立着，夜风似也平息了许多。草原的上空开始飘荡起悠扬的舞曲。一时间觉得，先前还那么冷漠的夜空，突然变得和暖了。

俄顷，一道炽白的光柱从列车机车头射进了车站。列车在轻快的舞曲声中滑入了车站，最后微微一颤，安然停住。列车车厢的灯，一盏一盏相继亮起。蒙着窗帘的车窗，也相继一个接一个地拉开，露出一张张含笑的脸。他们一个个紧贴着车窗玻璃，好奇地向车站张望。

这时候，海关，边检人员快步登上列车，车站里外的气氛顿时变得庄重而肃穆。按规定，车上的旅客必须等待海关检查完毕方可下车。透过车窗玻璃，可看到海关人员的身影在车厢里慢慢移动着，挨个检查旅客。不一会，有几个旅客从车上走了下来，瞧他们有多高兴，脚一踏上站台，就情不自禁蹦跳起来。他们嬉笑叫喊，贪婪地呼吸着草原夜晚清新的空气。

有一个年青人径直向我的那位朋友走来。看起来他们是老朋友了。后来我这位从事外事工作的朋友告诉我，这位年青的英国人是英国一家旅游公司的雇员。他的任务是率领旅游团往来于西欧、莫斯科、乌兰巴托、北京这条新开辟没几年的旅游线路上。这是他在这一年当中第五次率团到中国了。我不敢说从西欧、东欧、苏联、蒙古到中国是世界上最富有诗意的旅游线路，但我却敢说这条线路是世界上最长的陆上旅游线路之一。想到这一层，我不禁由衷钦佩这位英国小伙子，他竟能在一年中五次率团走上这条漫长而艰苦的线路到中国而乐此不疲。看上去，他是在从事一项商业活动，但从客观上却起到了促进东西方文化交流的作用，当年马可·波罗沟通东西方文化主要是以自已的游历晓之于人。今天，这些旅游组织者则比马可·波罗大大跨进了一步，不仅以个人的履历向西方人介绍东方的文明，而且把西方人导向东方。

列车重又启动。当然这并不意味着启程，而是开往几里以外的换轨工段。这也是每一次入境列车必不可少的程序。中国的铁路轨制与蒙古人民共和国的不同。出境列车要在扎门乌德换轨，入境列车则在二连浩特。所谓换轨，决不是撤换铁轨，而是撤换车轮。据说，换轨花不了多少时间，通常不到半个小时。换轨也不像一般人想象的那么复杂。列车进入换轨工段之后，有专门的设备将列车吊起，撤去原来的车轮再安装上新的车轮。

问题是，列车入境之后，这一系列的手续会不会使旅客腻味呢？我的那位朋友却说：“这不必担忧。列车一入境，那些通过海关检查的旅客即可下车到候车室休息，或者干脆留在站台上。你不知道夏天的草原之夜有多美。”

那些外国旅游者一下车就身不由己地随着车站播出的音乐跳起舞来。那情景，真好像人们在举办露天晚会，欢声笑语不绝于耳。而那些不愿下车而随车去换轨的旅客，也有他们可乐的地方。从北京来的，早等在车站，当列车一入境便挂上去的餐车，对于那些好几天没吃一顿好饭或因苏联、蒙古饮食不合口味而处于半饥饿状态的旅客来说，当他们猛地看到那么多中国菜时，你简直想象不出他们有多高兴！

我的朋友所说的一切无疑是可信的。这就是一个国家——中国的门户所包含的多重意义：对于一个外国旅客来说，当他在二连浩特踏上中国的土地时，中国，便不再是一个抽象的国际政治概念或世界地理概念，甚至也不是迎风招展的五星红旗、海关、边防检查和换轨。中国在这里是美丽的草原之夜，草原夜晚灿烂的灯光，悠扬的音乐，不卑不亢的微笑和美味的饭菜。

原载香港《大公报·副刊》1984年

青　城

这是深秋时节的一天早晨。我从列车上一觉醒来；嗬，好辽阔的天地——确实，夜过张家口时，砺砺的山影，险峻的关隘，在脑海里留下的印记太强烈了，此刻，猛地发现自己已被列车载入辽阔的内蒙古大地，一时间在感觉上是奇异的。这使我不由久久凝望起眼前的这片陌生的土地。这时，红日刚刚从东方天际探出，给栗色的原野镀了一层朦胧的金色。平展的大地上，一条清亮的小河泛涌着片片鳞光。栗色的土地刚播过小麦，这时也是静悄悄的。四周点缀着些榆、柳、槐、杨，或青或黄，或红或绿，五彩缤纷，分明是在述说着秋天的宁静和秋天的绚丽。正好与列车行驶方向相向，可见东西相向的一脉高山，虽远看只是一道山影，却叫人觉得异常高峻、异常沉雄。而这就是历史上曾引发出千百首边塞诗歌的赫赫有名的阴山山麓。山麓下的栗色原野就是著名的土默川平原。

这么说来，呼和浩特，这座土默川平原上的历史名城就快到了。果不其然，一个多小时，列车驶入了呼和浩特。

呼和浩特是蒙古人称谓，意为青色之城。关于呼和浩特这个名字的由来，相传是四百年前，蒙古族的首领阿拉坦汗为了控制漠北（以阴山为界，山南称漠南，山北称漠北），促进与中原的贸易和文化往来，择土默川平原之富和南北东西交通之要，在明王朝的资助下，大兴土木，建起的一座城池。城池建成后，那些从阴山之北过来的牧人，从长城过来的商旅，越过青藏高原千里迢迢过来的喇嘛，他们远远看到绿色的草原平地崛起一座城池，莫不啧啧称奇，见其树木葱茏，遂起名青城。

我们认识一个城市，往往可从这个城市名称的缘起、衍变入手。有人称呼和浩特作召城。这与十三世纪以来喇嘛教在内蒙古的兴盛有关。

时至今日，呼和浩特还存留着许多喇嘛教的寺庙。寺庙在蒙古语里读(召)，故有召城之说。从呼和浩特的另一称呼（三娘子城），我们又能发现一个历史上的掌故。原来创建呼和浩特的阿拉坦汗死后，统治这座城市的是他的妃子三娘子。此女子颇重民族情义，在她治下，呼和浩特商旅不断，繁荣景象无改。于是各族人亲切地唤呼和浩特作三娘子城。呼和浩特在一个相当长的时间里还有一个名字叫归绥。此名的缘起说来话长。先是明王朝称呼和浩特作归化，取的是异族归顺之意，带有明显的大汉族意味。及至清朝，清政府为控制漠南漠北，在原（归化）城外又建一新城曰绥化，用以屯兵。这样，呼和浩特又有了一个新的称呼：归绥。此名一直延用到一九五四年。还呼和浩特以蒙古族的名字就是这一年由中央人民政府颁布的。至此，蒙古族同胞可以用自己富有诗意的名字来称呼自己可爱的城市了。这在民族关系史上也是一件可资纪念的事情。

1938—1939 年，绥远省归化城（内蒙古呼和浩特市旧城）街景（佚名 /FOTOE)

青色之城与呼和浩特的实况是否名副其实呢？这是我到呼和浩特急欲弄明白的事。一位当地的朋友告诉我，他曾登临大青山绝顶，居高远眺呼和浩特。他所说的大青山在呼和浩特即可看到，乃阴山山麓的一段，远望如一奇崛的石壁，横亘在呼和浩特之北，近看则如排空巨浪托起的一段陡峭的岩石海岸。他说，从大青山山巅看呼和浩特，真好像是谁在苍茫的平野撒下了一把珠玉，不可思议地苍翠！耳听为虚，眼见为实。我开始时还怀疑这些话未免夸张。待我在这青色之城细细游览之后，却不得不承认，呼和浩特确乎名实相符，触目皆绿。就说那一排排高大整肃的白杨树吧，我不曾见过有哪个城市的白杨树长得像呼和浩特这般高大、优美，密匝匝地连绵成片。不过，白杨树还构不成青城的最大特色。我去时，正是深秋，白杨树落叶纷纷，撒下一地的黄叶，多少带点儿萧瑟之感。可是，行走城中，呼和浩特仍叫人觉得满目青翠。这就怪了。定睛一看，哦，触目者原来是一片柳色！呼和浩特的柳树之多，之绿，想必为一般城市所难及。这或许因为呼和浩特地处内蒙古高原，最适宜柳树这样耐寒、耐干旱的树木生长，于是人们广植柳树，以至于柳色倾城。这从一个侧面说明呼和浩特为什么在古人、今人眼里，都留下一个以青色为表象的印记。这里面的道理不言自明。谁都知道，北方春天柳树展叶最早，秋天柳树落叶最迟。难怪我深秋时节访青城，青城本色无改。

据说，呼和浩特一九四九年解放时，由于从清朝就开始的连年战乱，全城只留下了五百棵树。拿此数与今天的倾城柳色相对照，那就更可看出青城之人爱青色的本性了。他们不仅为自己的城市起了一个美丽的名字，更为自己的城市创造出一派秀色。

原载香港《大公报·副刊》1984年

谒昭君坟

骑自行车行驶在呼和浩特郊野是一件赏心乐事。在这片广袤的土地上，曾演过不少可歌可泣，引人怀想的事迹。春秋时间赵国君主赵武灵王改革练兵方法为胡服骑射，其练兵场所就在阴山脚下的这片土地，“敕勒川，阴山下，天似穹庐，笼盖四野。天苍苍，野茫茫，风吹草低见牛羊”。这首千古传唱的诗歌所描写的“敕勒川”，也是这片土地，只是，今天这里叫作土默川。

我是上午九时左右骑车上路的。我的目标是呼和浩特南郊九公里处的王昭君坟。

这一天，我还得感谢天公作美。内蒙古高原的秋阳似有点与众不同，照在身上，叫人觉得痒酥酥的，加上一路上，金风送爽，景色迷人。有好几次，我不得不停下车来，倚在路旁，把栗色的原野、错落有致的树林、村庄和由此构成的一幅秋林平远、四野苍茫的图景看个够。

从呼和浩特市中心出发，像我这般且走且停，约莫一个小时，便可见到一条小河。这是土默川平原又一有些名气的历史景物——大黑河。可能是为了突出一“阴”一“黑”的搭配之趣，自古以来，人们就有阴山、黑水并称的习惯。正如人们一说“白山黑水”就知指的是东北一样，长期以来，人们一说“阴山、黑水”便知指的是阴山、土默川这块各个民族角力的大舞台。不过，大黑河在我眼里只是一条清浅的小河，很难和“大”字联系起来。也许是正值枯水季节，所谓的大黑河，不过是宽阔的河床上涌动着一股涓涓细流的小溪。

越过大黑河，昭君坟便在望中了。只见一座形如小山丘的坟茔出现在大路顶端，看上去高出地面许多。如不指明这就是昭君坟，人们可能会认为，这是一马平川的大地上突兀生成的一座小山。及至登上这座小山，你才若有所悟，论周围的地势、地貌、这里是不会凭空生出一座孤立的小山的，分明是人力所为，而且很可能在开始时，人们只是垒下一个不大的土堆，后经年复一年的培土，才形成今天的小山。

昭君出塞这一历史故事，在中国几乎家喻户晓。尤其是经过历代文人的文学加工，昭君出塞的故事不仅具有历史传奇特有的生动和夸张，而且有某种浓厚的哀婉情调。李白的一首咏昭君的诗曰“生兮黄金枉图画，死留青冢使人嗟”。前句指汉元帝宠幸后宫嫔妃，行的是“按图索骥”之法，全凭御中画师所作之嫔妃肖像取舍。后面一句“死留青冢使人嗟”，“青冢”即指昭君坟。从这两句诗里，我们可以看到，李白是把昭君作为怜悯对象，着意突出了昭君出塞的孤寂和不幸。在这一点上，杜甫走得更远，他的“群山万壑赴荆门，生长明妃尚有村。一去紫台连朔漠，独留青冢向黄昏”一诗，把昭君出塞的哀婉、悲戚点染到了催人泪下的程度。

内蒙古呼和浩特，昭君墓（昭君博物院）(董文革 /FOTOE)

关于为什么把昭君坟称作青冢，我在来到昭君坟方始知道，相传，每年秋天草黄季节，唯昭君坟草色青青，“故世人称青冢”。又一说，“墓无草木，远而望之，冥蒙作黛色，故云青冢”。

我站在远处望昭君坟。四野叶落有声，草色干黄，我惊异地发现，昭君坟果然草色青青，再仔细一看，原来是园林工人所为，在大约三十米高的坟包上种植了许多柏树。如是观之，昭君坟之称青冢，后一种说法更为可信，实在是因为昭君坟所处位置，正好在阴山之下的茫茫草原上，想必是土默川平野日间特有的雾霭，使昭君坟“远而望之，冥蒙作黛色”。

我来到昭君坟前时，日已当午。抵近观察，昭君坟看上去更像一尊巨大的洪钟，仿佛谁上去触动一下，必有浑厚沉着的钟声传出，响彻土默川平原。我沿石阶拾级而上，登上坟头。嘿，好一个登高望远的所在！怪不得当地人别出心裁地在坟头筑起一个亭子，原来为的是让人们好凭栏远眺阴山、土默川的壮丽风光。但见雾霭蒙蒙的土默川平原，树近村远，目极辽阔，阴山山麓从中拔地而起，横断南北。呼和浩特则于茫野处浅浅浮出，像升出海面一片礁石……我出神地凝望着，不知不觉神思恍惚起来，觉得自己就是那历史中的人。

这时候，我仿佛看到匈奴铁骑动地而来，挟起漫天沙尘，汉家出征将士在军旗招摇中迎上去……在这历史的画面闪过后，接踵而至的是敕勒、突厥、契丹、蒙古、女真各族人马。他们或驻牧于此，或迁徙途经此地，或决战于斯。而最叫我挥之不去的，仍旧是匈奴铁骑簇拥着王昭君顶着漫天风雪，行走在这片处处书写北中国历史演变的土地上。这时候，我才理解，为什么说一部中国历史，就是一部各民族大融合、大交往的历史。理解了这一点，王昭君出塞便不再是可悲可叹的了。

宋代王安石对昭君出塞最有见地。他在一首诗里写道："君不见咫尺长门闭阿娇，人生失意无南北……汉恩自浅胡恩深，人生乐在相知心。"王安石这位生活在宋代的改革家几乎是用一种现代民主眼光来看待昭君出塞。因此他对昭君出塞的命运做了不同凡响的解释。

原载香港《大公报·副刊》1984年

风雪灰腾梁

灰腾，蒙古语意为寒冷。灰腾梁，寒冷的山梁。

十月的大草原，衰草遍野，干黄一色。

在广州，十月的明丽，十月的清凉，在度过炎夏的人们看来，多么像春的回潮。在北京，十月则是美丽秋色的代称：高爽的蓝天、静悄悄的月夜、漫山的红叶——可是在内蒙古锡林郭勒大草原，十月，却是秋冬的交接——今夜秋风明日冬雪。

一个天低风烈的日子，我从偏远的牧区返回旗地。只见野云千里，满地流沙。一株株干黄的小草，不是被拦腰摧折，便是在呼号的狂风下，死贴在地皮上。而扎根浅的，则干脆被连根掀起，转瞬就被卷向不知哪个遥远的地方。天空昏暗得如此迅疾，顷刻便如夜已降临。接着，细碎的雪花被风卷裹着，遮天蔽野地旋舞。啊，天地在动荡，在摇曳——

乘车过灰腾梁，那形势就更险恶了。

阴郁的山岗，坎坷的坡道。风之大、之猛、之烈，仿佛不揭去一层地皮不肯罢休。倘若这时爆出一点火星，落在干草上，真不知会引起怎样的灾难，听说那火势就是汽车也追赶不上。很快我就真的看见一片火后迹地，像一条黑色的飘带向远方蔓延铺展，翻过一个又一个山岗，一眼望不到头，赫然是原野上撕开的一道裂痕，相去数十百里。凝望着它，我不由产生这样一种幻觉：那火，红色的一团，在草原上飞速滚动，不可遏止地吞噬着一切敢于阻挡的障碍——

确实，灰腾梁的险恶不只表现在它使你看到什么，而更在于它使你想象到什么——当汽车从辽阔的草原突然钻进这片连绵百里的山岗时，多么像从平静的海域一下子进入恶浪滔天的礁丛，天地之所有，尽在幽闭之中。凄厉的风啸声就像小刀子那样，撕割着车篷，也撕割着人的感觉。

看，——狼!

透过迷狂的风雪，右前方不远处阴暗的山坡上，果然有狼潜草而行，灰色的毛皮、凶险的神态，一掠而过。虽然蒙古族朋友说这是司空见惯，在汽车上也不怕受到袭击，但我心间仍蒙上一层灰暗的色彩。我想，倘若是孤独一个人，在这风雪天里，行走在灰腾梁上，该是多么艰难。阴霾的天空，起伏的山岗，风雪、枯草和那潜草而行的狼，这一切该会使他多么绝望!

锡林郭勒草原盛产良畜，其中大红牛、苏尼特肥尾羊、乌珠穆沁骏马和双峰骆驼最为著名。图为奔驰的驼群
(罗更前 2018 年 1 月摄)

这又是什么？踢踏着冻硬的地，像一柄利剑拨开了迷乱的风雪！汽车的一个大转弯，使我眼睛豁然一亮。但见一匹快马迎面奔驰而来。渐渐近了，马儿向上一蹿，突然停住，嘴里喷着热气，浑身湿漉漉的。

马背上，青铜雕象似的，是一个牧人的身影。只见他身背猎枪，腰板挺直，一只有力的手紧挽缰绳，一勒，一挽，骏马急停，笼罩天地的雪花，腾地，在这骑手与快马周遭飞旋。我看到，一双淡黄色的眼珠目视着我们与他擦肩而过。回头望去，但见，他那套着黑色马靴的双腿在马腹上用力一夹，手起鞭落，霎时，那栗色的骏马有如脱弦之箭，又射向风雪纷乱的深处。他是在寻找失散的羊群？他在追踪那潜行于山岗的狼，必予猎杀之？或者仅仅是穿越这灰腾梁急切回到他温暖的蒙古包？我无法确切猜出这位牧人想干什么，但他那立马四顾的彪悍神态，分明是狂风骤雪里力量、生机、精神和勇美的化身！我也突然振奋起来了。

冲出了灰腾梁，我直觉一阵目眩，不敢相信，仅仅一道山梁相隔——太阳撕破沉云，泻下道道金色的光芒，辽阔的大草原再次呈现在我们的眼前。阳光照射处，这里那里，散布着成群的马、成群的羊，白一点、红一点、黄一点，像谁在草原上撒下一盘璀璨的明珠，延伸着、扩展着，消融在苍茫的天际。而在汽车路旁不远小草迎风起舞的草地上，一头蒙古大红牛正弯着粗壮的脖颈在安详地吃草。紧挨着它，是一头浑白的小牛犊。只见小家伙稍稍撇开前腿，一边把头深深埋在大红牛的胯下，贪婪地吮吸着奶汁，一边还悠悠甩动自己那尾巴。红牛的平和、白犊儿的憨态，一时间叫人觉得整个草原充满了白色奶汁样的静谧和芳香。这一切就发生在天风怒吼的灰腾梁下，真是不可思议！是啊，中国的北方，十月的北方，风兮、雪兮，自有清明永在！而孕育着清明的，不就是那大风雪吗？真可谓“此中有真意，欲辨已忘言”啊！

登车继续赶路。那大风雪、那青铜雕象般的牧人，那红牛的安详、白犊的憨态，久久盘桓在我的胸臆之间。回头望去，灰腾梁已远远落在身后，只在天际留下一脉浅浅的阴影。

原载《羊城晚报・花地》1984年

夜西安

在没到西安之前，我一点不相信西安——或确切地说夜西安，会是当今中国最富诗意的城市之一。白天可能还感受不深。入夜，一轮明月，高悬中天，古城廓影若隐若现，低空是浅浅的一抹儿烟霭；城里城外，市声耸动；街市上，霓虹灯明灭无定，人流如川，那景象倒显得白天的西安慵倦不振，到得夜里反而来神了。

我是正当八百里秦川麦苗青绿，初夏的暖风一天胜似一天的时节去的。初夏夜的西安，天清气爽，夜市繁华。几乎就在夕阳西坠、暮霭初起之际，古城中央鼓楼与商业大街交叉口的小巷，便可看见青烟缕缕，炉火渐次升起，随风飘散起阵阵甜香。那是西安摆小吃摊档的小贩为夜西安创造的最撩人心意的气象之一。可以说西安的夜生活是他们以炉火、青烟和此起彼伏的吆喝声开始的。西安的小吃可是遐迩闻名的，那天夜晚，我品尝了几种。我花两毛钱买一支烤羊肉串，一边嚼着那喷香的小肉块，一边欣赏四周景象，我还从未见过，在一条狭窄的小街里，竟有那么多烤羊肉串摊档。它们一个紧挨着一个，分设于街道两旁，行走其中，简直像来到一条烤羊肉串的长廊。羊肉泡馍是西安最具有传统的风味小吃。可是那天我未敢问津。那小盆也似的大瓷碗，满满盛上端来，没有些肚量是消受不起的。羊血粉丝汤看上去倒很诱人，尽管那碗也大得可怕。只见那小贩将切成细条的羊血掺上粉丝置于碗中，然后掏起炉上正滚沸的羊肉汤，烫了三四遍，放些葱花、辣椒等什物，便端到我面前。我尝了尝，又酸又辣，极是爽口，一股脑喝干了它。放下碗，不觉已浑身冒汗，心头热乎乎的。

夜西安的诗意绝不止于小吃，当然，也不止于电影、马戏、录影、舞会等名目繁多的娱乐活动和商店橱窗里陈列着的那些商品。夜西安的诗意和魅力，全在于你白天的游历——秦兵马俑的浩荡阵势，大雁塔的峻伟，碑林的古奥——当这许多的印象在你脑海里还十分强烈、清晰时，猛地投入夜西安生气勃勃的气氛里，你会产生一种历史的遐想。你会从绚烂的灯火，繁荣的街市，熙攘的人流和种种小贩的吆喝声中，想象出古时长安城的市井风貌，你会觉得，今天的西安人于衣、食、住、行各方面，既在继承历史的某些东西，又在改变着历史的某些东西。

有趣的是，我碰上了一些乡下妇女，她们站在路灯或商店的橱窗外，一个劲地向行人吆喝。她们手里几无例外地挽着个黑提包，鼓鼓囊囊。原来她们是在拉人缝衣裳。她们用轻柔的吆喝声向行人表明，她们愿意为你效劳，从钉纽扣到补衣服以至更为复杂的针线活，收费低廉，立等可取。在她们的招揽下，确也有不少行人成为她们的顾客。于是这些补衣妇就着路灯，取出针线，或站着，或蹲着——飞针走线地替你纳补起来。有些人是专门从家里取来衣服请她们缝补的。西安不知何时出现这许多的补衣妇，这是其他城市所少见的。她们在西安的出现，至少说明两方面的问题。一是农村劳力正向城市流动，这些多是来自四川的补衣妇，像她们到西北从事建筑等业的丈夫或父兄一样，她们也为城市的需求所吸引而加入城市劳务市场。二是她们之所以能在西安站住脚，说明像当街即时补衣这样的事在当今西安以至中国其他城市尚无绝迹之势。人们的生活水平还没达到一件衣服稍有破损就弃之不顾的程度。俭朴作为中国人世代承继的传统，还在发挥作用，西安的补衣妇能捧上这些饭碗就是明证。于是我忽发奇想，倘若刻一补衣妇的青石雕像，置于西安这个十朝古都的城中央，定会引起不少游客的注意。人们不见得欣赏她究竟有多美，但定会从中获得不少历史感——关于这个城市的过去、现在和未来。

夜西安真叫人难以理解。就是这么回事：既繁华又质朴，既喧嚣又宁静。

原载香港《大公报·副刊》1984年

孔膳堂用膳记

一家出版社庆贺建社，我被邀到琉璃厂座谈，其后是到孔膳堂用膳。把一家饭馆开在琉璃厂，冠以孔膳堂雅号，再把门面修饰得古色古香，使之与那些经营字画书刊、文房四宝、古玩奇珍的店铺浑然一体，实在是个好主意。它充分体现了北京市政当局重建琉璃厂的构想。按照此一构想，新建的琉璃厂文化街不仅要仿古仿到无可挑剔的地步，还要设置一些其他服务项目。这叫集商业、旅游业、文化业于一街，让游人各得其所。

孔膳堂所处位置也很好。北京和平门外一条南北向大道把琉璃厂分成了东西两部分。孔膳堂就坐落在西琉璃厂的把口处。每天，不知有多少人从这条南北向大道上经过，稍留心的人都会看到紧挨路旁的一栋两层小楼。它即不显高大，又不失之于猥琐。丹青粉墨，画栋雕梁，使它远观像一座门楼，近视宛若一亭阁；别看它门洞不十分宽敞，门洞上的一方匾额却格外宽绰。但见生漆的黑底子上，赫然书写着斗大的几个金字：孔膳堂。这天，时方正午，北京秋日耀眼的阳光正射在那匾额上，更觉那几个大字苍劲显赫，以至于进门洞，步入门厅，眼前仍跳动着那几个大字。

中国传统文化表现在商业店铺的名称上，说来也是有趣的。在北京人们通常见到的一种是，业主多用一些吉祥、文雅且带点仁义道德含义的字眼为店铺命名。“全聚德”就是一个典型的事例。近年来，北京个体户店铺丛生，遵循这个传统，什么“隆裕”“福瑞”“德顺”的店铺名称，所见不少。用一个或几个字眼表明店铺与某种传统的承继关系，则是又一种命名方式。如开在北海公园的“仿膳”，意在表明经营饭菜与朝廷膳食制作的关系，“仿”不过是个谦词罢了。孔膳堂的名称当得自这传统，讲究和强调的是一个承继关系，一个“膳”字表明了与孔圣人以下七十多代子孙享用的膳食制作方法的关系；须知，过去只有朝廷和圣人府上的一干人才有资格把每天的进食称为进膳的，小小老百姓是不敢也不愿把进食称为进膳的；而一个堂字不独是把店家经营的饭菜与孔府膳食的承继关系肯定下来，而且把地位也确定下来了。在古时，堂在殿之下，那可是个非常庄重、威严的地方。这样看来，孔膳堂作为一家饭馆的店名，确实比近年来北京出现的什么“好再来”“一路香”等店铺，无论从格调上，规格上，名望上，品次上，高若干头。简简单单三个字，它所产生的视觉效果，心理感应效果和提示说明效果，或干脆称之为文化效果，也许是几十个字也无法做到的。

跨入孔膳堂，我即被一位身着玫红色对襟大褂的女侍应引到楼上，从入门到上楼，不过十步。十步之内，厅堂中那股浓郁的文化气息已令我陶然。一色的猩红色混纺地毯，覆盖着从门厅到楼梯的每一寸地面，素雅墙纸覆盖的墙壁上随处挂着些字画，及至楼梯尽头，更有一幅题字水墨画映入眼底。这幅画描绘孔子手握书卷伫立河边，一幅凝神冥思的样子。题字是“子在川上曰，逝者如斯夫”，黑白的水墨字画和楼上楼下一色的猩红色地毯，既透出十足的中国式古雅，又带着点儿西洋的富丽。它好像是一种无声的语言，告诉宾客，这孔膳堂不只有古的一面，也有现代的一面。还有比仿制具有两千多年历史的孔府膳食更中国化的吗？女侍应微笑着立于门边，向每一位走进来的宾客致意。当宾客离去时，她又微笑着说一声“再见”！餐厅里的一张张带转盘的圆形餐桌想必在孔夫子的年代是闻所未闻的。在每个宾客面前摆上玻璃杯、高脚杯、小酒杯三种杯盏，脸蛋扑粉、嘴唇上了唇膏的女侍应殷勤地为你上葡萄酒、啤酒甚或可口可乐，当然还有白酒，这一切对于孔圣人来说，也是不可思议的。

在孔膳堂用膳，当女侍应为你斟白酒时，你千万不可推托。那小盅里的白酒无论如何一定要多喝几杯。在孔膳堂经营的膳食品种中，这是最道地的孔府特产。这“孔府家酒”系孔府家用酒坊专酿，长期以来就是孔衍圣公后裔向皇帝进贡，自饮或招待宾客的孔府特产。相传，两千多年前，孔家曾以此酒取悦楚宣王。楚宣王把盏品尝，不但未表赞赏，反贬孔府家酒味薄。于是孔子后人发奋改进，多年以后，终使孔府家酒由薄而厚。

从女侍应口中听得这个掌故，我分外仔细地品尝了孔府家酒。以我个人感觉而言，味道真不错。嗅之芳香扑鼻，饮之甜软淳厚，几杯下去，浑身暖和。孔府家酒能把酒精浓度控制在三十六度而不失其芳香淳厚，实属不易。中国大陆时下烈性酒滞销，低度酒走俏，如把孔府家酒推向市场，定当畅销，只遗憾孔府家酒生产规模太小，难得进入市场，要想一品圣人家酒为快，还非得进孔膳堂不可。

这一天，接二连三上来的菜多是海味，如烩蹄筋海参、酒烹大虾、红烧鱼等等。大约在第六道菜上，女侍应端来巴掌大小的薄饼及甜面酱、大葱。知是接近尾声了。岂料，女侍应跟着端来大盘的香酥鸡腿。小面饼裹鸡腿一下把席间的气氛推到了高潮。标准的吃法是，将那小面饼抹上甜酱，放些大葱，然后紧裹鸡腿，像吹口琴那样，横置嘴前，紧跟着就是大嚼大咽了。嚼咽完毕，可想而知，面饼、甜酱、大葱均不见了，手里只剩一根鸡骨。而我就捏着那么一根鸡腿骨不由得想，倘若孔府常以此为食，那是太过奢侈了。须知一盘十数只鸡腿就是数只鸡阿！

我的大惊小怪，也许正好暴露出我对中国的吃，知之太少。女侍应走来放下新的一盘菜，顺便回答我说，你们虽在孔膳堂用膳，吃的不过是山东风味菜系中常见的几个菜罢了。若真按孔府饭菜办酒宴，那才叫惊人呢！

且看孔府饭菜的排场。最高级的酒席叫“孔府宴会燕菜全席”，每桌上菜一百三十多道。普通的孔府菜酒席，称为“三大件”：海参、鱼翅、鸭子，每件附带四冷碟、四热碟，四饭菜，最后还有甜食、点心、水果，每桌上菜亦达四十多道左右。

也就在这时候，我的目光落在了这间小餐室壁上的一幅条幅上。但见上书“斯文在此”四个大字。顺着墙壁移动，我的目光长久地停留在另一幅条幅上。但见上书孔子格言：“食不厌精，烩不厌细。”这时，从一开始就隐隐浮动于胸间的某种隐隐的感觉，霎时可以捉摸了。再没有坐在孔膳堂一边喝着孔府家酒，一边咀嚼着美味佳肴更能体会圣人古训

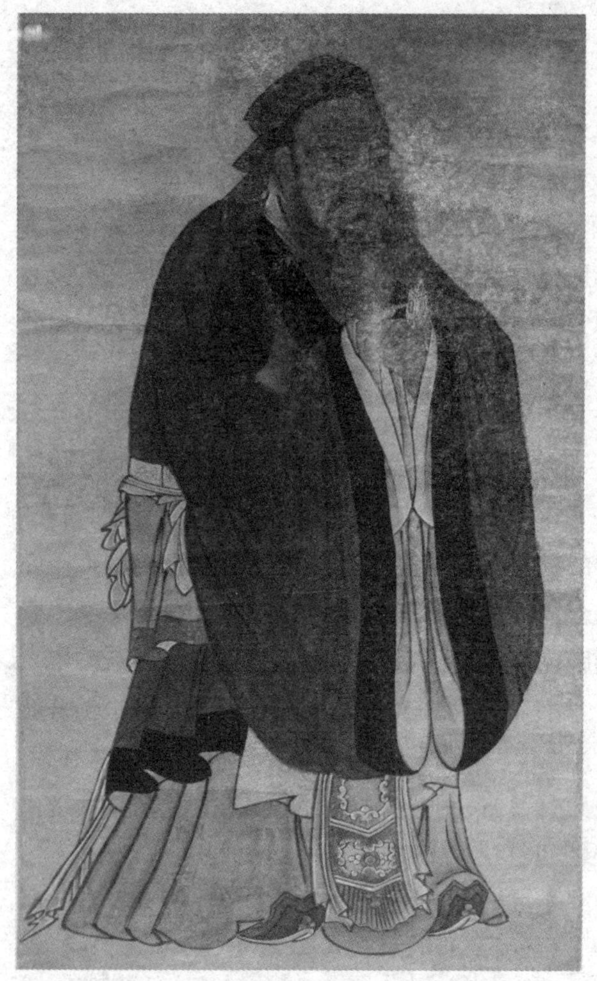

清代佚名《孔子行教像》，曲阜文管会藏。“孔子文化大展”山东博物馆(俄国庆供/FOTOE)

所包藏的历史含义了。也许正是有了“食不厌精，烩不厌细”的人生哲学，才有了中国饮食文化的高度发达。八大菜系，南甜北咸，做法各不相同，却逃不出“烩不厌细”一法。帝王将相，才子佳人，若不以“食不厌精”为风雅，又怎么“斯文在此”呢?

一方面是饿殍遍野，一方面是十里长席，上百道菜一桌的盛宴，通宵达旦。这就是中国的历史。新制度取代旧制度，饿殍与盛宴的巨大反差消除了。可是吃风并未消失。这也是孔子和儒家传统留给中国人的一份历史遗产吧。

在餐室的正面，供奉着孔子的牌位：一幅画像，几碟寿果、点心、一炷高香。望着画像中孔子笑容可掬的样儿，我颇有些感慨。中国之落后，或许是吃的文明太过发达了。

原载香港《大公报·副刊》1984年

解 冻

即便是长期生活在北京的人，请他确切说出北京水面解冻的日期，他也未必说得上来。生活和工作是那么忙碌，谁会留意北京在哪一天上冻或哪一天解冻呢！再退一步说，知道北京在哪一天上冻或哪一天解冻又有何意义呢?

生活在城市的人和生活在乡下的人一个重要的区别或许在于，城市人不必像乡下人那样特别注意季节变化中的许多细节。因为城市人工作运转是不大受季节影响的。人的城市化使人对大自然的感知变得迟钝了。

在三月初的日子里，从飞机上俯瞰北京。只见北京城里城外一片灰黄，没有一丝绿色。田野上，曲折盘绕着几条小河，一点看不出这些河在流动。因为它连起码的水的光泽都没有，有的只是青灰的色调。

三月里，正是南方大地春暖花开之时，北京的河流尚未解冻。但只要你耐性子再等几天，在北海公园宽阔的湖面上，你便可发现新的迹象了。

只见几天前还是黯然无光的冰面，忽然在一天当中变得光滑明亮起来。细细查看，哦，原来冰面上的最表层在北京初春阳光的照射下，已开始融化了。

又过了两天，冰面上出现了一层白花花的冰碴子，先前平整溜滑的冰面开始变得麻麻点点，冰的质地也不再那么致密了，细微处看上去有如蜂巢。入夜，北京城静了下来。聆耳细听，你或许还能听到冰块破裂发生的轻微的嘎吱声响。

第二天，太阳升起来了。当你发现封冻完好的冰面，终于经不住春日阳光的侵蚀而露出第一处破绽，而且，随着时间的推移，破绽由湖边到湖心，越来越大，竟自出现一块水面时，你会感到正如黑暗即将过去，黎明就要到来一样，一个重要的时刻正在到来。

只见那露出在天空下的水面，柔波涌涌，在风儿的吹拂下，轻轻舔吮着周围的冰块。一点点，一点点地，坚冰在消退，水面在扩展，它使人听到大自然里响动着一点儿什么声音。

当第二天你再次来到这片水面时，你会猛地看到北海公园白塔之下这片蕴藏着百多年历史倒影的水面，奉献在你眼前的不再是灰色的覆冰而是一池碧波！你直觉两眼发眩，哦，久违了，碧水，清波！你简直不敢相信这一切来得这么快：北京解冻了。

困扰北京人四个多月的冬天，冬天的寒冷、冬天的沉闷、冬天的阴郁，随着冰封的融解而融化了。好像也只有在这时，才会发现，湖边垂柳那丝丝柳条竟也在解冻的同时吐出了新芽。先前就已经感觉到的、大自然里响动着的一点什么声音，霎时变得清晰可辨了。这是春天的声音。别看大多数北京人说不准北京封冻解冻于何时，可是当冬天到来时，他们就在盼望春的来临。

原载《羊城晚报·花地》1985年

中国石窟艺术的宝藏

炳灵寺探胜

为给中国美术全集《炳灵寺等石窟雕塑》卷拍摄照片，我们来到炳灵寺石窟。一行人中，有《炳灵寺等石窟雕塑》卷的主编董玉祥、副主编兼摄影师岳帮湖和责任编辑陈履生，前两位是研究甘肃石窟的专家，后一位是人民美术出版社编辑、南京艺术学院专攻中国美术史的硕士研究生。

炳灵寺藏匿在甘肃永靖县境内幽深的黄河峡谷里。大约正是由于这个缘故，在过去近一百年的时间里，几乎无人知晓在黄河中游的大峡谷里，还有一座中古时代遗留下来的石窟寺。

那是1952年，甘肃省的一位领导干部在永靖黄河两岸农村搞土改。他听当地老乡说，附近的黄河峡谷里有一尊大佛。他心一动，请老乡带路去看看。当走进黄河岸边的这处峡谷时，他被惊呆了。就这样，他的“发现”变成了中国的发现，继而变成世界的发现——今天，炳灵寺已成为学习绘画和研究石窟艺术以及国内外旅游者的“朝觐”之地。

炳灵寺现存240个洞窟，分别创于西秦、北魏、北周、隋、唐5个时期的雕像，犹如看5个风格神韵、审美趣味迥然不同的艺术馆一样。西秦像还明显留有印度佛像艺术的痕迹。佛陀（释迦牟尼）的高鼻梁旁有一双凹陷的眼睛，唇上有髭须，服饰亦是印度式的通肩袈裟。进入北魏时期的洞窟，却是另一番景象：佛陀的脸形消瘦了。嘴角略微挑起一丝笑意，双目微微下垂；身上穿着的是南北朝时士大夫们惯常穿的那种宽袍大袖的衣裳。这一时期的佛雕已从印度佛雕艺术中脱胎而出。佛陀活脱是一副谦虚君子的样子。

中国石窟艺术大体上经历了四个时期的演化：第一期，印度石窟艺术传入西域；第二期，从西域经甘肃传入中原地区；第三期，在中原地区完成了石窟艺术的中国化以后，以一种完全中国的、民族的形式传向全国；第四期，中国石窟艺术走向它的最高境界。炳灵寺北魏石窟雕塑与其他石窟北魏雕塑一样，以它略含笑意的形象揭示了石窟艺术的大突破——中国佛陀的诞生。而步入唐代开凿的洞窟，立于眼前的就是中国石窟雕塑艺术走向最高境界的作品了：佛陀的面容丰满而圆润，却不失清秀之气，尤其是那些菩萨雕像，体态丰满，眉目娟秀，在唐代艺人高超的一雕一凿下，通体透出一股勃勃生气。

从炳灵寺石窟到千里之外祁连山里的河西石窟，再长驱三千里到陇西武山拉梢寺石窟和陇东南、北石窟，我为所看到的一切陶醉。我惊叹古代艺术家的伟力丰功，竟能在当时极为艰苦的条件下，把一个个石窟开凿于从黄河峡谷到祁连雪山，从黄土高原的巨壑深沟到秦岭山脉的翠谷葱岭这一几乎遍及甘肃东西南北的地域上。开始，我还难以理解，为何从魏晋南北朝到清代这一绵延1600年的各代艺术家，执着地咬定山崖，把自己的才华和生命的美好时光掷向那些人迹罕至的崇山峻岭。后来我明白了。站在那么多精美的壁画和生趣盎然的石刻、雕塑面前，我怎能说，这些都不过是佛教徒创造的偶像罢了。不，这些都是精美的艺术珍品！它不只是我们的民族，而且属于整个世界和人类。像世界许多国家那样，在宗教热情的驱使下，人们为了创造神灵的形象，不经意中却创造出超越宗教的艺术杰作。这就是洋洋大观60卷中国美术全集里甘肃石窟艺术占据一卷篇幅的缘故。

辨识“摹写”于山崖上的历史

一个民族或一个国家的历史，不外乎一部分记载于文献，一部分埋葬于地下。在中国历史上有过一个开窟造像，大兴佛事的时期，于是一部分历史被记录于峭壁悬崖之上。辨识那些“摹写”于山崖上的历史，也即成为一部分考古工作者的重要课题。在我们同行的几人当中，董玉祥、岳邦湖两位甘肃考古工作者便是辨识“摹写”于山崖上历史的人。

今年51岁的董玉祥，自1960年从西北师范学院毕业后，就把自己的生活与工作紧紧拴在甘肃石窟的考古研究之上。他一次又一次踏上勘察石窟的艰苦之路。就是在夫妻离异、他带着两个年幼的孩子又当爹又当妈的时候，他也没有退缩。今天，他已是公认的研究敦煌石窟以外甘肃诸石窟的专家。

1963年对于中国石窟考古界来说是值得纪念的一年。因为在这一年里董玉祥和他的同事在炳灵寺距地面80米的巨大天然石洞（编号169窟）里发现了西秦建弘元年（公元420年）的一方墨书题记。

这是中国所有石窟当中发现纪年最早的一方题记。它推翻了炳灵寺开创于公元420年北魏时期的结论，证明早在公元385年前后，炳灵寺便有了一次开窟造像的高潮。

甘肃永靖炳灵寺石窟北魏雕塑
（刘浩 1987 年摄）

过去很长一段时间，石窟考古一直以云冈、龙门石窟的北魏造像为标尺来判定其他石窟的开创期及考古价值。凡在艺术技法、造型上古拙于云冈、龙门北魏造像的就认定是早于北魏的作品，反之认定为北魏以后的作品。董玉祥和他的同事自发现有明确纪年的西秦造像以后，以西秦造像为标尺研究甘肃石窟，结果，他们发现，并非像原来所认为那样，甘肃最早期的石窟是云冈、龙门石窟的延续，其开创期均晚于北魏。相反，甘肃最早期的石窟不仅早于云冈、龙门几十年以至半个世纪，而且在石窟艺术从印度传到西域，再由西域传入中原的过程中，是一个重要的桥梁。今天，由于董玉祥等甘肃考古工作者的一系列发现和考证，甘肃石窟在石窟研究中的地位日益提高。许多人在谈论中国石窟时，不再言必敦煌，

甘肃永靖炳灵寺石窟唐代雕塑
(刘浩 1987 年摄)

言必云冈、龙门了。人们越来越重视炳灵寺等甘肃其他石窟丰富的历史遗存和董玉祥他们的考古成果。

我们一路同行的最年长者是甘肃文物考古研究所所长岳邦湖。他今年58岁。甘肃30多年的一系列考古重大发现都与他的参与组织密不可分。70年代对汉代边塞居延泽的考古发掘，他和他的同事共掘得一万多支汉简，而他组织领导的大地湾遗址的发掘，则使一片方圆百里，淹没近7000年的新石器时代的原始村落遗址见诸天日。这些都是轰动国内外考古学界的重大发现。他引以为豪的还有对汉长城遗迹的考古和对甘肃境内岩画的考古。至于石窟考古，那是他考古生涯中最早从事的工作。

1963年甘肃考古工作队在炳灵寺石窟进行全面考古勘察时，能不能蹬上169窟曾是一件关系到这次勘察成败的事。而距崖面80多米高的这个大洞窟自清代同治年间栈道被毁以来，除了野鸽子飞进飞出，在近100年的时间里尚无人登临其上。怎么办？是待栈道重修之日再上，还是徒手而上？两种选择其实只有一种选择——徒手而上。谁上？时任甘肃考古队队员的岳邦湖挺身站出来了。他像壁虎一样贴着崖壁，顺着古代留下的栈道桩眼，一点一点向上攀登。他成功了。他给同事们带来一个重要发现——洞窟里有一方墨书题记——这就是引起石窟考古学界轰动的那方西秦造像题记。

1953年，由吴作人等著名专家、艺术家组成的中央麦积山石窟勘察团在勘察中遇到一个困难，即编号为159至165的7个洞窟因栈道断绝而无法进入。这时，勘察团中一个名叫岳邦湖的小青年站了出来。他腰缠绳索，悬空在山崖上，然后用脚猛蹬石壁，借力腾空荡向159窟。第一次失败了，第五次他成功了。在那次勘察期内，他两次系索攀危，一共勘察了18个洞窟。

《炳灵寺等石窟雕塑》一卷的拍摄工作已告完成。随之，《麦积山石窟雕塑》一卷所要展示的内容，呈现在我的眼前。

东方雕塑博物馆

麦积山石窟潜藏在甘肃天水市东南30多公里处的一片翠谷葱岭里。不待抵近山前，即可看到一个个石窟蜂窝似的开凿于千仞峭壁之上，而弯弯曲曲凌空飞架的栈道交织于这些洞窟之下，一层层，一列列，布满山崖。

麦积山石窟崖壁上的栈道，甘肃天水（聂鸣 /FOTOE)

在麦积山的近200个洞窟里保存着从三世纪末到十七世纪的近1000尊雕塑。它们分别塑于十六国、南北朝、隋、唐、宋、元、明、清各朝。那么多的雕塑都聚集在麦积山，已是蔚为大观，麦积山山石不宜雕刻，这又使麦积山的佛雕不同于其他石窟而取法泥塑。而泥塑可以不受地理地质条件的限制充分表现雕塑家的思想情感和创作技艺。无怪乎一些专家、学者、艺术家称麦积山石窟为“东方雕塑博物馆”。

在麦积山石窟，我访问了

《麦积山石窟雕塑》卷的主编孙纪元和副主编李西民。孙纪元是一位雕塑家。自1953年起就在敦煌莫高窟从事古代彩塑的临摹与研究，同时创作作品，以后调任麦积山石窟艺术研究所所长。当我访问他时，他正在组织力量临摹麦积山的雕塑和壁画，为麦积山石窟艺术第一次出国展览做准备。过去对中国石窟宣传介绍敦煌石窟、云冈石窟、龙门石窟较多，宣传介绍麦积山、炳灵寺等甘肃石窟较少，以至国内外许多人不知道甘肃还有许多内藏精湛雕塑艺术品的石窟。所以，他对麦积山石窟艺术出国展寄以厚望。他深信，当那些精美的雕塑、壁画在异域展出时，定会引起轰动。

李西民是一位画家，自1978年到麦积山艺术研究所担任美术研究室主任以来，他一直潜心研究麦积山石窟的艺术风格。他认为麦积山石窟雕塑与其他石窟雕塑一个最大的不同是，麦积山石窟雕塑在艺术处理上冲破了佛造型的框框。具体表现是形象生动活泼，富有人情味。例如，北魏一个窟里的菩萨在做佛事时，竟转过脸去与另一菩萨聊天。按佛教戒规，这是决不允许的。但这一生动活泼的世俗化形象在麦积山出现了。

麦积山石窟雕塑的另一显著特点是人物内心刻画细腻，风格写实。在麦积山，人们会惊奇地发现，许多佛像与其说是威严的神灵，莫如说是一个活生生的中年母亲；而那些亭亭玉立的菩萨则毫无宗教偶像的呆板气，而现出一副民间少女清秀、活泼的样儿。

麦积山石窟完好地保存着一批宋代雕塑。宋时，佛教在中国已不如前朝那么兴盛了。可是宋人仍不吝破费，对麦积山石窟做了一次大规模的修复，并且重塑了不少雕塑。过去学术界对宋代雕塑评价甚低，许多专家看了麦积山宋代雕塑，却给予高度评价，认为有必要重新估价宋代雕塑的价值。

从希腊到中国

在甘肃辽阔的大地上散布着如此众多的石窟寺，这本身就是一件重要的历史事实。它说明，在历史上甘肃有过一段令人难以想象的佛教兴盛期。而了解到历史上甘肃地区以至整个中国在汉以后相当一段时期内

甘肃武山拉梢寺北周雕塑（刘浩 1987 年摄）

曾是一个战乱频仍，地方割据政权林立，社会、政治、经济动荡的地区和国度，也就不难理解佛教何以在甘肃和整个中国能够迅速得到传播并很快受到社会上下的推崇了。世界上三大宗教都是在社会动荡、百姓苦不欲生时得以广泛传播的。其中道理似乎既复杂又简单。而要解开那许许多多既复杂而又简单的谜，甘肃石窟古老而丰富的历史遗存，是最好不过和最为可靠的实物资料。

当人们只能凭文献得知，东晋的绘画大师曾以一种“盘铁如丝”的“铁线画”技法来创作作品却从未见过此类绘画实物时，人们却从甘肃石窟的壁画中看到了。

宋人所撰《图画见闻志》称北齐绘画大师曹仲达的画风是“曹衣出水”。可今天谁也没见过“曹衣出水”的形象。因为曹仲达的画，到宋代以后已荡然无存。可是在甘肃西至敦煌莫高窟，东至北石窟，南至麦积山石窟，在许多魏晋雕塑和壁画上，何谓“曹衣出水”却是一望而知的事。但见亭亭玉立的菩萨衣裙裹体，如出水的刹那，肌柔骨健的质地，尽在衣裙的皱折处露出。此即为“曹衣出水”的形象。甘肃石窟的雕塑、壁画揭示了魏晋时的绘画技巧，说它填补了中国美术史上的一段空白并不为过。

多少年来，许多专家、学者、艺术家在探索、研究石窟艺术对中国文化的贡献。他们不断地为新的发现，新的研究成果所激动。他们越来越发现，中国的石窟艺术博大精深，不是一次，十次的考古调查和几十篇文章可以穷尽的。因为中国的石窟艺术凝聚着世界上几个伟大民族的智慧、审美意识和理想，它是几个古老国家的文明相融合的产物。

这在人类历史上是一件很有趣的事：当中国的丝绸沿着汉王朝打通的丝绸之路源源不断抵达地中海岸的古罗马帝国时，佛教也从印度沿着丝绸之路传入中国。随着佛教的传入，一种由印度民族创造的艺术——石窟佛雕艺术亦传入中国。而印度佛雕艺术的源头可追溯到古希腊。

那是公元前334年的事。马其顿国王统领着他的东征大军浩浩荡荡地来到了中亚地区。他们用血和剑征服了从今叙利亚到印度河流域这一广大地区，并使之希腊化——一座座希腊式城市在这一地区出现，大量具有希腊文化传统思想的移民来到了这一地区。而作为希腊化的一部分，古希腊的雕刻艺术也进入了这一地区。嗣后，印度犍陀罗地区的佛教信徒为给佛陀造像，便取法古希腊雕刻并加以创新，以至产生出一种新的民族文化的艺术形式，即犍陀罗佛教艺术。这种专为佛界神灵开窟造像的佛教艺术传入中国，即刻同中国秦汉以来已达到很高水平的雕刻艺术相融合，最后形成了以北魏时期雕像为代表的完全中国化的佛教雕刻艺术。从希腊到中国，再从中国到日本及东南亚，东西方文化以佛教艺术为媒介，以丝绸之路为通途，使几个文明古国的文化携起了双手。

了解到人类曾有过这样一段历史，我不由得想，那时的世界并不比现代世界小，现代世界也并不比那时大。那时几个文明古国的文明尚可携手并进，现代世界的几种文明就更可携手并进了。对于一个国家或一个民族，开放意味着什么？开放可能带来什么？甘肃及其他中国石窟作为古代开放的产物和集古希腊、印度和中国秦汉雕刻艺术之大成者，似乎从古代开始，就一直在向人们喃喃细语诉说着什么。也许它会更多地告诉我们一些有益和有趣的事。

原载《瞭望》1987年

秋之殇

想不到北京的天空如此肮脏。想象中灿烂的阳光丝毫看不出破云而出的迹象。天空阴沉沉的，从清晨到夜晚，没有阳光，没有星空。有的只是被扭曲的泛泛浮在灰色雾霭上迷蒙的夜光。而空气里则弥漫着一股说不上的味道。远远望去，头顶上，宛如被拉上了一道灰色的幕布。一切都在笼罩之下：魏巍北京城，雄伟的建筑，宽广的街道，树木，还有那十月之后仍在开放着的秋天的花朵。

北京的秋天什么时候失去了那种秋高气爽的风韵，天上人间。这本是春天的风雨、夏天的奥热给予人们的期许！

而此刻，感觉上废气、阴湿的空气混合在一起了。没有一丝风。整个天空越来越污浊。时时刻刻呼吸这阴霾之下污浊的空气，难免在人们心理上产生一种窒息的感觉。这灰色幕帐下，人们纷纷议论，这天，出了什么问题。

连续多日仰望天空，我也在期待着云开日出的时刻。我多少次不由得猜想，这高天之外究竟发生了什么，为什么这灰霾挥之不去。

窗前一颗雪松依然油绿，不远处几颗银杏树叶已是油脂般金黄，静静地，立于眼前，没有一丝颤动。行于街市，花草虫鱼似乎也都僵硬在那里，鸟儿在灰色的天空失去了踪迹。

唯滚滚车流在往昔那大轿、车马、人力车、自行车行走如风的千条街市、胡同，缓缓移动，不见首尾，像一条条长虫，其呆滞的图景，在阴霾的天空之下和晦暗的高楼大厦间，愈发显得诡异。北京因为阴霾而颓唐。没有风，没有一丝风。

空气中的水汽倒是越来越浓厚，就像“水多了和面，面多了和水”一样，水汽将微细的尘埃像和面一样揉在一起，悬浮空中，令灰蒙蒙的

2011 年 12 月 5 日，北京，雾霾弥漫的天安门广场
(黄小兵 /FOTOE)

天空更加晦暗了。

还是没有风，我再次仰望天空。没有星辰的夜空，只有阴郁而微末的夜光。但我恍惚感觉到了什么。

高天之外，两种力量在冲撞。一股和缓而强大的来自太平洋的暖风执着地一路北上，而一股西伯利亚的强劲的冷风疾速南下，无可避免地迎头顶撞在一起，在北京的上空，在整个中国北部的上空！

——两股力量扰攘着、纠缠着，冲撞着，嘶喊着，互相毫不退让，上演着一场不是东风压到西风就是西风压倒东风的宇宙大戏。

这就是中国，一个由季风决定寒暑冷暖，四季交替的国度。当此秋日，来自西伯利亚的西北风一定压倒来自太平洋的东南风。大多数时候北京人总是厌恶春天到来之前那股来自西伯利亚的黄土大风，期待着东南风把温暖带给人间。而此刻，人们却期待高天之外的这场风的角力，西风压倒东风，一扫蔽空多日的灰霾。

夜深了，空气湿度越来越大，以至于似雨非雨地在地面留下些微的湿痕，映照在城市的灯光下，散发着一种莫名的气息。清晨，看不到太阳升起，天空依然是雾蒙蒙的，但是人们已能感觉到地面潮湿的气息蕴含着某种即将到来的变化。未几，树叶开始颤抖，抖动，树梢开始摇曳，凉爽的清风拂面而来。

终于起风了！生命的周期决定了大自然的一举一动，尽管天空十数日笼罩在无边的灰霾之下，无数的树木仍然在不知觉间换上了晚秋的行装。柳、榆、杨、槐、枫；梧桐、银杏、花果灌木，树叶一片片全部染上一身熟黄。此刻，它们都身不由已地，由颤抖而抖动而舞动，进而随风飘落，窸窸窣窣，纷纷然落地。中午时分，风势增大，已是呼呼有声。抬头望去，天开了，北京天开了！

明亮的阳光从疾风撕裂的云层透出，再拨开浓厚的灰霾迸发而出，照射大地。天空还没有完全放晴，蓝天只是一块一块地显露出来，从那层层堆积的，一团一团，一朵一朵的云后。低空的雾霭却已一扫而空。这一天，正好是传统节气的冬至。这一天，是2011年北京晚秋的一天，因疾风冲破北京秋季罕见的阴霾而云开日出，是注定要让人们长久记住的一天。随后几天，天开、天合，未为一定，但大势已不可逆转。当这一天到来的时候，人们又见到那慑人心魄的北京晚秋动人的美丽。

秋天本该是一年当中享受秋高气爽和丰收喜悦的时节，却因了这莫名的阴霾，不间断地锁拷京城十数日，让人们未能更多地享受到那湛蓝明丽的天空和洁净的阳光，以及阳光照射之下万树金黄叠彩，熠熠生辉的美丽。

秋天，蓝天，是否本身就是我们心底的一个永久的期待。是不是我们等待的时间太久。再见蓝天，再见北京秋日下的蓝天，深深地呼入一口清新凉爽的空气，古老的北京，现代的北京，中国的北京，两千多万人生活其中的北京，不管是走卒贩夫、达官贵人，什么时候有过，这一刻，每一个人的脸上都漾起一丝连自已都察觉不到的微笑。

2011年12月于北京

第三编　新闻作品集

重温改革开放初心

《瞭望》杂志于1981年创刊，本身就是1980年代改革开放的产物。1982年7月我们加入的时候，《瞭望》已经集中了新华社的一批精英编辑、记者。他们都是由穆青亲自点将从总社和全国各分社以及国外分社调集过来的。在经历了一年多的试刊之后，总社决定从1982年下半年开始筹备，1983年1月正式将《瞭望》由月刊改为周刊。之前，全国期刊杂志只有英文《北京周报》一本周刊。由此，《瞭望》成为新中国第一本中文周刊。而我们有幸参与了这个文化事件的全过程。之所以将它称为“文化 事件”，主要是基于它当时的唯一性、独创性和与时事政治的高度相关性。新中国成立30年还从来没有过一本中文新闻周刊，而一个传教士的儿子、出生在中国名叫卢卡斯的美国人，于20世纪20年代在美国创办的新闻杂志《时代》周刊，却风靡世界几十年，全球发行量最高时达1000 多万份。深入、详实、客观、公正的新闻，优雅的文体，清新的文风，加以印刷的精致达成的外在形式的美，即便在今天的网络时代，《时代》周刊依然是新闻媒体的大方之家，是新闻中名副其实的“意见领袖”。那个时代，还没有“意见领袖”“话语权”这类新词，但是一代新闻人确实在追求一个梦想。他们经历了十年动乱的浩劫，当中许多人刚从监狱、劳改农场走出来，或刚刚平反摘下“右派”帽子重新回到新闻岗位，当然还有我们这些文革后恢复高考毕业的年轻人。他们希望参照世界最著名的几本新闻杂志《时代》《新闻周刊》《美国新闻与世界报道》，创办一本中国的新闻周刊，想不到也不会去想，去做什么意见领袖、去争夺什么话语权，仅仅是为了适应改革开放的需要，在一边是中国的百废待兴、一边是全球范围内知识爆炸的形势下，加快知识传播的进程，提高新闻的时效，事实上想的是解决一个新闻出版业的现代化的问题。话语权这个词大约是在20世纪90年代后期出现的，意见领袖大约是

1987 年，北京永定门车站的进京打工人流 (郭建设 /FOTOE)

在新千年之后出现的。话语权的辞源大约来自于粤语的“话事权’，指的是议事时的主导权和决定权，本质上是一种事权。专家学者发明话语权这个新词可能是为了在学术上搞点新意思。而在1980年代的新闻工作者，在目睹舆论一律、一言堂造成的国家悲剧之后，他们不会去玩文字游戏，他们推崇的是思想的解放，是历史的反思，是贴近生活把来自最基层百姓改革的呼声、创举传播开来，把中南海改革开放的声音传递下去，就这么简单。因此，1980年代相当一段时期意识形态领域思想活跃，舆论环境相对宽松。《瞭望》作为新创媒体，既是国家掌控的舆论工具，又是负有社会责任的大众媒体，照今天的话说，有足够的“话语权”，但是有话语权而没有公信力，话语权什么都不是。这也是无论哪个时代媒体人都必须面对的问题。当舆论工具还不能为民所有的时候，为民所享就成为至高的要求。反映民众的呼声，传播真实的信息，客观记录事实，揭示事情本来的真实面目，揭露隐藏在表面现象背后的事实真相，是公信力的源泉，即使是今天传统媒体和自媒体共存的时代，公信力仍然大于专家所谓话语权。刚入新华社，老同志口中新华社最大的耻辱莫过于1969年，阿波罗飞船载人登上月球，宇航员阿姆斯特朗在月球上跨出了人类的第一步后说，“这是我的一小步，却是人类的一大步”——这么重大的新闻，新华社作为国家通讯社居然连一条消息都没有播发。党的十一届三中全会之后，一批新闻工作者忍辱负重经年，将为民请命，为民呐喊视为己命，当时代需要的时候，他们终会挺身而出。1978年11月15日新华社播发了一条短讯：“天安门事件完全是革命行动。”1975年4月5日群众为纪念周恩来逝世一周年在北京天安门举行的悼念活动被打成反革命政治事件而受到镇压。新华社的这一则短讯将来自北京市委常委扩大会议纪要上的一句话变成一则震动人心的新闻标题，在全国上下引起轰动，促使中央迅速为四五事件彻底平反。拨乱反正由此发轫，新中国成立以来大量的冤假错案的平反工作开始在全国展开，新华社作为最大的新闻媒体机构也找回了自己的尊严。新闻的阶级性，党性和人民性，实事求是，实践是检验真理的标准，反资产阶级自由化，姓社还是姓资……各种争执、冲突交织在整个1980年代，新闻改革也身处其中。确实，这是一个大反思、大争论、大改革的时代。与其奢谈西方的民主自由，新闻自由，论辩新闻的党性与人民性以至极而化之陷于“喉舌论”之争，不如谈谈自身的业务改革。“高山仰止，景行行止。虽不能至，然心向往之。”穆青是我党推崇的“政治家办报”的典型代表，作为国家通讯社的掌门人，他知道现实的进退，相信实质的改变往往来自细微之处，因此，他提出新闻改革首先从改变文风开始。他要求新华社记者、编辑打破文革以来的所谓“新华体”。“新华体”者，“党八股”新闻文体之谓也。千篇一律，空话、套话、假话连篇，新闻改革首先改变文风，打破禁锢自在其中。正是在这个时代大背景之下，我开始了我的新闻写作之旅，政治、经济、文化、科技、体育、外事、港澳报道，在《瞭望》8 年，均有涉猎。早期《北京有条件开办文化夜市》即突破新华体的有益尝试，包括潍坊风筝节的报道和电影、电视、文艺理论的报道。其中《加快知识传播进程》，与同事陈弘毅、陈明合作的《别误了千家万户事》，突破新华体的尝试开始以调查报道、追踪报道的形式向深度报道方向尝试。由《瞭望》和新华社团委共同组织，由我主持、执笔的《北京百万流动人口探踪》，以实地调查、现场采访相结合的方式，较好地把握到时代跳动的脉搏，触及急剧变革中的中国面临的诸多问题，当时采集的许多数据即使今天看来也是珍贵的。《北京百万流动人口探踪》被北京电视台制作成电视专题节目播出。播出当晚，电视台就接到时任北京市市长的电话，大加赞扬。1980年代中期北京流动人口暴增，每天进出北京100多万人，与今天相比不算什么，但它映射出中国改革开放的一个大趋势，城乡之间画地为牢的历史正在改变，如果说那时候中国人迁徙的自由已经实现或正在实现，那么今天的城镇化浪潮则是选择居留权自由的实现。这两种自由的实现，以一种势不可挡的力量推动中国走向现代化。从1980年代百万流动人口出入北京到今天北京2000万人口的总规模且其中一半以上是非户籍人口，用流动人口的概念已经不足以定义这些既非流动又非户籍的人口，而只有用户籍人口和常住人口来定义、区分，可见中国社会短短30年变化之巨。但是故事到此远未结束，给中国庞大的农村人口以充分迁徙的自由、选择居留地的自由，由此释放出的生产力将是惊人的，这也是今天改革开放的领导者不断宣示要释放的人口红利之一。中国已经成为世界第二大经济体，连续20年经济超高速增长已使中国经济呈现疲态，新一轮改革开放蓝图之一的城镇化将使总共6亿多农村人口来到城市定居。他们既是生产者、又是消费者，未来无疑是他们决定着中国经济的命运。《加快知识传播的进程》《别误了千家万户事》《北京百万流动人口探踪》三篇报道，均获得当年新华社优秀作品奖。《城市生活的今天和明天——来自北京校场口胡同的报告》，是新闻写作又一次重要尝试。新华社团委发动了10多位共青团员，他们有刚入社的青年记者、编辑，有新华社印刷厂的青年工人，加上我和《瞭望》另一位记者张大为等，我们深入北京校场口胡同挨家挨户调查采访。采集到的素材一大摞，怎么把这些口头采访、问卷调查的信息凝练成一篇贴近生活，深入浅出，让人喜闻乐见的长篇通讯，确实需要有一个缜密的构思。今天重返当年调查、报道的这条胡同——北京校场口胡

1988 年，北京宣武区，胡同里的烫发店
(王文澜 /FOTOE)

同，呈现眼前的是一派颓败的景象，破旧的平房、四合院静卧在阴霾的天空下，人影寥寥。20世纪80年代“城市生活的今天和明天，”到了21 世纪今天的这个时候，似乎到处都是躲不开的拆迁、拆迁。校场口胡同也在等待拆迁。校场口胡同，再也看不到那种平凡、宁静、温馨和市民们相互守望的市井生活图景，倒是从我们当年以散文的笔触细笔勾画、娓娓道来的纪事里，尚可触摸到那个时代生活在这里的乡里乡亲的音容笑貌，玩味他们的所思、所想、所欲。《引人注目的变化——煤炭部部风建设记事》一文反映的是刚刚走出“文革”阴影的新一代领导人，特别是时任中共中央主要领导力图把全党的思想一丝不苟地统一到改革开放的主旋律上而不是干扰和阻止改革开放的历史进程。在1980年代他在任的时期，《瞭望》一直是他钟爱的宣传阵地，《瞭望》的“中南海记事”专栏几乎记录了他所有的重要活动和讲话，有些文章是他直接批示让《瞭望》发表。一天，副总编辑王焕斗把我叫去，耳提面命，要我完成一篇政治报道，跟踪采访煤炭部整顿党风的情况，写出一篇有分量的报道。王焕斗是新华社众多精英记者中的一个，被称为专家型记者。他的史学造诣深厚，尤其对唐代历史的研究达到很多唐代历史学家为之折服的程度。1981年他在《瞭望》发表了一组《贞观史话》的文章，把新闻和史学，政治和历史结合起来，谈古论今，对专制的源流、人治的优劣、“文革”悲剧的缘起进行了深刻的反思，文笔十分优美，是那个时代突破新华体写作的开山作之一。他出生于北京一个巨贾之家，父亲是山东人，早年

王焕斗陪同穆青访问法国，图为王焕斗（左四）、穆青（左二）与法新社同行在一起

到北京创业，创下的面粉厂遍布华北各地，照今天的说法，他就是“富二代”。富贵荣华，打小就见过，参加革命，成为一个新闻记者，他见到更多的则是人民群众的困苦和政治的吊诡。他谈起过少年时的优渥生活，有过在北京骑着个进口的莱灵自行车在街头四处溜达、在什刹海脚踏英国冰刀滑冰时的得意张狂，但更多谈到的是“文革”前跟随时任中共西南局书记李井泉到四川农村调研的所见所闻，教导我搞调查研究的方法和心得以及那个时代的严酷环境。文革后期他从新华社四川分社调到陕西分社，打倒“四人帮”后被穆青点从西安调到总社出任《瞭望》副总编辑。他的新闻理念是——为人民说话，为好的领袖击节叫好。从他的《贞观实话》可以看出他对历史的参透使他形成一个观点，民主政体在中国非几代人努力不可实现，但在其间有好的领袖，好的人治，已是人民之幸甚矣。所以，他交代我，煤炭部整党、整风的报道，去除杂音，只有一个主题：改革开放。要将政治报道写得酣畅淋漓有可能，写得文辞优美、行云流水却不易，这也是新闻写作和文学写作不同的地方。新闻写作的要义一切以事实为依归，记录事实，还原事实的真相，已经足够。因此，新闻写作总体上是内容高于形式。尤其是政治报道。王焕斗是我新闻写作最好的老师，我的稿子大多经过他编辑。他改动不大，但凡改动，必有蓬荜

生辉之效。1980年代初，世界还处在铅字印刷的时代，但知识的增长和更新却也到了非“知识爆炸”不可形容的程度，而中国出版业一本书的平均出版周期却要一年多甚至三年之久，我追踪调查中国出版业的现状以图找到图书出版周期漫长的症结，稿子完成以后摆到王焕斗桌上，他未做其他改动，只将原来就事论事的标题勾去，在旁边写下几个字“加快知识传播的进程”。就是这几个字，使这篇报道在当时产生很大影响力。现在我推门而入的是煤炭工业部部长的办公室……时隔20多年回头看这篇调查采访国家机关一个部的整党、整风的政治报道，从新闻写作的角度看是中规中矩，但作为一段历史的记录却自有它的价值。煤炭部老部长高扬文说：“我到淮南一个煤矿察看职工食堂，在吃馒头的工人身旁站着几个要吃的的小孩。我以为这些孩子是农村逃荒来的，一问，才知道是我们矿工的孩子，是‘黑人黑户’。我的心头一阵辛酸。我心想，小孩讨吃，他们的父母怎么想，那些给孩子馒头的青年矿工怎么想……。”今天，当我读到这里，禁不住热泪盈眶。不忍看到国家和人民如此贫穷，是早期共产党人发动革命的原动力。共产党人仍然是以一个“不忍”，开启了改革开放，踏上告别贫穷社会主义的道路。煤炭部老部长高扬文只是众多凭良心做事做人的共产党人中的一个。那些年共产党都在奋力解决的一个问题是消除农村贫困人口。这项由1980年代发起的运动至今已使2亿多人脱离贫困，从哪个角度说都是人类史上的伟大成就，但始料未及的是30年经济的高速发展一边在消除贫困人口，一边在制造新的贫苦人群。对权力、财富的追逐，弄权、滥权，党政干部当中弥漫着一股奢靡之风，它侵蚀着共产党的肌体，对弱势人群的冷漠，对普通老百姓的蛮横，无不是官场腐败诸多表现之一。习近平担任总书记之后祭出整顿党风的大旗，确实是到了党要管党的时候了。走群众路线，批评与自我批评，转变工作作风，严肃党纪国法，在中国社会又一个重要的社会转型时期，非重拾革命传统不能给那些骄奢淫逸的党政干部以当头棒喝，还国家政治以清明。正如80年代煤炭部整党、整风代替不了改革本身。随着改革的深入，煤炭部在几轮行政机构改革之后，已为行业协会取代，煤炭部作为国务院中央部委的一员已成为历史。煤炭部的历史印证了中国改革开放的历史轨迹。行政体制的改革不断，由量变到质变，历史遵循着螺旋式前进的方式前行。时下的整党、整风或可说是一场大变革的前奏吧！重读旧时作品，最索然无味的，恐怕是《李后谈香港基本法起草工作》一篇，是真正的“套话”之作。1980年代中国外交最重要的成果之一是邓小平坚决收回香港的意志以一种不容置疑的口吻告诉来访的英国首相撒切尔夫人，搞得这位“铁娘子”头脑恍惚，在步下人大会堂台阶时差点摔倒，一时传为政治趣谈。之后收回香港的工作，根据中英两国的政治协议，开始进入实质性的工作阶段，其中起草香港基本法是专为收回香港、澳门而设立的国务院港澳办公室最核心的工作。香港问题，既是外交问题，也是内政问题，在当时国内新闻报道里，没有自选动作，只有政府公告和指定的发布机构新华社、中国新闻社授权发布的消息。香港问题的报道，虽然还未达到“禁区”程度，但港澳办官员特有的谨慎使香港问题在国内新闻报道中总是付之阙如。幸赖有徐泽、张良栋两个同学的帮助（徐泽后来成为港澳办常务副主任、全国政协常委，现任全国港澳研究会会长；张良栋后任港澳办经济司司长，于2007年7月在北京突发心脏病，英年早逝），使我有机会进入人大会堂旁听香港基本法第二次会议的部分讨论。在这次会上，见到香港政经界的许多知名人物，其中就有梁振英。与香港基本法起草委员会委员、俗称“草委”的委员相比，他引人注目之处不在他的谈吐和论辩中有什么独到见地，而在于那时他的年轻，完全就是个帅小伙儿，高高的个子，穿着整洁、考究，一副一表人才的样子。这次采访，重点在李后。李后是港澳办副主任（主任姬鹏飞）、香港基本法起草委员会秘书长。港澳办的日常工作和基本法起草的具体事务都由他负责。李后开始拒绝采访，后来答应了，由于长期以来外事工作就是“对敌斗争”，共产党培养出来的外事干部有着一个鲜明的特征，那就是穿着得体、大度，看上去很放松，实际上戒心很重，表现出来，就是见外宾笑容可掬，见自己人一脸严肃。这种“内紧外松”姿态不仅表现在接人待物上，也表现在工作上。收回香港的工作，既要与英国人“斗”，还要与受敌对势力操控的香港某些人“斗”，这使李后比一般外事领导更严肃、谨慎。

黑脸庞，脸上有几个“麻子”，操一口浓厚的山东口音，多一句不说，少一句必说，而每一句必须说清楚。虽然说的都是“官话”“套话”，但是不知为什么，他却赢得我极大的尊重。就是这些说“套话”的老、少干部，顺利完成了收回香港、澳门的工作，洗刷了中国人百年的耻辱。2012年7月1日梁振英出任香港第三届特首，宣誓就任仪式甚是隆重。当年的“小伙儿”竟自成为一任特首，回想20多年前香港基本法起草委员会辩论的场景，感念当年接触到的我党为香港回归呕心沥血的老少爷儿们，颇多感叹。

典型的中央外事报道是怎样进行的，我也有一次很好的经历。首先你必须是单位按中央办公厅分配的名额指定的记者，在通过一套既定的流程审核通过后，你会拿到一个特别的记者采访证，有效期一年，你的资料会在中央警卫局备案，当有中央领导参加的重大外事活动，你进出中南海、人大会堂时，警卫会根据备案名单审核证件放行。具体的采访则根据历来的套路进行，没有多少自由发挥的空间。《瞭望》是可数的分配到采访名额能够进入中南海、人大会堂采访中央领导重大外事活动的媒体之一。1988年菲律宾总统阿基诺夫人来访，中国给予了最高的接待礼遇。杨尚昆以新任国家主席的身份在人大会堂东门广场为阿基诺夫人举办了最高规格的国宾欢迎仪式，全国政协主席、中共中央总书记、国务院总理，先后在人大会堂、中南海紫金阁会见了阿基诺夫人。这是几位中国国家领导人在刚刚结束的第十三届党代会和人大、政协两会确定了新的职务之后第一次接见外国元首。新闻稿都由外交部新闻司事前拟定，所谓采访，对文字记者来说主要是现场观察、体验，做名副其实的“目击者”。这也使我有机会近距离观摩中国国家领导人各自的风采。阿基诺夫人带着她的两个女儿已经到达，被安排在人大会堂福建厅门前稍事停留，等待邓小平的到来。记者、工作人员都在打量这位华裔总统阿基诺夫人的仪态和两个女儿漂亮的面容。随着等候时间一分钟一分钟过去，刚到来时从容自如的阿基诺夫人开始有些局促，恰这时走廊尽头一阵微小的骚动，一行人领路，邓小平已经出现在阿基诺夫人面前。“在人大会堂福建厅前，邓小平与科·阿基诺握手后热切地问，你的两个女儿呢？当科·阿基诺的两个女儿被领上前时，邓小平微笑着说，你们可不可以叫我一声‘邓爷爷’？两个女儿高兴地点头称允，于是邓小平朗朗地笑说，那我们就认亲了！……”中央领导出面的外事活动，这些花絮里包含和传递的信息有时比官方正式活动里的外交辞令更丰富。阿基诺夫人当然明白叫一声爷爷背后的意蕴。有趣的是，同是阿基诺夫人的子女，做过一任菲律宾总统的诺诺·阿基诺却是中菲关系的“麻烦制造者”，应可归为不肖子孙之列。

1980年代最让我难以忘却的一幕则是在新华社印刷厂：那天，偌大的装订车间，机器轰鸣，震耳欲聋，我匆匆扫了一眼，《瞭望》的散页从生产线这一头卷入机器再从另一头吐出，变成一本本杂志……多少年过去，这一幕时常浮现在我眼前。

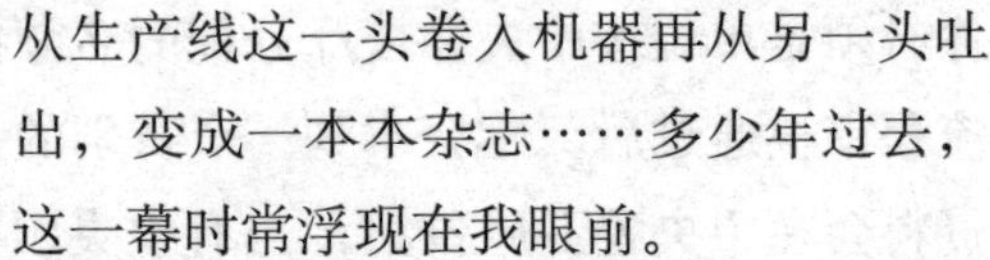

《瞭望》周刊第一任总编辑李耐因

当时新办公大楼还未建成，新华社报房还设在老办公楼1号楼十层。所谓报房就是摆放电传机的地方，这些电传机按不同的外语语种分为不同的专线，是当时向全球发布新闻电讯最先进的电报设备。中午时分有消息传来晚上有重大新闻发布，各路翻译都上去了。

总编辑李耐因不无忧心地召集两个副总编辑和我到他办公室，就当期杂志因一张照片要不要停印做个商议。

李耐因是编辑部上下都很敬重的老同志，也是曾经沧海的老记者。从1944年参加八路军，到三野战斗前线，再到抗美援朝赴朝作战，他是新华社为数不多有过前沿阵地采访经历的战地记者。入朝作战，他曾和志愿军战士一夜行军上百里，写出多篇优秀的战地报道。

中朝两国军队于 1953 年 7 月 13 日至 27 日，在中线开展金城战役。图为 7 月 13 日，西集团军越过金城川的铁路，突破敌人长期固守的金城川防线　图 / 黎枫（新华社著名摄影记者，曾任《〈瞭望〉副总编辑）/FOTOE

1959年，他和其他几位同是志愿军分社的记者被打成右派，后来他的右派帽子摘了，便一直在新华社国内部做普通记者、编辑，“文革”结束之后，升任国内部副主任，不久，穆青请他出任《瞭望》总编辑，由此成为《瞭望》周刊第一任总编辑。在2007年中央电视台新华社成立75周年纪念晚会上，主持人请他谈谈他做战地记者的经历和体验，老头说，当战地记者首先要学会逃跑，学会保护自己。他说，解放战争时，有一次跟随部队在前线作战，他隐蔽的地方不知什么时候敌人摸上来了，“不好，我抓起东西就跑......”。他就是这么一个率直的人。瘦高个儿，花白头发，清癯的脸庞，终年的中山装装束，身上有一种军人的气质。有他在，《瞭望》团结了新华社一大批老、中、青记者。自然，当年志愿军分社的一帮老哥们少不了走动。戴煌，这位原志愿军分社被打成右派的记者，平反之后，以为民请命、为民间冤屈奔走呼号为己任。他白发满头，总是披着一件军大衣，时不时就来《瞭望》编辑部转一圈。李犁，原志愿军分社被打成右派的记者，是我同一办公室的同事，他在甘肃恶名昭著的夹边沟经受过漫长的非人生活。“饿得实在受不了啊，我在拔萝卜时悄悄偷了一个萝卜，而且是捡最小的一个，可是……”说到这里，他哽咽了，“我居然偷东西，你知道当时我有多难受!”阎吾，一个和蔼的小老头，两鬓霜白，穿着整齐，中山装胸前的衣兜永远别着一支钢笔。关于他流传的佳话是，你不能递给他任何带文字的纸张，说明书、包装纸什么的，只要拿在手上，他一定是马上摘下口袋中的钢笔，先“编辑”一遍再说。女儿来信，他不是先看内容，而是先编辑、先改错别字。他曾是中国记者随军入朝作战的“第一人”，也是志愿军分社被打成右派的记者。他也常来李耐因办公室坐坐。在李耐因任期内，《瞭望》无论从新闻报道还是自身的发展，都和那个时代互为印证，充满朝气蓬勃的生机与活力。我所采写和参与采写的各类报道，都得到李耐因的支持，《瞭望》的体育报道就是在他的倡议下开展起来的。我和刚刚从文字记者转为摄影记者的罗更前一同赴广州采写全国第六届运动会（六运会）报道。在出版物里周刊已是实效最快的媒体了，但体育赛场每一分钟都在产生新闻，我们深知参与到赛场抢新闻的行列里，我们绝对不是其他媒体的对手。事前我们策划，要用做慢新闻的方法做出最好的体育新闻，于是有了《中国体育的跃进》一篇——跨页的100米冲刺的大幅照片，精练而富于文采的文字，以一种用“最大的照片，最少的文字”的美学理念，把一场连续15天的比赛凝聚到杂志的两个页面，使之成为一种精粹。作为紧跟国际潮流的尝试，我们一批年轻人一直在追求一种新的办刊理念，这个理念更加强调杂志的视觉效果，通俗的说法就是杂志画报化。它要求杂志使用更多的图片，让杂志的页面跟随图片的动感和韵律“动起来”。我们成功了。国家体委总结“六运会”新闻报道时通报表扬了《瞭望》。只可惜当年的出版条件不济，新闻纸印刷出的图片比之印刷在铜版纸，视觉效果差的不是一星半点儿。但是我和罗更前对这次报道极有成就感。罗更前1.86米的身高，在山西农村插队时因体育专长被部队选中参军做专职篮球队员，也做过搬运工。号称在天津大港搬运时背负220斤重物不在话下。1982年从南开大学毕业来到新华社，因为他个高，大家都叫他大罗。从那次报道之后，他对体育摄影的痴迷一发不可收拾，后来出任新华社摄影部体育组主任，摄影作品拿奖无数，并连续三届担任中国文联摄影家协会副会长。体育报道只是小事一桩，向海外拓展才是大事。当时总社支持《瞭望》冲出亚洲走向世界，在创办《瞭望》海外版和英文版两者之间，任选一项。《瞭望》选择了前者。《瞭望》海外版在香港创办并向全球发行，但从她诞生的一刻就注定了她无疾而终的命运。1982年踏入新华社同个宿舍的两位同事大罗和汤华，汤华是《瞭望》海外版的铁杆，争着、抢着加入海外版编辑团队，原因只有一个，酷爱港台报道，而且他的港台报道做得确实好。这和他出生、成长在广东不无关系。语言相通，风土相识，感情相投，都是采访的便利条件。《瞭望》海外版于1993年10月正式停刊，汤华回归《瞭望》主刊，后来出任《瞭望》执行总编辑、福建分社社长、《参考消息》副总编辑。到得晚年，矍铄依旧的李耐因曾感慨地对我说，他任职《瞭望》期间最遗憾也是最大的失策，是放弃英文版。当年筹备英文版的团队了得，挂帅的是总社对外部副主任芮宛如，这位上海圣约翰大学的英文高才生，在新华社长期从事英文对外报道，历经三十多年的熏陶，依然掩不住大家闺秀、民国才女的样子。极简的女装，短发，些许银丝飘柔其中，清秀的面容戴一副白色透明框架的近视眼镜，虽年过半百，走路却极快，风风火火。她带着助手和对外部一众英语英才赴美国《时代》周刊、《新闻周刊》、《美国新闻与世界报道》周刊考察，回来后编辑制作了两期《瞭望》英文版试刊。1989年，她劳累过度心脏病突发猝死在对外部主任岗位上，去世时不到60岁。她绝对是典型的、将温文尔雅的外表与行事果决的作风浑成一体的职业女性，其风采，只要和她

《瞭望》英文版试刊封面
（林惠摄）

有过接触都难以忘怀。至今，她的音容笑貌仍然不时在我脑中浮起。1980年代的《瞭望》领导、各编辑室的老记者还有一个共同特点，那就是他们都有一种农村情怀，对农村生活和农民有着深厚的感情，这和新华社一代记者经常深入农村做调查研究，与老乡同吃、同住、同劳动的经历分不开。除了李耐因，包括后来接任他做总编辑的陈大斌，他们不仅见证了中国农村每一次重大转变的历史时刻，而且对农村的新事物极为敏感。1987年3月，李耐因带我来到广东珠海白藤湖参加“中国农民企业家大会”。这个活动由当地一个农民企业家钟华生发起，得到中央书记处农村政策研究室的支持。农研室副主任张根生、吴象参加了会议并做了主题发言，《瞭望》是提供媒体宣传的主要新闻单位，而整个活动后面重要的“推手”是周原，是他和李耐因策划了这次活动。周原是《县委书记的好榜样焦裕禄》的作者之一，也是被打成右派的记者，历经磨难。为给他们这批有能力、有资历、有影响力的政治受害者一个工作平台，在穆青倡议下，新华社专门为他们成立了一个机动记者组，给他们自由、机动的空间，展其所长。周原发现钟华生是个典型人物，从他的身上可看到中国农村正在发生一件历史性的大事。农村经济以家庭为单位实行土地联产承包责任制以来，由一群农民企业家引领，传统农业似乎开始走上农村经济工业化的道路。这次活动，除了华西村的吴仁宝等两人没有来，全国其他知名的农民企业家都来了，称得上是一次农民企业家的盛会。李耐因要求我写一篇带政论色彩的述评来概括、评价这次活动的意义，他做修改。如今回头看这篇《中国农民的伟大抱负》，颇为感慨。文章好坏在其次，我感慨的是当年参加煮酒论英雄的农民企业家在今天还立于不败之地的寥寥无几。钟华生是中国最早制造房地产泡沫的人，他利用农地大搞房地产，意图在偏远的斗门县建造连片公寓、别墅，在横琴岛海岸打造一个人间天堂。他的口号是“今天借君一桶水，明天还君一桶油”，因为苦于没有融资渠道，他只好变相集资，加上产权问题、市场销售问题，他的冒进让他不得不吞下“破产”的苦果，最终退出了历史舞台。其他的农民企业家，人海浮沉，大多逃不过同样的命运。前述新华社著名“老记”陆拂为曾引用他到浙江采访的一

《瞭望》总编辑李耐因（前排右数四）、国务院农村政策研究室副主任吴象（前排右数五）、新华社著名记者周原（前排右数六）与农民企业家合影（刘浩 1986 年 12 月摄）

位农民企业家的话对我说：“你不让当官的先富起来，他会让你富起来吗?”这句大可玩味的话或可命名为“陆拂为陷阱”。一般而言，中国民营企业家在自己创业的过程中，都会遭遇至少四个陷阱。产权的陷阱，融资的陷阱，个人操守的陷阱和“陆拂为陷阱”(权钱交易的陷阱)。当年参会农民企业家当中唯一绕过这几个陷阱的，现今看来只有鲁冠球一人。是啊，中国何处无陷阱。经济学上的“中等收入陷阱”，国际关系上的“修昔底德陷阱”、政治上的“塔西佗效应”，这许许多多，都是我们今天要面对的。

回到1987年那一天，碰头会大家意见模棱两可，李耐因带我到社总编室请示，得到的答复不置可否，最终还得他拿主意。看着他万般无奈看着我的表情，我知道了决定。我直奔新华社印刷厂在装订车间一角的生产科办公室门前，停下脚步扫了一眼，《瞭望》杂志正一本本从生产线吐出。“《瞭望》决定马上停止这期杂志印刷。”我说。生产科高科长二话不说径自走出屋，踮起脚把墙上闸盒带手柄的电闸咔嚓往下一拉，霎时，哐哐当当，震耳欲聋的机器轰鸣声戛然而止，整个车间陷入一片死寂，唯生产线上的工人一个个抬起头，惊诧地、愣愣地看着我俩。

……多少往事涌上心头。1980年代就是这样风云激荡。是啊，这是一个伟大民族为复兴重新启航的时代，是一段如歌的岁月。

一个时代结束了，又好像这个时代才刚刚开始。

末代皇帝将上电视

“我入宫的第三天，慈禧去世，过了半个多月，即阳历十一月初九，举行了‘登统一大典’。这个大典被我哭得大煞风景。”这是末代皇帝溥仪在《我的前半生》一书中对当年登统一大典的追溯。而今，已经事隔七十多年，这个被哭得大煞风景的登极大典即将艺术地再现于电视荧屏之上。

今年三月初的一天，北京故宫的庭院里，有一群人徐行于养心殿、长春宫各处，且走且停，指指点点。为首的一位年逾七旬的老人说：“我们小时候，很相信这里的传说——墙上的龙，每到夜晚便下到院子里喝水……那时，我们觉得故宫很大很大。”见过溥仪照片的人，会误把这位老人当作是那个末代皇帝，其实他是溥仪的胞弟溥杰，用他自己的话来说，两人不仅长相相似，而且是“难兄难弟”，曾一起度过了风雨飘摇的童年，一起经历了满清末代、民国、伪满和解放的历史变迁。得知中央电视台正筹备拍摄电视连续剧《末代皇帝》，他主动提出要带筹备组的同志们，和拟定主演该剧的人艺《茶馆》剧组的演员们，到当年溥仪起居的养生殿、长春宫各处“溜溜”，以便为编、导、演提供更多的现场感。

去年十月的一天，《末代皇帝》剧本的编写者王树元家里，突然有位老人登门造访，奉上了做过多处批改的剧本和一张当年溥仪在宫中起居的草图，来者便是溥仪的同父异母的弟弟溥任。

其实，关心、支持，想为《末代皇帝》的拍摄尽效微薄之力的人，何止于爱新觉罗兄弟。早在金山健在的最后日子里，这位著名的艺术家就提出要拍摄具有中国特色的、高质量的电视连续剧，并敦促王树元选题材搞本子。当王树元选定《我的前半生》时，金山有多么兴奋啊！当即一锤定音。八十高龄的阳翰笙被聘请为《末代皇帝》的艺术总顾问后，先是一气披阅了约二十万字的十集剧本，然后对筹备组提出两点要求：一是在改造方面要写得可信，写出党相信人是可以改造的；二是在艺术上要有悬念。而领衔导演的梅迁，总忘不了影剧界的那句行话，即比喻电影、电视剧的创作拍摄，有如一个人手捧着水往前跑，每一步都在从手里漏水。这几乎是无法避免的。可是梅导演要求筹备组的编、导、演等，努力避免“漏水”。今年初梅迁曾一连二十个日日夜夜守护在弥留之际的哥哥梅熹身旁，一边为修改剧本翻阅了数十万字的资料。有人曾问及聘请他为《末代皇帝》的导演时作何感想？这位著名导演幽默地说：“这是我有生以来最冒失的一件事，我还没有看到剧本，便答应了聘请。可我实在太喜爱这个题材了！”

从去年十月筹备组成立以来，他们除了跑资料外，还邀请了朱家溍等七八位清史、近代史学者座谈。最难得的莫过于通过各种线索，他们找到了曾帮助溥仪整理出版《我的前半生》的李文达同志。当年，他在抚顺战犯管理所与溥仪有很深的交往，以至于无话不谈。这次他给《末代皇帝》筹备组提供了大量《我的前半生》所没有的材料。读过这些材料的人无不为之感动，觉得有什么东西催人泪下。

溥仪，中国两千多年封建王朝的最后一代君王，他在电视屏幕上将是一个怎样的艺术形象呢？筹备组的编、导、演等日夜思考探讨着这个问题。有心的读者不妨也想象这样一个镜头：末代皇帝溥仪“站在香山的山腰上，遥望太阳照耀的北京城”，画外音响起他的自白：“‘人’，这是我在开蒙读本《三字经》上认识的第一个字，可是，在我前半生中一直没有懂得它。有了共产党人，有了改造罪犯的政策，我今天才明白这个庄严字眼的含义，才做了真正的人。”

原载《瞭望》1983年第4期

故事影片的新里程

金鸡、百花、文化部三项电影奖最近陆续张榜，众望所归的有《人到中年》《骆驼祥子》等十二部故事影片及潘虹等九位演员。人们深情地说，中国电影又长了一岁。

在一九八二年生产的一百一十二部故事影片中， 好的和比较好的有三十部左右，占全年影片总数的四分之一强，好影片的比例有了相对提高。至于质量差的、受到群众尖锐批评的影片，比一九八一年有所减少。属于中间状态的大多数影片的平均水平、也较一九八一年有明显提高。这是今年初在上海召开的全国故事片创作会议的结论。

去年，《牧马人》上座率最高，观众近一亿人次。全国电影观众共达两百九十多亿人次，平均每天八千万人次，创历史最高纪录。这是来自中国电影发行公司和文化部电影局的统计。

如果说，衡量电影的成就不能单纯凭数据的话，那么，一系列富有时代气息的、生动鲜明的人物形象涌上银幕，则显示出影片在反映生活的广度和深度方面有了长足的进步。

一九八二年上半年，《牧马人》上映之后，影坛因久不见佳片面世而一度呈现寂寥的局面；下半年随着《骆驼祥子》等陆续上映，形势骤然改观。自那以后，人们有幸看到了《人到中年》中的陆文婷、《都市的村庄》中的丁小亚、《春晖》的凌老师、《勿忘我》的雯雯、《天山行》的郑志桐、《逆光》的廖星民、《内当家》的李秋兰、《布谷催春》的赵东升、《祸起萧墙》的傅连杰、《泉水叮咚》的陶奶奶以及《陌生的朋友》的那位不说话的姑娘和她那曾经是“过来人”的旅伴等等。他们与时代是那么贴近，可看出新的人生观在确立。新的性格在成长：他们不为因袭的传统所束缚，不为流行的论调所左右；不做无病呻吟；也许还有忧郁，但正如陆文婷的忧郁由于她性格当中柔弱而又刚强的内在的统一，使她成为一代中年知识分子默默献身的典型，感人至深。这一切，都标志着电影创作向生活靠拢的趋势。

电影界人士说：一年来电影取得的突破是巨大的。多年来提倡题材多样化，提倡在多样化的题材中以当代题材为重点。这一问题，一九八二年已初步得到解决。它预示着我国社会主义电影创作即将进入一个新的阶段。据统计，当代题材的影片占一年来影片总数的一半，占“三奖”获奖影片的三分之二。

电影《骆驼祥子》的问世被影评家称为是一个新的历程，一个值得庆幸的事件。老导演凌子风说：“拍《骆驼祥子》，我有五十年的积累。”这不是简单的豪言壮语。继《林家铺子》《早春二月》的优秀影片之后，《骆驼祥子》的出现，使中国电影在中国气派和民族化风格的探索上又迈出了坚实的一步。而斯琴高娃在《骆驼祥子》里出色的表演、感人心魄的演技，则在表演艺术上显示出中国青年演员可喜的进步。

一代中青年导演的崛起，可说是一年来电影创作的又一可喜现象。一九八二年生产的影片中，有一半是由中青年创作人员创作和执导的。而且，“三奖”获奖片中有半数出自于这些中青年之手。吴贻弓的《城南旧事》在第二届马尼拉国际电影节二十二部竞赛影片中获“金鹰奖”。电影节的评委们称誉“这部影片提高了中国在世界影坛的地位”。

曾拍摄名曰《苏醒》而实则“朦胧”的青年导演滕文骥接受了广大观众的批评，去年深入生活以崭新的姿态拍摄出《都市的村庄》。这一“苏醒”对于纠正电影创作许多年来以至于今天还存在的脱离生活实际的倾向和“假、俗、粗、浅”的毛病，无疑是一个启迪。

电影的老前辈在评价一年来中青年导演所取得的艺术成就时，宽慰地说：“三年以前，我们也曾一度发愁，说由于“四人帮”的破坏，我们的电影队伍有青黄不接之势。现在看来，这不免是过虑了。”

电影创作队伍的壮大，一大批中青年创作人员的成长，其势不可低估。他们虽还不甚成熟，诚如中国电影也还稚嫩一样，但他们代表着中国电影的未来。

原载《瞭望》1983年第5期

杏花天　风筝会

一九八四年四月一日上午九时三十六分，聚积在山东潍坊市体育场参加潍坊国际风筝会的人们，激动的情绪再次被鼓动起来。他们忘情地欢呼，热情地鼓掌，许多人情不自禁站立了起来。此时，衬着春日的湛湛蓝天，澳大利亚的鲸鱼风筝首先乘长风凌空而起。与此同时，美国华盛顿风筝协会主席海格曼放起的大型降落伞风筝，带着中美两国的国旗也飞上了云天。紧接着，几十个、上百个各式风筝纷纷乘风而起，扶摇直上，不一会儿，便把晴朗的天空，装点得嫣红姹紫，使人应接不暇。

这时，是谁发出一声轻轻的惊叫？原来，看台上一位盛装的小姑娘，发现她最钟爱的那只大雕风筝突然失风，正无可挽回地向地面栽下来。她惊慌地失声叫了起来。不过，她的担忧是多余的。就在大雕快要坠地时，突然又吃住了风，一抖擞，重又腾空而起，转瞬间已直入云霄，只留下一个小小的黑点了。

“有朋自远方来，不亦乐乎。”这是潍坊风筝协会主席邹立桂致开幕词的第一句话。这句话再好不过地表达了潍坊人民此时此刻的心情。具有悠久历史的风筝产地、民间玩赏风筝蔚然成风的潍坊，今天不但迎来了全国各地众多的风筝爱好者，也迎来了来自欧、美、亚三大洲十个国家和地区的十七个代表团队。风筝成了扩大国际文化交流、增进人民之间友谊的一座桥梁。来自远方的朋友们也掩饰不住激动的心情。他们是那么急于想把一只只满载着对中国人民友好情谊的风筝高高放起，在放飞场上来回奔跑，兴高采烈地咿呀喊叫，高兴得手舞足蹈。而热情的观众，则对他们的每一成功，报以热烈的掌声与喝彩。此情此景，正如美国西雅图风筝协会主席巧克列所说，是使人一生难以忘怀的。一位日本朋友还说，他为有幸来到风筝的故乡——中国，同中国朋友一道放飞风筝，感到骄傲。

中国，确实是风筝的故乡。春秋时代鲁国公输般所造的木鸢，该算得是风筝之祖了。韩非在他的著作中说，这种用竹木制作的木鸢，“成而飞之，三日不下”。之后，据民间传说，汉将韩信也是一位风筝监制者。他曾命人乘坐竹木丝绸制作的巨型风筝，于夜间飞临楚营上空，唱起了凄婉的楚歌，动摇了楚军的军心。唐人李冗的《独异志》，记载着公元五四九年，侯景谋反，围困台城，梁简文帝萧纲曾做纸鸢飞空，告急于外。那时，风筝大抵还只在少数场合为人使用。到了宋代，放风筝便成了一门技艺，专业放风筝的人，也同杂剧、杂技演员一样，称为“赶趁人”。至于民间风筝放飞，更已相沿成习。每到清明寒食之际，少年们便到郊外竞纵纸鸢，并在放飞时互相勾牵剪截，让风筝线搅缠在一起，谁的线断了，谁就算输了。这种情况记载在宋朝人写的《武林旧事》之中。这种在清明前后放风筝的习俗，一直流传下来，始终不衰。清初潘荣陛的《帝京岁时记胜》中有这样的

风筝节来自日本的选手（刘浩摄）

1984 年 4 月 1 日第一届潍坊国际风筝节参会的外国选手（刘浩摄）

1984 年 4 月 1 日山东潍坊举办第一届潍坊国际风筝节（刘浩摄）

记载：三月清明，“各携纸鸢、线轴，祭扫毕，即于坟前施放较胜。京制纸鸢极尽工巧，有价值数金者，琉璃厂为市易之”。

在风筝放飞的历史过程中，值得提到的人物是很多的。五代的李邺，是一位著名的风筝改革家。由于他在纸鸢上装置竹笛，声如筝鸣，纸鸢由此得到了“风筝”的美名。明代的王逵，也应该提到，在他的《蠡海集》中，有着用风筝做测风实验的记载。至于明代的徐渭，应该感谢他的，是他在晚年常以风筝作为绘画的题材，留下了当时放风筝的形象史料。他有三十七首咏风筝的题画诗。“柳条搓线絮搓棉，搓够千寻放纸鸢。消得春风多少力，带将儿辈上青天。”“我亦曾经放鹞喜，今来不道老如斯。那能更驻游春马，闲看儿童断线时。”便是其中两首。

据说，中国的风筝在公元五一〇年便已传到日本、东南亚，继而传到欧美各国。这说法未必有可靠的史料依据。但无论如何，各国放飞风筝的历史，都可说是相当悠久的了。

了解这样一些史实的记述，无疑会更增添人们对于风筝的兴趣：一七四九年，美国天文学家威尔逊制造了世界上第一具空中实验仪，它是由六只风筝作为运载工具而吊到高空工作的；一七五二年，美国的富兰克林利用风筝探测雷电的奥秘，电流顺着风筝上的金属丝传下来，差点把富兰克林击倒，可是富兰克林却兴奋地欢呼：我被电击了，闪电就是电；一八九九年，飞机的发明者莱特兄弟做了一只双身风筝，观察它在空中如何借助空气的浮力由下降转向上升，从而得到启发，发明了襟翼，并于一九〇三年制造了世界上第一架飞机；一八九三年英国人哈哥瑞夫曾为美国气象局设计了一种可以拆卸的风筝，用它把气象仪送到高空，这种风筝气象站当时美国有十七个，最后一个直到一九三三年才关闭。难怪英国著名学者李约瑟要把风筝列为中华民族对人类贡献的重大科学发明之一了。

由于风筝放飞活动的广泛普及，这项活动也像其他竞技一样，出现了各种纪录：世界上最大的风筝是由荷兰人宁根制作的，面积达五百五十平方米，在空中停留三十七分钟；世界最重的风筝，是日本于一九三六年制造的，重量为八吨半，放飞时要由两百人抓住绳索；世界上飞得最高的风筝，是美国印第安纳州的一些中学生在一九六九年制造的由十九个风筝组成的大风筝，他被一根一万七千两百零八米的绳索带到了一万零八百三十米的高空；世界上一次放起风筝最多的纪录则是由一名日本老人创造的。他用一根绳放起了五千五百八十一只风筝，绳长三千五百米。

风筝节上一位大爷为助力他的风筝起飞在奔跑（刘浩摄）

风筝放飞活动，拥有众多的爱好者。参加潍坊国际风筝会的日本滨松市风筝协会主席生崎利雄说，在日本，每年五月四日是风筝节。节日期间，在日本的风筝故乡滨松市参加放飞的可达两百五十万人。美国西雅图风筝协会主席巧克列介绍说，在美国和其他国家，都有一年一度的风筝年会。参加者可多达十万人。看来，风筝爱好者遍及全世界各地，而中国风筝也仍在国际上享有崇高的声誉。北京的风筝

风筝节风筝放飞表演（刘浩摄）

哈，已传到第四代。第一代哈国梁，是清末北京的一位泥瓦匠。由于他苦心钻研、博采众长，逐渐自成一家流派。第二代哈长英所制的四件软翅风筝曾在巴拿马万国博览会获奖，直到今天，美国博物馆中还珍藏着哈长英的风筝作品。第三代哈魁明和第四代哈亦奇现在都还健在。去年夏季，哈亦奇在美国旧金山举办的中国风筝展览会上开班讲授中国风筝的历史、类别、制作方法。还做了风筝放飞技巧表演，获得了美国风筝协会和当地中华文化中心基金会颁发的特别奖和奖状。中国的风筝在国际上大受欢迎。

现在，让我们回到潍坊国际风筝会的放飞现场。时间是四月一日下午二时，地点在潍坊市郊白浪河畔。和煦的春日照耀着辽阔的昌潍平原，真是理想的放飞场地！可惜，“天晴得过头了。”风力太小。一只只巨大的风筝只能放在地上休息，四万名观众焦急地期待着“大风起兮云飞扬”的时刻到来。在放飞场这段间歇的时间，我们走访了潍坊市风筝协会副主席孙立荣，请他谈谈潍坊风筝的历史。

如果公输般可以被认为是中国制造风筝的鼻祖，那么，山东——公输般的故乡——称为中国风筝的发祥地，也就不是没有渊源的了。潍坊风筝进入兴盛时期是在明代，到清代中叶，开始出现专门从事风筝制作的民间艺人。

有一首诗描写了潍县风筝市场的情景："风筝市在东城墙，购选有人来去忙。花样翻新招主顾，双双蝴蝶鸢成行。"可见，作为我国四大风筝产地（北京、天津、潍坊、南通）之一的潍坊，风筝集市是何等热闹了。潍坊风筝以扎工精细、色彩斑斓、造型逼真著称。当潍坊的老鹰风筝腾空而起时，常常出现飞鸟远避的景象。现在，潍坊风筝已发展到几百个品种，出口量也逐年增加。

下午三点，风起于青萍之末，人们笑逐颜开。随着一只只风筝起飞，喝彩声、欢呼声此起彼伏。几千只样式不同的风筝在天空翱翔。这里有荷兰人放起的由两百五十个翼片组成的长两百五十米的串风筝；有澳大利亚人放起的拖着四十多条彩带的巨型风筝；有美国人放起的立体风筝；有潍坊人放起的大雕、小燕、彩凤、苍龙、美女、金鱼……。日本代表队年逾花甲的西林毅老人，或许是场上最忙碌的一位，在不到两个小时里，他一口气把带来的十个风筝全部放上天空。这位老人说，他拥有五千个风筝，参加过十几个风筝赛会，但对潍坊风筝会壮观、迷人的场景，仍然叹为观止。

正当人们以自己的热爱、激情、欢乐，把潍坊风筝会推向沸腾的最高潮时，不知是谁放起了一只大型字体风筝。风筝在蓝天之上，书出红、黄、绿色的三个赫然大字：杏花天。多么意蕴深远、诗趣盎然，人们在杏花天竞放风筝，而绚丽多姿的风筝又装点着美丽的杏花天，春天似乎就是由风筝载来人间。

让我们用自小生长在潍坊地区的清代名医黄元御《咏风筝》诗中的一句来作为本文的结语吧。

平生不爱云和雨，惟喜春风抱满怀。

原载《瞭望》1984年第16期（联名作者　刘德玉）

中国电影美学的理论和实践

——电影评论家钟惦棐答本刊记者问

记者：钟惦棐同志，您认为今天中国电影艺术的发展，有什么重大的趋势值得我们注意？或者说，中国电影艺术的发展，在今天有趋势可言吗？

钟惦棐：有，而且是大趋势。一九五六年在《文汇报》开展过一次提高电影质量的讨论，一九八二年又在南北两家报纸（《文汇报》《中国青年报》）讨论过怎样把中国电影质量搞上去。可是影响中国电影发展的根本问题在哪里呢？经过这些年的摸索，我认为提高电影质量首先得从掌握电影艺术的规律着手，科学地对待这一门艺术。只要稍加留意，我们便不难发现，从电影《小花》，到《天云山传奇》《巴山夜雨》《被爱情遗忘的角落》《城南旧事》《人到中年》，到《乡音》，其间有一个重要的趋势，就是一批中青年导演开始自觉地运用新的电影艺术观来指导创作，并取得了可喜的成就。

记者：什么是新的电影艺术观，您能解释一下吗？

钟惦棐：概括起来有三点：

一是编导们在创作中越来越多地摒弃主观的、人为的、矫揉造作的和那些新的电影程式的创作方法。这是一种假现实主义的创作方法，是以想当然做支柱的。这种创作方法劳民伤财，朝生暮死，不加以抵制，电影就不可能有长足的发展。

二是尊重电影自身的规律。有些艺术方法并不坏，但在电影上行不通。因为“典型”不一样。当前为害最多的是舞台遗习，稍加留意，便随处可见。这种更加尊重电影自身规律的现象日后将更突出，之所以突出，就是因为许多影片日益成为电影自身，而非自身者就必然格格不入，形如赘瘤。

三是随着以上的变化，电影的题材内容亦将有变化。电影的选材，不同于其他艺术的选材，即便是改编同一题材的小说、戏剧，电影亦将不同于原来的小说和戏剧。电影有电影的方法、电影的容量。无视这点，不仅事倍功半，而且不伦不类。在经济上不允许吃“大锅饭”，电影不掌握这些起码的知识，就还是在吃“大锅饭”。

记者：您刚才说到艺术的“典型”，能否就电影现象说明一下？

钟惦棐：最明显的是戏曲片。戏曲艺术的象征、写意和电影的写实、逼真互相排斥。在真实的布景中，不但是化装（开脸、髯口），连动作、唱腔、道具也变得难于理解起来。在阎惜姣的楼上，有真实的床和被褥，而宋公明还是坐在椅上，以手支头，算是睡觉！这不就是两种“典型”互相排斥吗？现在的故事片同样存在电影的场面调度和舞台调度的差异问题，表演上也是如此。至于化装、布光、音响，也有同样的问题。我们现在注意到这点，但没有完全解决。

记者：您认为中国电影艺术发展的基本出发点是什么？

钟惦棐：基本的一点还是我国的文学艺术不能不研究自身的问题。这是繁荣文学艺术的基本条件。电影应该是电影的，这是个总的提法。至于电影中的各片种，又各有自己的要求。如美术片就不能要求真实，美术片真实得和生活一样，也就用不着美术片了。它应该和真实生活极不一样才对。无论人物造型、故事内容，必须和故事片反其道而行之。《三个和尚》就是个很成功的例子。纪录片则要求绝对真实可信。它胜故事片，也胜在这里。科教片除真实可信外，还要求科学性。科教片不科学，就不能“教”。这次上海科教片厂的《灰喜鹊》得到了政府奖和金鸡奖。从影片看，它是在驯养的条件下拍出来的。影片中表现了驯养的情形，是个败笔。自己揭开了拍摄之谜，但总的看仍然拍得很好，留下了许多极珍贵的镜头。

记者：《乡音》这次获金鸡奖最佳故事片奖，有些不同的看法，您对此怎么看？

钟惦棐：有不同的看法就好。对获奖影片再加以评论，是电影必将兴旺的重要标志。一个口径或舆论一律并不好，我们在这方面是吃过大亏的。

记者：您写过一篇题为《袅袅〈乡音〉》的文章，现在您对《乡音》有新的评价吗?

钟惦棐：《袅袅〈乡音〉》问题集中在“时代感”，说它有，说它没有或不足，都还是“说”。对这部电影，《中国妇女》杂志正在展开讨论，她们怎么看，会让我们更接近事实本身。我并不认为它是完美无缺的，这在我的文章中也提到。关于“时代感”，我也正在想。如果陶春型的人物不是在一个绝缘状态的环境中，而是集镇中人，颇能应付一些场面，但在家庭伦理观念上仍是“我随你”，可能更深刻些。反之也是一样，余木生可能身居要津，颇能说长道短，但一回到家里，就俨然“太岁”！但路子是否不必一条，既有如此的，也有如彼的；不以如此非如彼，亦不以如彼非如此。我之为《乡音》所吸引，情况也是复杂的。这几年我翻来覆去看“美女”，飘忽者多，自美其美者更多，而如陶春者，有美不以为美，此天下之大美也！中国银幕对此持何种态度，我不以为是件小事情。影片对陶春既有褒，也有贬，这样写人物，尤其是属于伦理道德方面的题材，不但是适宜的，而且是合理的，是现实主义精神的要领之一。这部影片开了个头，是件好事。人们为陶春的不治之症哀伤，是因为这个活生生的人打动了观众，并促人思索。不爱之至深，思索也无从谈起。

记者：这些就是您认为使《乡音》获奖的原因吗?

钟惦棐：这些只是部分原因，更重要的还是它在形成电影题材方面的经验，值得我们注意。艺术家在生活中的感受和认识，是形成题材的基本元素，这是一。第二，感受和认识有个“面”的问题。我不赞成把那些浮在表面的、花里胡哨的东西，你感受一通，他感受一通，我又来感受一通。《乡音》引人注目，是它感受了我和你都难以感受到的生活面，而这样的生活面恰恰是我国大量存在的东西。第三，感受之于艺术家，又各不相同。“耳得之而为声”的是音乐家，“目遇之而成色”的是画家，对场景、造型、色调、音响和运动都能兼收并蓄的是电影家。《乡音》拍出了情调、韵律，便是它能把诸多因素糅合成为银幕形象的结果。

记者：最后，您能为我们展望一下电影的发展前景吗?

钟惦棐：也说三条吧。第一条，中国人并不笨，尤其是作为关键的导演。我们有充分的信心赶上世界水平。我们不是只花了几年的时间，便得到了去年为大家公认的“普遍提高”吗?第二条，中青年导演、编剧，逐渐成为前进大军的主力。他们的奋发，应该说是动人的。前几年峨嵋厂的导演陆小雅有事来北京，听到她的同行们在议论一些事，很觉得新鲜，回去就琢磨，拍了《法庭内外》。再附带讲一下，她后来拍的《我在他们中间》，夫妇俩人对原剧本做了很大的加工，但谁也不署名。后来她对我说：“无视导演本来应该有的职责，而去侵占别人的劳动成果，这是娼妓行为!”第三条，从今年的金鸡奖评选结果看，中厂和小厂的崛起，他们不言不语，但是形势逼人。珠江厂得最佳影片奖后，学术空气弥漫全厂。长影厂在今年夏天要办为期两个月的电影美学学习班。物质的运动在于物质自身——这一定律，也许便是当前中国电影前进中的奥秘。

原载《瞭望》1984年第23期

北京有条件举办夜市

读者来信：

入夏以来，北京几个闹市区相继办起商业夜市。我和几位朋友慕名而去，尽兴而归，但仍觉得若有所缺。假如，有的人不是想要购物或品尝小吃，而是想寻求知识和文化娱乐，那么在晚上到哪里去寻求呢？这就不由得使人想到，能不能也像商业夜市那样，在北京办起文化夜市呢？

长期以来，北京的夜晚寂寥复寂寥，在某种程度上甚至可以说是十分枯燥的。夜幕降临，华灯初上，首都街市便冷清下来。在街头巷尾，常常看到许多劳累一天的人，或“侃大山”，或甩扑克、下象棋，或扒在马路围栏上观看过往的行人和汽车。是他们甘愿如此吗？非也。他们想去公园，公园并不比街头巷尾更有魅力；他们想去看电影、戏剧，而好的电影戏剧一般是很难买到票的。他们想去图书馆、博物馆、展览馆，无奈这些地方晚间都已关闭了大门……。

为什么北京就不能把文化夜市活跃地兴办起来？为什么不能开展一些健康、活泼、寓教于乐的文化娱乐活动，诸如游园、书市、音乐茶座、舞会？为什么图书馆不能在晚间开馆？为什么博物馆、展览馆不能办一些书画、博物、新技术夜展？这样的活动，即有益于人民，又可使主办单位增加收入，何乐而不为？

在此，恳请贵刊代向社会各界及有关部门呼吁，给予北京人民以丰富的、健康的、增长知识的业余文化生活吧！

——北京　杨肃

调查附记：

曾经有两位出差干部对朋友介绍他们在北京度过的某个夜晚的经历："我们想来想去，觉得别无去处，只好登上公共汽车，周而复始地从起点站坐到终点站，消磨闲暇的时光。"也许，人们会感到奇怪，怎么会这样呢？北京是祖国的首都，文化娱乐场所比比皆是，晚间还能没个去处？确实，北京拥有的文化娱乐设施不算少，据北京统计局的统计，共有：

博物馆：十一所（其中徐悲鸿纪念馆、国际友谊博物馆未开放；定陵博物馆在远郊区）。

展览馆：六所（其中北京猿人展览馆在远郊区）。总计建筑面积六万一千一百七十平方米。

公共图书馆：十三所（不包括县图书馆），共有座位两千三百三十三个。

文化馆、站：九十六处（不包括县文化馆、站）。

电影院：九十六座，共有座位十一万两千八百三十一个。

专业剧场：二十座（不包括区、县所属剧场），共有座位两万八千七百三十个。

体育场：七处，共有观众席位三万九千个。

公园：三十三处（其中城近郊区二十二处）。

此外，北京共有各种艺术演出院团四十三个，职工一万零六百七十四人。

同样依据北京市统计局统计：北京城市人口为五百三十四万，暂住人口约十八万。

假如我们把所有影剧院和体育场、馆夜晚所能容纳的总人数三十四万六千七百九十七个，按百分之百的上座率，同城市人口数做一对比，便会惊讶地发现，每天晚上，北京市有近五百万人，是被排除在这些场所之外的。

当然，人们的兴趣爱好是多种多样的，不一定非要在夜晚挤到文娱场所不可。他们可以有其他的选择，譬如需要操持家务、与亲友交谈或收看电视等等。然而，仍然会有相当数量的人，希望获得自己需要的文化生活而不可得。

有些人，很想利用晚上极其宝贵的时间，到图书馆阅览图书、增长学识。可是，对不起，图书馆晚上七点半闭馆。

有些人想到博物馆、展览馆去开开眼界，增长见闻或提高自己的艺术鉴赏力。可是，展览馆在夜晚大门紧闭。

这就是说，每天晚上，北京公共图书馆、展览馆的两千多个座位和博物馆、展览馆的近十万平方米建筑面积在那里“赋闲”，而想去的人，却只能“望洋兴叹”。

在夜晚，特别是夏夜，有些人希望逛逛公园。但是，北京的许多公园几乎都不举办文化活动，以至逛公园成为十分单调乏味的事情。是因为缺乏文化娱乐设施吗？不然。北京市中心区的四个公园（北海、中山公园、天坛、陶然亭）均有文化娱乐场所。中山公园便有露天电影场、棋室、阅览室、展览室、儿童游艺场、电子游艺室（中山公园音乐堂的使用权不在公园管理部门，故不计），但晚间大部分不开放。据北京市园林局管理处的同志告诉记者：游园活动过去也搞过，但后来规定，晚间游园活动要公安局批准。不是不愿搞，搞起来后，安全问题不好解决，出了问题，谁担当得起？

记者曾采访北京展览馆。这座展览馆由展览厅、餐厅、电影馆、剧场、饭店五个部分构成。其中电影馆的使用由电影公司安排，晚间均有电影放映。剧场的使用，由演出公司和文化部门共同安排，多数时间闲着。餐厅白天营业，晚间不安排活动。据了解，如果北京展览馆展览厅开夜场并更好地利用电影馆、剧场、餐厅开展文艺演出、音乐茶座、舞会等多种文化娱乐活动，每天晚上可吸引两万人左右。

民族文化宫也是北京规模较大的综合性文化活动场所，有展览馆、礼堂、图书馆、俱乐部。礼堂由演出公司和文化部门共同安排使用。图书馆属内部图书馆，不对外开放。展览厅亦无夜间开放的传统。对于俱乐部能否提供一些营业性文化娱乐活动的问题，记者得到的回答是：在保证内部活动的情况下，只接受部级以上单位团体来此租借场地举办活动。

北京市最大的工人俱乐部当属北京市劳动人民文化宫。这里，文艺、体育、宣传教育的活动设施应有尽有。但晚间除了为本系统的演出团体提供排练场所外，不对外服务。

北京工会系统总共有工人俱乐部二百八十四所（包括郊县和各企业所属）。这些俱乐部除了一部分由电影公司安排放映电影外，其他活动场所主要为工会系统内部开展活动使用。

目前，为群众举办各种文化活动比较活跃的，是北京市各区的基层文化馆、站。这里，夜晚是另一番情景：记者曾在一个晚上来到西城区文化馆，看到正在举办大男大女的联欢舞会。在一间比教室略大的厅里，男女青年伴着音乐翩翩起舞。虽然相互间都有些拘谨，但气氛是热烈的。记者也参加过一次街道文化站举办的京剧清唱演出活动，同样留下了深刻的印象。一所小院的角上，一位老者双臂平端，字正腔圆地唱着，观众们则端坐在自家带来的小凳上，把小院挤得水泄不通。

据北京市文化局社会文化处的同志说，北京市区的十四个文化馆和八十五个文化站，因条件不同，晚间通常开展的活动有展览、报告、讲座、文艺演出、故事会和各种业余训练班，但规模都很小，主要是受场地的限制。以西城区文化馆为例，这个文化馆及所属的十八个文化站，平均活动面积不到五十平方米。一个晚上平均只能容纳五十到一百人。

一方面是狭小的基层文化馆、站在尽可能多地开展各种文化活动，但苦于没有场地；另一方面许多规模巨大的活动场所却在“赋闲”或仅限于某部门、某系统内部使用，未能充分利用。这是个十分明显的矛盾。

最后，我们来看看北京各艺术院团的实际演出力量究竟怎样？文化部艺术局的同志告诉记者，文化部直属的十三个院团的专业演出人员当中，至少有百分之二十五的人处于“待业”状态。从北京市演出公司得到的材料也表明，北京市各艺术院团的实际演出能力与现有演出场地存在较大距离：即按北京现有演出场地而论，各艺术院团平均每年只能演出一百六十场，而实际演出能力一般都在三百五十到四百场。而且，演出有淡季旺季之分。春节至“五一”前，多数文艺院团没有演出任务，夏天也只有少量演出。这表明各种艺术表演的生产力远远大于实际演出场次。目前，各艺术院团都希望有一个专门机构，为他们“多余”的演出力量搭桥，为城市人民群众晚间文化生活增添光彩，比如成立文艺演唱服务队，以有偿服务的形式，到公园、饭店、餐厅、音乐茶座去演出。

以上调查表明，在北京开放文化夜市并非没有条件，而是需要着手认真加以组织和解决某些管理体制上的问题。困难是存在的，人力、设备、管理、经济利益等等，都有一连串的问题需要解决，但这些困难也并非不可克服的障碍。看来，举办文化夜市，丰富人们的文化生活，应该同整个城市改革工作结合起来通盘加以考虑。这已成为城市改革的一个新的课题，而且是一个相当急迫的问题。

原载《瞭望》1984年第28期

加快知识传播的进程

——书籍出版、印刷、发行追踪采访记

一位云南旅客，希望能在北京买到一本《现代汉语词典》，跑了七八家书店后，他彻底地泄气了。这本普通的工具书，在北京已脱销多日了。

“为了一本《中国体育年鉴》，我腿都跑细了。新书预告说一九八二年底出版，现在已是一九八四年五月啦”，一位老人无可奈何地摇着白发苍苍的脑袋。

“同志，行行好吧，库房要有的话，给照顾一本吧！”一位青年人在书柜前恳求。电大已开学多日，他却至今还没有买到作为计算机教材的《BASIC语言》。

其实，持续了相当长一段时间的买书难的问题，只是一种现象。值得注意的是，整个出版发行工作不能适应新的形势，影响到知识传播和知识积累的速度。这并非小事，它直接关系到我国实现四化的进程。

难熬的“出版周期”

“十月怀胎，一朝分娩。”一本书的诞生，可远比“十月怀胎”来得长。

人民出版社是一家大出版社，无论是编辑力量或经营能力，均属上乘。但据该社出版部副主任刘继文介绍：一九八三年，该社出版的一百九十几种新书，平均周期为三百五十八天。这意味着一部书稿，不算编辑编审的时间，不算印出后运输、流通的时间，仅从出版社总编室将书稿发到出版部，经过设计、排版、制型、待印、印刷、装订等生产环节，便要一年甚至更多的时间。如果把头、尾加上，那么，从作者将凝结着自己心血的书稿送到出版社，到求知若渴的读者从书店里买到书，历经两年之久就算不错了。假如新华书店征订印数不准（目前有百分之七十的新书征订数不

准确），第一版印少了，书籍脱销，那么，需要它的读者就只好年复一年耐心地等待再版，而一本书籍的再版，一切顺当，至少要一本新书出版周期的一半时间。这怎能不叫作者和读者常常发出“相见恨晚”的感慨呢？

科技图书出版尤难

在我国最大的科技出版社——科学出版社，与该社副总编辑罗见龙的一席谈，使记者了解到，如果说在买书难的背后隐藏着出书难，那么就出书难而言，科技书出版尤难。

目前的情况是：这家出版社一九八三年书籍的出版周期平均为四百一十七天。在我们看到的记载着出版周期的书目卡片中，今年最长的一部书花了一千五百三十天。这是一部市面上很需要的外语工具书，可是，出版它，却花了整整四年！

这部书漫长的出版周期再好不过地说明了科技书出版的种种难处：一是因为科技书表格多、公式多、特殊符号多，排版要求高，往往捡字、排版花上一两百天，上机印刷不过几个小时。以产值、利润为指标的印刷厂，自然不愿承接这种投入大而产出小的活路。因此，科学出版社每年都有一百五十多种书压在印刷厂各个生产环节，每月总有一千余万字找不到承接厂家。二是排印科技书的老工人一批批退休，缺乏技术熟练的新工人，使一部五十万字的科技书的排版时间拖长到两百天以上。三是新华书店往往不了解市场对科技书的需要，征订数往往大大低于实际需要量，以至第一次印刷数量过少，不得不立即重印。在印刷能力负载过重的情况下，这样也就影响了新书的如期出版。四是出版社本身缺少严格的责任制，编辑压稿，或因编辑工作欠仔细，发稿后三番五次改动，延误时间。

科技书籍的出版如此缓慢已在科技界引起强烈反映。最近科学出版社向一千多名学者发信征求意见，在一千多封回信中，没有一封不提出缩短出版周期的要求。

“书荒”：潜在的危机

那么能不能说，由于印刷能力跟不上，出版周期太长，我国的科技出版事业已面临某种危机呢？

人类的知识积累的速度，在惊人地加快。十九世纪，人类创造的知识，大约每五十年增长一倍；二十世纪中叶，每十年增长一倍；七十年代，每五年增长一倍；如今，已是每三年增长一倍。美国每天发表六千篇到七千篇科技论文，其科学技术的信息量每二十个月就翻一番。在这种情况下，出版周期的短长，已直接关系到新知识、新发现、新成果和新技术的传播与利用，直接关系到我国经济发展的速度。一位科学家说：要实现四个现代化，没有与之相适应的科技出版业是难以想象的。

1982 年，北京王府井书店
（图 / 王文澜 /FOTOE）

事实上，由于印刷落后，出版周期太长，已产生了一系列不良后果。国内新的科技成果迟迟出不了书，国外先进的科技知识难以尽快翻译出版，相形之下，日本却能做到与国外科技著作同期出版。有鉴于此，科技出版界有人预测，如不进一步加强科技出版的领导，改革现有管理体制，迅速改变印刷、出版、发行的落后面貌，不用多久，就会出现类似一九七八年至一九七九年的“书荒”。这种新的“书荒”，将更为广泛、更为持久，各种中高低档的自然科学书籍乃至社会科学方面的各种书籍都会出现供不应求的局面，而书籍的需求者，绝不仅限于科技工作者和青年学生。更为严重的是，在“书荒”的背后，知识的迅速传播将受到阻碍，知识积累的速度将受到遏制。知识难以直接转化为物质财富。知识就是力量的至理名言将成为一句空话。国家的发达，民族的振兴，全民的智力开发都将蒙受损失。而与此同时，在世界范围内发生的新技术革命，却向我们提出严峻的挑战。

负荷过重的中国印刷业

解决出版周期过长的问题，主要在印刷部门。这也许是人们普遍的看法。

记者来到中国印刷公司时，这里也在为印刷力不足，印刷周期长而焦虑、苦恼。出版机构迅速增加，而印刷行业没有相应的发展。生产任务大，而生产能力小，这都是摆在面上的矛盾：全国登记注册的印刷厂有一万两千家，加上没注册的，近两万家。但真正能够印刷书刊的只有两百多家。

全国每年需要的排字总量是六十八亿三千万字，而实际排字能力只有五十八亿三千万字。即全国每年有一千种一百万字的书籍不能付排。

全国印刷能力大约是一千九百万令纸，而实际需要量却大于印刷能力六百三十万令。

装订也低于需要约四百六十万令。

中国的印刷业，犹如一辆负载过重的汽车，只能缓缓而行。

问题出在哪里？

在中国印刷公司、北京市印刷公司及北京新华印刷厂，记者访问了公司经理和许多科室干部。他们认为，问题出在体制。

迄今为止，印刷业是分别隶属于各级文化部门的。而各级文化部门，却没有相应的机构对印刷业实行强有力的领导。因此，作为一个工业部门，印刷业可能是唯一没有全行业统一管理的部门。

一方面是生产、计划、技术缺乏有效的管理，另一方面人员、财务却在文化部门的手里卡得很死。国家对印刷业的投资不多，而企业的利润又

“分文不留，全部上交”，以至三十年来，印刷设备与印刷技术更新迟缓。

北京印刷公司所属的七家印刷厂，七百五十六台主要生产设备中，三分之二以上的是二十年代到六十年代的产品。目前国际上最落后的印刷机，每小时印一万张，最先进的每小时印八万张，而北京地区印刷业的主要生产设备每小时只能印一千八百张。

设备比较先进的印刷厂不是没有，但这些印刷厂大多数分属于国家各部委，主要为本部门服务，素有“大机关的打字室”之称。比如电子分色机这种先进的设备，北京地区已有二十几台，但大多数分散在各部门的印刷厂，利用率很低。

印刷部门的同志认为，如果认认真真地把印刷业当作一个工业部门，实行有效的行业管理，统一领导、统一管理、统一规划、统一调度，目前的生产能力是有可能较大幅度增长的。如果再使印刷行业能够通过自已的努力，积累起更新设备的资金，比较快地改变印刷业设备技术落后的局面，印书难的局面并非无法扭转。

当然，出书难的问题，还有许多其他的因素。

印刷厂：打不完的官司

说起来，在一本书的产生过程中，印刷厂也有许多说不清、道不尽的苦衷。

今年北京新华印刷二厂印的一批秋季高校教材，用的是山东黄县纸。由于纸张质量差，不是起皱便是断裂，使印刷速度大大减慢，一个工作日该印两万八千印张，但有一天竟只印了八百印张。一般说来，印刷业由于纸的质量低劣，本来就不高的印刷效率，还要降低一半左右。纸张是紧俏物资，印刷厂无法选择。碰到低质纸，只能自认倒霉，是无处喊冤的。

发行环节也有问题。负责征订印数的新华书店常常不能把印数报来，有时还突然通知原印数作废，致使印厂有时已经上机，准备开印的书又撤下来再做等待。

印刷厂、出版社、书店，亦即生产部门、编辑部门同销售部门，相互之间没有严格的经济责任制来制约，于是便出现了互相之间不为对方负责无休无尽地扯皮。

买书难，卖书也难

回到买书难的问题上，我们将看到，在读者高呼“买书难”的时候，直接的不满对象常常是“独家经营”书籍销售的新华书店。而且各种各样的指责，在多数情况下并不冤枉。

全国现有新华书店分店六千四百多家，还有许多代售、代销点。以我们幅员辽阔、人口众多的国家来说，六千余家书店无法满足群众日益增长的对图书的需求，这是显而易见的。法国仅巴黎一处，便有多种书店两千余家。

不但网点少，现有网点备货也不足。一九八三年全国出版新书两万六千余种，但在书店货架上能够看到的品种，却少得令人失望。即便是全国最大的北京王府井新华书店，备书品种也不过是当年出书总数的一半，而要满足程度不同、兴趣相异的多层次读者群，合理的备货品种应当在十万种左右。

为什么不多设网点？为什么不多备货？新华书店的经理人员自有说法：谁都说买书难，殊不知卖书还难哩！

隔山买牛与包销

卖书难在何处？

原来，我国现行的出版发行体制，分工绝对，互不参与。出版社只管出书，而新华书店则只管卖书。发行部门无法确切地了解图书出版情况。征订图书，无论大部头、小部头，也无论文艺书籍或是科技书籍，一律凭出版社提供的两百余字的内容介绍来拍板订货。这种办法，发行界称之为“隔山买牛”。从新华书店发行所接到新书通知，到各书店征订书汇总上来，“买牛”的时间是三个多月。可惜这三个多月中，大家都是“目无全牛”，全靠碰运气。于是，书店常遇到这样一类事情：一位著名数学家写了一部纯数学著作，内容介绍说是适合于中学生阅读，一下子全国征订一百七十万册。等拿到书一看，全傻了眼，不但中学生接受不了，连中学老师也觉得艰深难懂。结果，一大包一大包书原封不动地堆在库房。还有的时候，一部书由不同出版社翻译出版，由于书名上耍花枪，常常弄得书店重复订货，积压滞销。这样的当上多了，书店便变得谨小慎微，宁少勿多。结果，该订的书又订少了。

出版社埋怨书店订数不准，书店又埋怨“隔山买牛”，那么，两者之间何不疏通疏通呢?

不过，照发行部门的看法，与“隔山买牛”的征订方式相比，目前实行的图书包销制，带来的弊病更为严重。

所谓包销制，即书店在向出版社提出征订数字后，这批书对出版部门讲，便已售出。至于书店能否卖得出去，出版社便不再承担任何经济责任了。发行部门自己没有资金，依靠银行贷款从出版社进货。如果订来的书卖不出去，订书愈多，利息支付愈大，流动资金也占用愈多，于是，书店视订书为畏途，争订热门书，只求完成定额而不顾发行质量与效果。基层书店有一句说的比较刻薄的话是：出版社是躺着挣钱；发行所是站着挣钱；基层所是跪着挣钱。

据此，发行部门提出改包销制为寄销制。这一建议是否能为出版社所接受，正如出版社提出打破单一图书发行渠道是否能为新华书店完全接受一样，尚属悬案。但可以肯定的是，如果书籍流通的体制不做改变，目前买书难的局面难得改善，相反会越来越难。

新华书店：力不从心

拥有八万职工的庞大发行体系，新华书店可说是个巨人。大也有大的难处。

库房紧张，这是限制新华书店业务发展的一大问题。北京王府井新华书店，门市面积三千六百平方米，平均每天接待顾客六万人次，全年发行图书五百余万册，却只有两百多平方米的库房。因此，不得不压缩备货期限。这就难怪读者在这里连当年出版的大部分书也无法见到，更不用说一年、两年甚至多年前出版的书了。

现在，许多城镇在新建居民点时，都已考虑到粮店、副食店、百货店、饮食店等的配套，却从来没考虑书店的配套。北京市从新中国成立十周年就提出要建设一座图书发行中心大楼。现在已到新中国成立三十五周年了，大楼却仍在规划之中。书店，在城镇建设中，似乎是一个被遗忘的角落。

职工素质，也是一大问题。新华书店全系统八万人中，具有大学文化水平的不到百分之二。百分之七十的职工只有初中或不到初中文化水平，虽然明文规定，新华书店的职工必须具有高中文化程度。还有许多地方，把新华书店作为安排老弱病残人员的单位，大大降低了发行队伍的素质。再加上三十多年来“独家经营”养成的惰性，使职工感受不到经营方面的压力，缺少进取、奋斗的动力。现在正实行的允许出版社经营图书，发展集体、个体书店与发行专业户，改变新华书店独家经营的单一体制，这无疑能在书籍发行方面注入新的动力。

记者在追踪采访过程中，深深感受到无论是出版还是印刷、发行各个部门都有一种强烈要求改变现状的心情，但同时也感受到其中有一种束手无策、等待观望的情绪。等谁呢？等什么呢？看来等待者也不甚清楚。

由此，记者想到，也许最大的难题，还是造成“买书难”的各个环节上的矛盾、问题，怎样有领导、有步骤、有计划地进行改革。否则，“买书难”再叫上十年，也是没有用处的。

各国出版情况对照（资料一）

国家	人口	每年出书（种）	数量（册）	书店（个）	出版社（家）
南斯拉夫（1983年）	0.22亿	12 000	6 700万	1 100	180
民主德国（1978年）	0.16亿	5 000	1.4亿	1 600	83
苏联（1981年）	2.67亿	80 000	18亿	17 000	217
法国（1983年）	0.53亿	20 000	1.2亿	9 000	670
日本（1977年）	1.17亿	25 000	9.6亿	17 000	4 327
美国（1980年）	2.29亿	43 000		9 500	2 100
中国（1980年）	10亿	26 573	26.8亿	10 000	292

印刷在一些发达国家及我国的地位（资料二）

联邦德国	五大工业之一
英国	七大工业之一
美国	十大工业之一
中国	工业排列第三十位

印刷业在发达国家占国民生产总值的比例（资料三）

发达国家	百分之一点五
中国	百分之零点六

世界图书出版量持续增长（资料四）

一九五〇年——一九八〇年世界图书出版品种增加了二点九倍，由一九五〇年的约二十二万种增加到六十四万种。印数大约增加了三点六倍，由二十五亿册增加到九十亿册。同期世界人口增加比率为一点八倍，由二十五亿增加到四十五亿。

世界出版的图书主要集中在北美、欧洲、日本等三十几个工业国家。这些国家的人口只占世界人口的百分之三十，出书数量却占世界出书总数的百分之八十。

世界级几个大书店情况（资料五）

书店	面积（平方米）	备书品种（万）	平均每天流量（万）
巴黎弗纳克书店	4 500	12	2.5
东京三省堂	3 000	27	2～3
莫斯科“书籍之家”	4 800	4.5	3
北京王府井书店	3 600	2.0	6～7

全国图书发行网点情况介绍（资料六）

国营售书点	6435（处）
集体书店	2 474
个体书店	2 125
供销售书点	66 165
商业部门售书点	3 383
其他社会售书点	9 710
书摊书贩	11 139（人）

原载《瞭望》1984年第36期

别误了千家万户事

——邮政通信追踪采访记

一封读者来信

《瞭望》杂志社：

贵刊的内容深受欢迎，版面也无可非议的。可惜“流通不畅”，真令人气愤。我一个多月前收到今年第三期《瞭望》以后，至今再没有收到。春节期间没有好杂志看，令人失望。“周刊”快成了“双月刊”了。我也知道，此信对你们或邮局的发行改革无济于事。不过是让你们知道而已。一气之下说话不礼貌，请见谅。

云南玉溪地区粮食局李兆林

一九八五年二月二十四日

这位读者的心情是可以理解的。长期以来，本刊编辑部和其他许多报纸杂志编辑部经常收到来自全国各地的读者来信，反映订阅的报纸杂志，不能按时、如期收到。据了解，邮政部门也经常接到群众来信，查询报刊、信函、印刷品为何迟迟收不到。这确实是一件关系到千家万户的事。这究竟是什么原因呢？不久以前，记者从北京出发，分别沿京沪线到华东地区，沿京广线到中南地区，沿京新（疆）线到西北地区，沿京成（都）线到西南地区，对报刊发行、邮政通信工作的现状，以及存在的问题进行了调查采访。

流程复杂

现在先让我们看看，一张报纸、一本杂志从报社、出版社印刷、装订出来以后，它需要经过哪些环节才能到达读者手中。

现在，全国登记出版的三千五百多种报纸杂志，几乎全部都是通过邮局发行的。当一张报纸、一本刊物从报社、杂志社的印刷厂出来后，若就地发行，邮局的发行手续相对来说是比较简单的。只需要出版系统的印刷厂用车或邮政部门派车去印刷厂把出版物运到邮局，然后经过邮政部门的分理处（专营报刊、杂志发行地区的分类系统）按照各个地区的预订数与零售数分类包装后，交由分布在城市各个地段的邮电支局、所的投递员当日送到读者手里即可。如果这些报刊向全国发行，那么情况就复杂了。仅以《瞭望》周刊为例，它是在北京出版的，假如外省市的读者订了这本刊物，要看到它，中间要经过许多环节。让我们用简单的示意图来说明：

周刊社印刷厂（刊物印刷装订成册）—北京市邮局分理科（按省、市订阅数负责分类包扎成捆）—北京市邮政干线运输局（负责装运上车，经铁路用列车送至所在省会）—市邮电局（经分理科拆包分拣成小包）—市属各邮电支局、所—交投递员按户分拣，然后送至读者。

可见，一份报纸、一本杂志要到省市读者手中，中间就要经过三到四次的装卸、打包拆包、分拣，才能与读者见面。无论哪一个环节出毛病（积压、延误、丢失），都将影响全局。

邮件传递流程复杂、烦琐，为不了解内情的人所难以想象。我国的邮政业也同其他行业，如能源、交通一样，还很不适应社会发展的需要。

邮政业务量直线上升

了解了上面邮政通信的流程之后，我们再请读者看看下面这张表格：

邮政业务量增长表

类别	函件（亿件）	包件（亿件）	汇票（亿件）	订销报刊期发（亿件）	订销报刊累计（亿件）
1950年	6.46	0.052	0.091	0.029	4.23
1960年	28.28	0.48	1.04	0.4	64.27
1970年	23.7	0.58	1.15	0.33	72.11
1980年	33.12	0.71	1.35	1.64	170.97
1983年	35.21	0.69	1.39	2.29	198.12
1984年	39.480	0.71	1.48	2.81	224.68

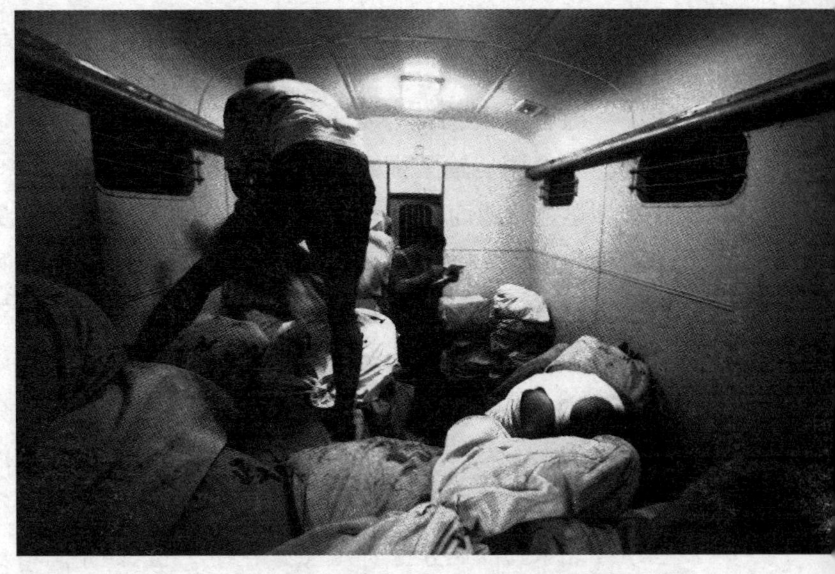

1999 年 8 月 18 日，济南至上海的火车押运车箱内，邮袋多了整理起来很困难。(江浩 /FOTOE)

这张表格能给你一个大致的轮廓，使你对邮政事业的发展状况有一个粗略的了解，即邮政业务量是逐年大幅度上升的。其中，一九八四年全国报刊期发数为两亿八千一百万份，比一九八三年增长百分之二十三。近年来，邮政通信还有另一个特点，即往年那些增长较慢的业务，也有了大幅度的增长。比如函件业务（其中主要是印刷品），一九七六年至一九八二年平均每年增长率仅为百分之三点一，一九八三年增长百分之三点七，而一九八四年则增长百分之十二。

全线紧张

邮政通信从南到北，从东倒西，全线紧张。这是当前一个突出的问题。

记者在采访中曾听说这么一件事：去年的某一天，西安火车站站台上发生了一起斗殴，斗殴双方一是邮车押运员，一是邮局转运员。人们奇怪，邮政一家人，有话好说，为啥干仗？原来，押运员鉴于邮车从上海开出，沿途装载的邮袋已经超过额定数，再上邮袋恐将邮车车门封死以致下一站的邮件无法卸下，故坚执不让地面邮运人员上邮袋。地面人员当然不肯罢休。这几百个邮袋不按时装车发走，岂不造成积压，延误邮件的传递时间。况且这积压下的邮袋还不知往哪里堆呢？双方争执不下，打起架来。

随着邮政通信“运能和运量的矛盾”日益尖锐，诸如此类的“事件”在全国运输紧张的地段时有发生。其实这种“车上和车下”，即邮车押运员与地面转运员之间的冲突只是“运能与运量的矛盾”在实际工作中的一个反映罢了。比这更严重的问题还多着哩!

所谓运能和运量的矛盾，指的是邮政以铁路客运运输为主要运输手段的运输能力与日益增长的邮件运量之间的不平衡状况。

北京邮政干线运输局，是全国最大的邮件转运分理机构。每天接发火车约九十六趟次。邮件日平均交换量达六万袋捆以上，无论是从邮件的转运量和分理量，在全国都是首屈一指的。但是据干线局负责同志介绍：北京邮件业务量一九八三年到一九八四年间增长了百分之十一。但与此同时铁路方面由于本身运输十分紧张，只给邮局增加了少得可怜的一点邮运容间，无异于杯水车薪，无济于事。

三月八日，记者从北京乘坐一四九次列车前往郑州。行车途中，记者来到邮车，只见整个车厢被邮袋塞得水泄不通，中间连过道也找不到。邮车押运员对记者说，按规定一辆邮车最多只能装八百五十个标准邮袋，现在车厢里已重装了两千多袋，沿途还有要上的。

郑州站是我国重要的交通枢纽站之一。南来北往、东去西驰的邮件，大都在这里中转。当地邮局每天接发的列车达四十三趟次，邮件吞吐量达两万袋左右，高峰期达三万五千袋。自去年十一月至今年二月期间，由于运能紧缺，这里每天“滚存”的邮件往往以万袋计。大量的邮件从车上卸下之后，被卡在这里。特别是从华东向西北、西南区的邮件，一压就是十天半月。郑州市邮局副局长崔留群告诉记者，现在郑州正常的铁路运能与实际需要相差三分之一。这不是一个地方的现象，不少中转站都有类似情况。武汉现在每天有近千袋邮件“滚存”。上海、南京也经常发生积压。据悉，全国主要干线邮件总运量同总运能相比较差四分之一。

正是为了尽可能缓和这一尖锐矛盾，邮电部要求各地邮局发展多渠道运输。于是邮政运输开始出现了铁路集装箱、篷车和“零担”货运等多种运输形式。

了解到这一点，人们也就多少能够理解，为什么如今邮件，特别是期刊杂志、印刷品和包裹迟迟收不到。不是奥秘的奥秘正在于这些邮件已经“挤”不上随客车按点发车的邮车，而被委托给铁路部门当“货物”用集装箱发运了。

西安邮政局是西北邮政运输的一个大中转局，从一九八四年开始，邮件的增长幅度也十分惊人。据统计，一九八五年一、二月份信函比一九八四年同期增长百分之十二，挂号印刷品增长百分之四十八，期刊和一般印刷品增长百分之五十。照当地邮政人员的话说，这一年来，邮件的增长简直像潮水涌来一般，令人难以招架。邮政科负责运输调度的韩文岐提供了一组数字，最好不过地说明了西安邮政运输的紧张状况和邮政运输近年来的变化。下面是他提供的一九八五年二月和一九八四年二月同期对比的几个数字：

一九八四年二月：西安接受外局发西安的集装箱是九十九个，一万两千袋。一九八五年二月即上升为二百五十六个，三万一千袋。

一九八四年二月，西安未用过集装箱向外发运邮件，一九八五年二月却发运五吨集装箱一百六十多个。

这一组数字说明，邮政使用铁路集装箱运输邮件的趋势正在扩大之中。这将意味着有更多的邮件在传递速度上大大慢于以往。

邮政通信传递速度慢，仅仅是由于运输的缘故吗？不然。西安市邮局的一位干部提醒说，运输紧张只是其中的一个重要方面，还有邮件的分拣处理能力、工作场地的狭小、人员不足等等也都在抑制着邮政通信与现实需求的同步发展。可以说，在急剧增长的邮件量的剧烈冲击下，全国邮政通信的紧张，不是个别环节的紧张，而是“全线”紧张，不是个别环节与现实需求不相适应，而是“全线”不相适应。

期刊杂志姗姗来迟

兰州市邮政局副局长刘有勤给记者讲了一个“笑话”：某部给某省

一位科技人员去函邀其参加一个学术讨论会，等这位科技人员收到通知，会议已经结束了。像这一类的“笑话”还很多。一位姓王的知识分子在接受记者采访时说：“今年二月三日，我从广州向北京寄发一本刊物，收件人到三月二十日才收到。传递速度之慢，真叫人不可思议。”确实，邮政部门的干部，也在为这些问题的存在而苦恼。目前我国邮政通信的水平大约是，省会、大城市之间，平信传递快则三天，慢则一周以上。比发达国家平均两天的传递速度慢得多。在所有邮件当中，又以期刊杂志、包裹、印刷品最慢，由此招来的批评也最多。

兰州市邮局与全国其他邮局一样，也承受着种种压力。生产调度员蔡惠告诉记者：兰州局的邮件量一九八四年比一九八三年增加了一百万袋。一百万袋即相当于一千个车皮的运载量。今年一月收发邮件为四十余万袋，到二月即上升到六十余万袋，其中压力最大的是“重件”的分拣、发运。

所谓重件是邮政通信对邮件的分类。信函、报纸、汇票归入“轻件”类，“重件”则包括期刊杂志、印刷品和包裹。在邮政通信的组织上，不同的分类，在运输和分拣的时间上有着不同的要求。比如，“轻件”的收发，要求收寄邮局当天分拣、当天送到最近的一班车上发走，投递邮局则在邮车到达的当天将这些邮件分拣出来于当天投递（城区）。“重件”的分拣、发运、投递则是在保证“轻件”时效的前提下组织实施的。“重件”当中各类邮件的发运秩序也不尽相同：期刊杂志先走，包裹次之，印刷品最后。

一九八四年以来，全国邮件量的增长恰恰以报纸和期刊杂志的增长幅度最大。因此，报刊发行无论在运输，还是在分发、投递各个环节，所造成的压力也最大。

兰州邮局向外省发行本地出版的报刊四百多种，订销全国各地的报刊为三千多种。他们反映，报纸发行存在的问题主要不在时间的延误方面，而在报纸的短缺现象较严重。这主要有两方面的因素，一是出版部门发出的数字不准，二是路途当中散失。期刊杂志存在的问题主要是时间的延误。这是由于期刊量越来越大，运输能力跟不上，处理能力也跟不上，加之绝大部分期刊近一年来走的是铁路集装箱，从北京、上海发到兰州一般要半个月以上才能收到。而且经常出现“滚存”。“滚存”期少则一周，多则半月以上。

三月十日记者跟随邮车从兰州出发，来到与青海省民和县隔桥相望的红古区邮局。这个邮局地处山区，服务对象主要是几个工矿企业。该局一位正推着自行车准备出发投递的邮递员把邮包里的杂志翻出来给记者看。刚到的期刊杂志大部分是今年第一期和去年第十二期的，其中还有第八期《瞭望》和第三期《半月谈》。第八期《瞭望》周刊的出版日期是二月二十五日。出版日期与投递时间相差十五天。据这位邮递员说，像《瞭望》这样半个月能收到的还算早的哩！他找出一叠期刊杂志的订户排单查找一阵后告诉记者，在他们投递的上千种期刊杂志当中，还有相当一部分去年月刊的第十二期和季刊的第四期未到。他说：“前几天一群孩子由老师带着来找我，问我为什么《中国儿童》去年的最后一期还没到。我简直不知怎么回答好！这些生活在山区的孩子订了杂志收不到，比大人更着急。我只好安慰他们，叫他们耐心等待。”

这位年过半百的老邮递员在说这番话时十分动情。岂止是山区里的这群孩子在焦急地盼望着自己订阅的杂志早日到来。全国上上下下，又有多少人在望眼欲穿地等待着自己花钱订阅的精神食粮能如期到来啊！然而期刊杂志仍然是姗姗来迟。

报纸、期刊、印刷品不能如期收到，除去运输紧张造成积压、延误等客观因素之外，就邮局内部来讲，也有规章制度不全、缺乏职业道德等主观因素。有的地方，报刊如期到达，但由于投递员工作马虎而造成积压、迟送、丢失。至于私拆信函等违章、违法行为，更应予以注意并加以杜绝。湖南九埠江水电站的邹光启说，今年一月底，他一次收到四期的《瞭望》周刊。他感到大惑不解，为什么邮局不是到一期、投一期，而是把四期集中起来一块投递呢？是何缘故，这就不能不从邮政自身寻找答案了。（未完待续）

原载《瞭望》1985年第18期

别误了千家万户事

——邮政通信追踪采访记（续）

场地不足“滚存”期长

据记者了解，全国各地邮局普遍感到场地不足，人员紧缺。而场地和人员恰恰是邮政工作中不可缺少的两个条件。因为邮政通信是一种实物传递的通信形式，没有场地，那许许多多的“实物”往哪里放？邮政通信机械化程度低，主要靠体力劳动和手工操作，这是短期内很难解决的问题。

记者在西安市邮局看到，在两百多平方米的场地上，堆放着许许多多的邮袋。该局的一位邮政科长说：“按标准，一平方米场地处理六个邮袋，两百多平方米的场地只能日处理一千多个。可我们目前每天需要分拣处理一万多个。”同样，西安邮运中转部门的场地也显得不足。他们每天装上卸下一万多个邮袋，可是工作场地仅三百多平方米。在这么狭小的平面上，要将一万多个邮袋分类、分路向堆放，确实是难以想象的。结果，当大量的邮件涌进时，只好不分先来后到，全堆在一起，越堆越高，直顶天棚。这时候，邮政部门最为可怕的恶性循环出现了。这种恶性循环称为“滚存”。“滚存”的出现意味着工作的秩序被打乱，先到的邮袋被后到的邮袋压在最底层。结果后到的邮袋反而先处理完。它所造成的延误，照邮政部门的说法，几乎是灾难性的。有的邮件被积压一个月以上，就是在这种情况下造成的。记者在北京市邮政干线运输局采访时，看见大量的邮包毫无遮盖地堆在露天。该局负责人焦虑地对记者说：“由于下雨而使堆放在露天的邮件遭到毁损的事情我们遇到不是一次两次了。”

服务网点少 群众不方便

在南京市，记者从新街口到鼓楼，在将近七里长的地区间，竟没找到一个邮电局、所。在武汉，从三阳路到二七路，在六七公里内，只有一个邮电所。这些地方都是人口密集的繁华街道。这种情况不只限于南京、武汉，全国各地大多如此。

按照邮电部颁布的标准，市区内邮政网点的服务半径是半公里，即在此半径内，应有一个能使群众寄发信函、投寄包裹、购买报刊的局、所。可是目前全国城市邮政局、所的服务半径平均在一公里以上。据统计，目前全国共有邮电局、所五万一千个，平均一个局、所的服务面积近两百平方公里，服务人口两万人。

邮政不仅网点稀少，每个网点的场地面积也十分狭小。据记者了解，在全国省会城市的一千八百多个邮电局、所当中，面积不到五十平方米的占百分之五十。记者去过南京市新街口邮局，那天适逢业务高峰时刻。只见营业厅里拥挤不堪，声音嘈杂，空气混浊。在楼上楼下不到一百平方米的工作场所内， 平均每小时要接待顾客一千多人次，高峰期每小时人流量为三千人次，顾客有时买一张邮票需要等很长时间。

投递人员少　邮件不到户

在成都，市邮局副局长杨洪镜说，成都市邮局近年来邮件量的增长有三个特点：一是投递的商品包裹越来越多；二是印刷品的收发量剧增；三是报纸杂志的订销发行量猛增。这些都给投递带来巨大的压力。

众所周知，邮件的投递直接关系到邮政通信的服务质量。邮政部门有句行话：上有千根线，下有一根针。这“一根针”就是投递。邮政通信无论有多少道工序，多少个环节，最后都是以投递告终。前些年，一些知名人士曾联名向中央领导写信，反映邮政投递由于不能深入到户，给人民群众带来极大的不便。近几年，邮电部和广大邮政职工做了很大的努力，但投递工作仍无根本性改观。

成都市共有三百多个投递员，每天有两百多个投递员在投递。虽然邮电部要求全国各大城市做到投递到箱（在城区楼房按单元挂箱）。但是成都仍采取“集订集送”的办法，即要求订户在单位或在有收发室的居民区集中订阅，然后由邮局集中投递。照该局一位负责人说，以他们现有的投递力量要把邮件送到每家每户根本做不到。他们分析的结果是，如果投递到户，全市需增加投递员二百三十人。增加投递员要钱，新增工作场地要房，这钱从何而来？

“时限管理”受到冲击

在昆明，云南省邮电局邮政处处长刘焕智在列举了邮政通信的落后状况之后，不无痛心地对记者说：“从严格意义上讲，今天我们的邮政通信在‘退化’。”

何以见得？邮政通信的“灵魂”是快。无论哪一个国家，从邮政业产生的第一天起，就为自己确定了一个伟大的目标——想尽一切办法加快邮政通信的速度，不能搁到明天。这在邮政通信的组织管理中称作“时限管理”。可以说，没有严格的时间限制也就没有邮政业。

一封信从甲地到乙地，其间要经过分拣，然后才能投递到收件人手中。在这一过程的每一环节当中，都有着严格的时限要求。

然而，目前我国的邮政通信，从南到北，从内地到边疆，种种事实表明，由于邮件的大量增长，而邮政基础设施又是如此落后，邮政通信的“时限管理”正在受到冲击。

邮政通信的运输向来以快速、安全著称。这正是“时限管理”所带来的、邮政业引以为骄傲的地方。可是今天，大量的邮件装在铁路集装箱、大篷车里，被当作货物运输。邮件传递要快的信念，似乎越来越表明不过是邮政部门的一厢情愿。一些邮政从业人员无可奈何地说，一封信、一个包裹，或一张报纸、一本杂志，从收寄到投递，不知耗费了多少邮政职工的心血。可是一个“慢”字却把这些心血抵消了。从上海到昆明有的邮件要走四十五天，这就是人们可以触摸到的“慢”字的含义。

集资办邮政是个好办法

邮政通信的慢，向邮政部门提出了一系列亟须解决的问题。随着社会主义商品经济的发展，个人企事业单位越来越多地利用邮政通信传递物品，人们对报刊信息传递速度的要求越来越高，人民群众越来越广泛地运用邮政通信进行政治、经济、文化的交流，邮政通信与社会发展的需求不相适应的状况将更为严重。

可是，如何迅速改变目前邮政通信的落后状况呢？

当前，各地邮局干部最为苦恼的，莫过于邮政部门缺乏资金。

江苏省邮电管理局局长朱有权、副局长张秉银同记者一起看了不少县、市邮局，所到之处，都是向这两位局长要钱、要物，以便扩建、改建、新建邮政工作场所的。但钱从何来？两位局长爱莫能助。常州市邮局准备建一邮件转运处，靠自己的利润积累单拆迁费就要等上二十年，全部建成则需四十年。

邮政，历来是微利企业。全国邮电一年总收入只二十五个亿，抵不上经济发达地区一个县的收入。

邮政部门固定资产很少，从一九五〇年起三十多年来，整个邮政业务量增长了三十九倍，而固定资产值增加了一倍，即从五亿元增加到十亿元。

多年来，邮政与邮电投资比例分配不当，更增加了邮政工作的困难。据了解，邮政的投资向来只占邮电内部建设资金的百分之八左右，即国家给邮电投资一元钱，邮电给邮政只八分钱左右。

改变邮政落后状况的关键，就要在加快邮政业内部体制改革的同时，积极筹措资金，加快建设，以期迎头赶上社会发展的需要。

一些邮政干部在接受记者采访时说，改变邮政通信的落后状况，单靠自身的积累是有限的，向国家伸手要钱也不现实，最可行的办法是向地方集资和向银行贷款。

南通市为创造良好的投资环境，以利同国外经济交往，已经同江苏省邮电管理局达成协议，同意贷款一百零三万元帮助盖市电信综合大楼，并答应在资金、贷款、规划上，在地皮等方面都给予优惠和方便。但是一般来说，邮政要搞社会集资，不如电信容易。电话不通，更能使人有切肤之痛，问题很明显地得到暴露。而邮政的问题主要在内部，外边一般看不见，一般人虽然埋怨邮件慢却不易理解邮政的困难。但邮政和电信一样，都是服务于社会的重要行业，各地政府在支持电信发展的同时，对邮政业不应袖手旁观。

多渠道发行和运输值得提倡

邮政通信的慢，除了基础设施落后，服务网点稀少、投递不深入之外，邮政发行和运输过于单一也是亟待解决的问题。

目前全国百分之八十五的邮件依靠铁路运输，其中又有三分之一的邮件办的是铁路货运。铁路运力十分紧张为众所周知。上有辽阔蓝天，下有通衢大道，邮政能不能扩大航空、公路以及内河、近海的运输呢?

云南省地处西南边陲，他们从七十年代开始，就采取汽车接力、昼夜兼程的运输方式，使全省邮政通信的速度平均提前两天。而今，全省一百三十个县市有四十五个县能当天看到昆明印刷的《人民日报》。昆明的邮件到西双版纳首府景洪原要四天，如今只要三天。昆明到中缅边境的潞西县，行程一千公里，原要四天时间，如今两天即可到达。这种“驿马传书”式的邮运方式，深得群众赞誉。

但是，仅此一招还不够。在邮运能力和邮运生产能力有限的情况下，邮政部门对邮件，主要是报纸杂志不必全部包起来，也不可能包得了。应该进一步打破独家经营的局面，鼓励报社、杂志社自办发行或运用其他渠道发行。这样就可以减轻超负荷的生产状况，对缓冲运输压力无疑将起不小作用，并可提高邮件和主要报刊的投发质量和实效。

面临的抉择

记者追踪采访历时颇久，同广大邮政干部和群众进行了广泛的接触，对邮政工作目前的现状与存在的问题有了一些了解，邮政确实面临许许多多客观实际困难。

但当前，我们的国家正在从事大规模的四化建设，各个部门、各条战线都感到人力、物力、财力紧缺，邮政方面存在的困难并非只此一家。因此，各个部门如何在有限的条件下，充分发挥广大干部、职工的主观能动性，勇于探索，勇于开拓，这是摆在领导者面前的新课题。

邮政部门的各级领导也同样面临这样的选择：是坐等“救援”呢，还是自己行动起来，克服困难，勇于进取？

邮政通信关乎千家万户，亦是国民经济各部门所不可缺少。邮政工作的资金来源，能不能更广泛地寻求社会各界和当地政府的支持，通过社会集资和银行贷款并举的办法获得呢？

社会各界对邮政工作现状不满，反映了邮政工作还存在一些需要切实改进的问题，也值得人们深思。

邮政作为企业，怎样使它充满活力，无疑也是摆在邮政领导部门的一项新课题。据基层邮局反映，当前邮政领导部门对邮政企业统得太死，他们普遍要求加快邮政经济体制改革的步伐，使邮政企业的经营活动真正建立在责、权、利三者结合的基础之上。

报刊发行长期以来一直为邮政部门独家经营，在新形势下，邮政部门改革现行发行体制应纳入议事日程。

在这次追踪采访过程中，我们也看到了不少地方政府对发展我国邮政事业所持有的积极态度和协作精神。我们相信只要全国上下群策群力，邮政工作的困难是可以克服的。(全文完)

原载《瞭望》1985年第19期

作者　刘浩　陈弘毅　陈明

引人注目的变化

——煤炭部部风建设记事之一

一九八四年八月的一天，在煤炭部机关整党以来的第九次全体党员大会上，部党组通报整党情况。根据整党中征集到的党内外群众提出的一千八百条意见，通报列举了煤炭部机关官僚主义的八种表现：“第一，有些部门对重大事情不考虑，不研究、不提出建议，满足于辛辛苦苦，忙忙碌碌，结果小事抓了不少，大事耽误了。第二，上面有方针，有政策，有部署，有的人就是顶着不办，或者敷衍塞责，应付差事，甚至说怪话，放冷风。第三，互相扯皮、推诿，甚至拆台，一件事不合自己的意就办不成。部门之间，近在咫尺，远如天涯，不协商，不讨论，本来很好办的事一拖几年。第四，下面有好的建议提上来，有关部门不研究、不拍板，置诸脑后，不了了之。第五，对基层出现的新鲜事物，国内外适合煤矿的新技术、新发明，熟视无睹，不认真抓，不努力学，不积极推广。第六，有些人对坏人坏事不批评、不斗争，对错误不揭发，不纠正，一些大案得不到处理，造成的严重损失不能挽救。第七，有些部门大事不请示，不报告，独断专行，擅自做主，或者草率从事，胡干乱干瞎指挥，许多严重的损失就是这样造成的。第八，有的同志不动脑，不动手，饱食终日，无所用心，对文件、报告，自己既不亲自动手写，又不认真修改。”

其实，煤炭部的部风，早在一两年前就受到人们的称道，时至一九八四年，一个部的党组罗列出这么一大堆问题，是不是讲得过分了，是不是妄自菲薄，是不是小题大做?

当然，如果两眼盯着不如自己的单位，同那种不想开拓新局面的、官僚主义作风比较，似乎显得“特别严厉”了。从另一方面说，这却是一种勇气，是转变的开始。它体现了实事求是，决心彻底解决官僚主义问题的精神。

一年的时间过去了，煤炭部的部风又有些什么变化呢？

十一月一日，记者来到北京和平里煤炭部机关大楼。这是一幢刚刚粉刷过的旧式五层楼建筑。就其建筑样式而言，它是典型的五十年代办公楼格式——工字楼。据说，这幢楼早先是化工部的办公楼。“文革”期间，煤炭、化工、石油三部合并，统称“燃料化学工业部”，煤炭部也就从原办公地址北京王府井迁到北京六部炕，后来，化工、石油、煤炭又分开，恢复原建制，煤炭部又从六部炕迁到现今这座办公大楼。

走进煤炭部大楼，给人的感觉是轻松的。门卫并不像想象中那么森严。走道里墙壁上挂着一幅幅的煤矿职工创作的反映煤矿工人生活的大幅油画。部长于洪恩的办公室是一个套间。记者注意到，办公室的门总是虚掩着。不时有人推门而入，而在外间的部长秘书并不挡驾，先之以“有事吗？请坐”，继之如实告诉来人，部长在干什么。

“于部长说，”这位秘书向记者介绍道，“凡基层来的同志，无论如何都要见一见，要把门敞开来。人家来部里不外乎两种情况，一是为寻求帮助，一是探望老同志。前者是我们主管部门应尽的职责，后者是同志情谊。”

这一天，于洪恩部长和党组一班人在一个会议室开部党组会议，研究即将举行的全国煤炭系统劳模表彰大会的有关事宜。在部长办公室的一个小黑板上，记着这位部长近几天的日程安排：党组会后的一天，有外事活动、部门汇报等等。一个领导全国近五百万煤矿职工，年产原煤七亿八千多万吨的国家机关的部长，工作之繁忙是可想而知的。可就是在这样的情况下，这位部长今年以来仍有一百零八天的时间在矿区、工厂做调查研究，指导工作。而且每到一个矿区，日程安排再紧，还要下矿井一次，据了解，其他三位副部长下基层的时间也在此数上下。于洪恩这位当年的井下矿工、矿业学院的毕业生、今天的部长常说：“干煤炭的，不下矿井，就没有发言权。”

许多基层的领导都有这样的体会：于部长你可蒙不着他，他一下矿井，对实际情况就比较清楚了。道理很简单，煤炭生产的第一线在井下，在底层的深处。

部机关各级干部的体会则是：党组，部长、副部长抓干部、机关作风的一个重要方式就是要求机关干部深入基层，替基层解决问题。今年以来，煤炭部机关已有六十多个工作组近二百人下到基层，其中司局、处级干部和主任工程师五十多人。

1958 年 7 月，宁夏石咀山煤矿工人（新华社著名摄影记者，曾任《瞭望》副总编辑黎枫 /FOTOE）

促进干部作风、机关作风的转变，要求干部深入基层当然只是其中一个方面。从根本上转变干部作风和机关作风，还须有一系列政策、纪律规定。今天，在煤炭部机关各级干部脑海里像警戒线一样发生作用的，莫过于煤炭部党组根据新形势的要求对有关工作作风和纪律问题提出的“六不准”规定。

这“六不准”是：“一、不准开没有作用或很少有作用的会议。”据此，部党组决定，首先从部里作起，坚决把会议压缩下来。有关煤炭工业全局性的大型会议，今后每年只开一两次。原准备今年下半年召开的劳模大会和工作会议，这次决定合并起来召开。此外，部党组规定，业务会议要严格控制，非开不可的会，也要尽量开小会，开短会，开有准备的会，讲求实效。“二、不准组织没有必要的‘送往迎来’。”过去煤炭部曾有过部领导出国或回国，不少司局都有领导到机场（车站）迎送的情形。因此规定，“部长、副部长出国或回国，出于外交礼节，只由外事部门和办公厅派人迎送。司局长出国或回国，一般不迎送。部长、副部长到各企业出差，企业的主要领导人不要到车站、机场、码头迎送，下井和现场了解情况也无需多人陪同”。“三、不准请客送礼。在煤炭系统内部，领导机关的同志下去不准搞超标准接待，更不准设宴摆席，大吃大喝，否则，谁出的主意谁花钱，谁吃谁花钱。严重的要受政纪、党纪处分。”“四、不准见利忘义，往自己兜里捞钱。煤炭企业各级干部只能按上级有关规定领取份额之内的综合奖金，不能再拿名目繁多的不合理的单项奖；不准送‘红包’，更不准收受下级或外单位送来的‘红包’；领导干部和工作人员不准借表彰会、庆功会之机，揩油沾光，拿奖品、纪念品；严禁上级单位向下级单位索要奖金、奖品。”“五、不准推诿扯皮。对失职、渎职、严重不负责任的官僚主义行为坚决查处。”“六、不准搞照顾性出国、轮流出国、走后门出国。避免不必要的重复出国，重复考察。”煤炭部党组已将今年下半年的出国团、组和人数砍掉三分之一。

常言道，不以规矩不能成方圆。促使干部作风、机关作风的转变，仅有原则的要求是不够的。煤炭部党组制定的“六不准”无形中即起着“部规”和干部守则的作用。

据煤炭部纪检委员会书记刘文志说，部机关和在京直属单位、各级党组织经常对照检查和贯彻执行部党组的“六不准”规定。经检查发现，有个处长在外地出差，受到特殊接待，有专车专人接送和少交伙食费问题。经批评教育，本人提高了认识，写了检查补交了伙食费。其所在的司领导也做了自我批评。部劳资司委托山东、安徽、江苏的几个矿务局联合组织了一个“三堂一舍”（澡堂、食堂、宿舍）检查团，岂料这些人打着煤炭部旗号，在各地大吃大喝，群众反映他们是“吃喝团”，影响极坏。这个司的领导查明情况后，严肃批评了“吃喝团”的有关组织者，同时向煤炭部直属机关党委写了检查，做了自我批评，并接受教训，表示今后绝不再组织没有煤炭部领导机关的人参加的煤炭部检查团了。

从煤炭部列举官僚主义的“八种表现”，到认真整改，以至发展到今天严格执行“六不准”，不难看出煤炭部党组用心良苦。煤炭部的部风从表面上看在变，这是毋庸置疑的。那么，实质性的变化是什么呢？(待续)

原载《瞭望》1985年第47期

一切围绕改革这一主题

——煤炭部部风建设记事之二

回顾近几年煤炭工业发生的深刻巨变和煤炭系统广大干部思想认识、思想作风的转变，煤炭部前部长、党组书记高扬文感慨良多。

高扬文于今年五月调离煤炭部任中央财经领导小组顾问。一九七九年十二月，他受命来到煤炭部。为开创煤炭工业的新局面，他和煤炭系统的广大干部、职工艰苦奋斗了五年又五个月的时间。

在北京东城的一个雅致的小四合院里，记者第一次见到高扬文。只见他高大的身躯着一件运动式拉链羊毛衫，看上去像一个威严的篮球教练。

当我向他道明来意——了解煤炭部部风建设的情况时，他直截了当地说，那首先得弄清楚转变思想作风的目的是什么？为什么要转变？这是能否在一个部门形成良好风气的首要问题。接着，他陷入对往事的回忆。

他说，一九七九年十二月，我到煤炭部时，农村改革已经开始，实践是检验真理的唯一标准的讨论正在进行。我对过去的思想做了一番清理。来到煤炭部，我首先做了两个月的调查研究，得出结论，煤炭工业和三中全会以前的农业一样，如不调整、改革，没有出路。

"当时给我最大的刺激是，一些煤矿连续发生瓦斯爆炸事故，连续死人（听人说，老部长在一次会议上提起此事，直掉眼泪）。想一想，井下工人无安全感，如何安心工作。我到淮南一个煤矿察看职工食堂，在吃馒头的工人身旁站着几个要吃的的小孩。我以为这些孩子是农村逃荒来的，一问，才知道是我们矿工的孩子，是'黑人黑户'。我的心头一阵辛酸。我心想，小孩讨吃，他们的父母怎么想，那些给孩子馒头的青年矿工怎么想。”再看煤炭工业生产形势。三十年来，煤炭工业发展的速度是很快的。但是始终跟不上国民经济发展的需要。能源紧张的状况到一九八二年仍然十分严重。可是就在这一年，党的十二大向全党提出了到本世纪末工农业总产值翻两番的战略任务。为保证翻两番，中央要求煤炭产量在六亿两千万吨的基础上，至少翻一番。而当时我们煤炭部抓生产的办法是，天天催产量，月月开电话会议，增加产量主要依靠增加人员来保证。那时，煤矿为了完成生产任务，职工经常加班，有时还号召‘老婆孩子齐上阵’。

“这种种现象，不能不引起我的震动和思考。中国煤炭工业的路子怎么走？这就要调查研究，从实际出发采取一系列的措施，要走群众路线，不能再高高在上了。要转变作风了。”

高扬文说：“一九八〇年，我们在调查研究的基础上，提出制定几项政策。其中有的实行了，有的因认识不一致或时机问题没有得到实行。”如无改革的雄心壮志，也就无所谓统一思想认识，转变思想作风、工作作风了。可是国家需要煤，持续多年煤炭供应紧缺的局面不扭转，势必拖国民经济的后腿。“这个大局认识不清或熟视无睹，不是渎职的行为是什么？什么是官僚主义？这就是大官僚主义！”

“五年多来，”他说，“从我个人来说，始终追求一个目标，就是使煤炭工业走上一条持续、稳定、健康的发展轨道。一九八二年以前，部党组对若干重大问题，认识不一致，广大干部无所适从。那时我想，这种思想认识的不一致，如果在‘左’的思想指导下，是很难找到答案的。但用党的三中全会的思想路线去分析，就会看到煤炭工业存在的问题。原因是复杂的，不是哪一届领导或哪一个人造成的，而是我国僵化的经济体制和保守的思想长期积累造成的。解决这些问题的最好办法，是改革煤炭工业经济体制。按照这个想法，一九八二年以后，我们着手搞了一些改革，机关作风随之有所改变。”

一九八四年，这个机会到来了。

一九八四年，是煤炭部机关干部和煤炭系统广大干部、职工难以忘怀的一年。

这一年，对于机关干部、党员来说，是接受思想检验的一年。他们经历了整党的洗礼。他们忘不了，在一次全体党员大会上，部党组明确指出，有些单位可能没出什么大的官僚主义事件，但就是打不开局面，三中全会开过五年了，他那里仍然没有起色，面貌未改，对于这样的官僚主义也要很好剖析、揭示。有些单位的领导看来没什么大错误，但就是抓不住大事，工作干不出成绩，还自以为没有功劳有苦劳，没有苦劳有疲劳，心安理得，对于这样的官僚主义也要很好剖析、揭示。这使他们醒悟过来：原来，打不开局面，工作干不出成绩，也是官僚主义。

这一年，对于广大煤矿井下工人来说，则是得到党和国家又一次关怀的一年。国务院同意了煤炭部、劳动人事部、商业部和公安部关于煤矿井下工人家属落城镇户口的报告。许许多多来自农村被视为“黑人黑户”的井下工人家属，如今可以落上城镇户口了。关心群众生活，是我们党一贯的优良传统。他们感谢党，感谢各级领导为此付出的巨大努力。

这一年，对于煤炭部机关干部和煤炭系统的广大干部、职工来说，更为重要也最为鼓舞人心的是，这一年是煤炭工业全面奏响改革进行曲的一年。

从一九八〇年，煤炭部即着手改革，也取得了一些成效。可是仍然没有全局性的重大突破。原因何在？整党当中，煤炭部党组组织和引导各司局及在京各直属单位，围绕改革这一主题，端正业务指导思想，使广大干部找到了问题的症结，即：“左”的思想残余没有肃清，对外开放，放得不大胆；对内搞活，没有活起来，改革的步子不大。对完成中央要求煤炭工业“一番保两番”这个宏伟的战略蓝图，还有些信心不足。

要说煤炭部机关干部的思想作风、工作作风有什么实质性的转变，这就是实质性的转变：他们真正认识到了本部门的改革在本系统以至全国的改革中的作用。他们不再迟疑、观望，裹足不前。

今天，接受记者采访的一些煤炭部机关干部，当他们谈起部风转变时，都不无感慨地说，是整党促进了我们的观念和作风的转变。

一九八四年六月十六日，由中共中央总书记主持的一次中央书记处

1987 年，吉林省吉林市，舒兰矿务局天和煤矿 (王琼 /FOTOE)

会议上，中央书记处和国务院领导同志肯定了煤炭部整党工作汇报，认为煤炭部整党中要解决的问题抓得比较准，业务工作的指导思想比较明确，有改革的决心和开创新局面的气魄。原则上同意煤炭部提出的改革方案。

煤炭部提出的二十二个系统配套改革方案，可以一言以蔽之，那就是把“包”字请到煤炭工业来。这个“包”就是经济承包。煤炭部向国家包，矿务局向煤炭部包；包产量，包基建，包利润（亏损），一包六年不变，统称为“投入产出总承包”。在分配上与之相配套的是实行吨煤工资包干。与此同时，煤炭部进一步放宽政策，把成片的煤炭资源划给地方煤矿开采，鼓励多种办矿形式。

于洪恩部长对记者说，煤炭工业实行总承包和放宽发展中小煤矿政策等一系列改革，为煤炭生产形势带来五个方面的变化。

——全国煤炭产量。一九八五年将比一九八四年增产约八千万吨。全国煤炭供应紧张的局面自去年第四季度开始缓和。一向作为卖方市场的煤炭产品开始向买方市场转变。这是十多年从来未有过的。

——由于推行吨煤工资包干，增人不增工资总额，减人不减工资总额，煤炭部直属的统配煤矿解决了多年来增产靠增人的问题。去年以来，统配煤矿煤炭产量大幅上升，却减人三十多万。这三十多万人如今都安排到煤炭综合加工、第三产业等多种经营岗位。

——劳动生产率提高。统配煤矿由去年的每人每天生产原煤零点九吨，上升到零点九四吨。

——企业经营管理改善，消耗下降。一月至九月，与去年同期比，统配煤矿坑木万吨耗下降百分之八点八，钢材万吨耗下降百分之一点零二。

企业自有资金有所增加，使用资金的自主权扩大。企业过去想干而干不了的事情，如技术改造、改善职工福利等，现逐步能够自行安排。

总承包给煤炭工业带来活力，也给煤炭部机关干部带来新的挑战。

煤炭部计划司司长汪积墀对记者说，“我们把今天实行的‘总承包’叫作‘穷包’。”

原来，煤炭部向国家承包的产量指标是比较高的。可是国家财政有困难，不可能给煤炭很多投资。汪积墀司长举例说：“国家计划中明年的投资就比今年的少。加上材料价格上涨的因素，我们的困难是不小的。”

既然是“穷包”，“穷包”也得有“穷包”的办法。面对困难。煤炭部党组为部机关业务部门规定了四条原则。一、不否认有困难；二、从指导思想上不向国家伸手；三、用提高经济效益的办法来解决“穷包”的问题；四、把基本建设有限的资金首先用到老井改建扩建上。

这里，煤炭部党组提出的仍然是个思想作风的问题，即对改革是不是坚定，是否有克服困难的勇气和作风的问题。

煤炭部生产司有过一次这样的经验教训。今年上半年，他们发现，实行总承包后，不少煤矿没有按规定把煤矿维持简单再生产的费用用于矿井的开拓延伸和技术改造。他们立即派人下去调查，并将调查结果向部党组做了汇报。

这个司的副司长陈炎光回忆当时汇报的情形说：“汇报之后，我们挨了部党组的批评。于洪恩部长一针见血地指出，我们业务指导思想还有问题，以为实行‘总承包’就是把承包指标下达到企业完事，没有很好发挥国家机关组织协调、监督服务的职能。”

这个司接受了部党组的批评，立即组织干部到基层做了两个月的调查研究，回来后就立即着手制定“七五”期间统配煤矿生产维简费的项目安排，具体帮助基层合理使用这笔费用。

透过煤炭部部风建设的一点一滴，我们或许得到一点启示。看一个部门的风气是不是有一股蓬勃向上、催人进取的力量，首先要看干部思想认识是不是与时代的脉搏和改革息息相通。煤炭部的部风建设，始终抓住了这一环，以至今日，在广大干部身上初步形成了一种为求改革不怕困难，为求改革不辞劳苦，为求改革不断进取的精神状态。

今年以来，煤炭部党组又向煤炭系统的广大干部提出——在圆满完成“总承包”的同时，逐步改变煤炭工业的形象。人们都记得，这是五年前前部长高扬文上任时，提出的一个激动矿工心弦的奋斗目标。它是鉴于煤炭工业机械化程度低，技术落后，劳动条件艰苦，安全状况不好，干部职工文化素质低而提出的一项重大构想。它比之推行“总承包”更为艰巨，需要许多年的努力才能实现。它包含着建设物质文明和精神文明两个方面巨大的历史内涵。它意味着，煤炭部的部风建设仅仅是开始。(待续)

原载《瞭望》1985年第48期

无纪不成风

——煤炭部部风建设记事之三

煤炭部部长于洪恩个头不高，有一幅宽宽的肩膀，见面握手时，他给我一种浑身是劲的感觉。他今年五十八岁。听说，他有过长期的矿工生活经历，早自一九四二年从山东逃荒到黑龙江的一个煤矿时就投入了中国产业工人的行列。他从旧中国的一个井下"煤黑子"到成为新中国的大学生，从井下的基层干部到成长为矿长、矿务局党委书记、副部长、部长，整整在煤炭工业度过了四十二个春秋。或许正是这个缘故，使他形成了颇具个性的工作作风：处事果断，喜好深入基层，谈吐直率，遇有重大紧急情况，常常"冲锋"在前。听说，今年二月，山西一个煤矿发生瓦斯爆炸，他闻讯赶到事故现场，旋踵之间就带着八个人下到井下，前往爆炸点调查事故原因。当时爆炸原因不明，巷道情况十分危险。就在他们一路摸索前进时，他突然命令大伙停止前进，正在这时，巷道前方坍塌下来了——凭着多年的井下经验，他使大伙幸免于难，当然也包括他自己。他的这种身先士卒、冒着风险亲临现场的工作作风，极大地鼓舞了救护人员，加快了救护和调查工作。

据说，他在抓党风党纪方面也具有这么一种坚决果断的劲头。

十一月十六日，于洪恩部长在与记者谈到煤炭战线党风问题时说，煤炭工业的改革已初见成效。但从长远的观点看，煤炭工业落后状况还未从根本上解决。要改变这种落后状况，需要努力奋斗很多年，也需要有一个能够充分发挥广大干部职工积极性的政治氛围。这个政治氛围就是良好的党风。

他用愤慨的口吻说，今年东北内蒙古煤炭工业联合公司下属一些单位的领导机关和一些干部索取"红包"、克扣工人奖金，有的工人讽刺说，“承包承包，见钱就捞”，还气愤地说这是“黑脸的干活，白脸的拿钱”。此风不刹，就会伤害群众的积极性。再如甘肃窑街矿务局，上级规定三名局领导干部应得安全奖金四百五十元，他们却欺上瞒下，利用手中权力，扩大为六名局级干部，私分了四千四百多元。该局三矿干部为了自己多拿钱，竟动用扣发工人工资款，巧立名目为自己发奖，这样的领导干部，不撤下几个能平民愤吗?

确实不能！这使记者想起煤炭部党组制定的《实现党风根本好转规定》里的一句话：“无纪不成风，越是在革命的转折关头和新的任务到来之际，越要严明党的纪律。”

这样做，在某些老好人看来，也许是“过于严厉”和“不通人情”吧？不，煤炭部的同志们认为，这样做，恰恰是通“全国人民之情”。前些年，煤炭供应紧张，煤炭部一年里不知要收到多少封告急电报。这些电报来自电厂、钢厂和其他各类工厂；来自各地地方政府。内容不外乎因煤炭供应不上，这里要停电了，那里要停产了，或是这里的居民吃不上饭了，那里居民要挨冻了，等等。这使煤炭部党组一次又一次地意识到，煤炭工业发展的快慢，产量的多少，像粮食一样，对国计民生，对国民经济能否迅速、健康的发展，有着极大的影响。同样的道理，使煤炭部党组意识到，煤炭工业部门遍布全国各地，干部职工五百多万，他们思想作风的好坏、党风端正与否，对于全国各行各业乃至整个社会的影响绝不是无足轻重的。

过去，有的煤矿矿风不正，治理不力。有的煤炭工人就说，毛病出在领导干部在纠正不正之风时“见了老虎就烧香，见了兔子就开枪”。此话说得俏皮，却也一语中的。一个地区，一个部门的党风不正，必与此地、此部门的党组织在查处某些干部的不正之风时的软弱有关。煤炭部党组可不是“见了老虎就烧香，见了兔子就开枪”的领导班子。从去年开始，他们把眼睛盯在以权谋私这个最叫群众不满的问题上，把严肃党纪、查处干部以权谋私作为端正党风，带动部风、促进矿风改变的突破口。

今年以来，煤炭部党组会同地方党组织共查处了二十多起风纪案件。其中包括于洪恩部长提到的东煤公司有关干部索取“红包”，克扣工人奖金；甘肃窑街矿务局以权谋私，多拿巨额奖金两案。这些案件的查处，深得人心，也受到中纪委的赞扬。

煤炭部曾有过几次深刻的经验教训。一次是一九八三年底，煤炭部机关滥发钱物，受到中纪委通报批评，一次是这个部的地质局一名叫王为的干部，凭手中权力，倒卖煤炭、钢材，从中牟利。这两起事件都以查处及时，罚处严厉而深得人心。但也引起煤炭部党组的警觉。煤炭部作为掌握着全国四亿多吨统配煤的产、供、销和人、财、物的国家机关，加强机关干部的思想、纪律教育，端正机关党风，意义尤为重大。

不是说要讲理想、讲纪律吗？在今年七月全国煤炭工业厅局长会议上，于洪恩部长毫不含糊地说，需要受理想、纪律教育的，首先是我们这些人。我们不能层层讲理想教育、纪律教育，就是不把自己摆进去，似乎领导干部不在教育之列，需要受教育的只是广大职工。如果一个干部坐不正，行不端，还有什么资格在台上讲理想、讲纪律；讲也是卖狗皮膏药！

听人说，于洪恩部长在鹤岗矿务局任党委书记时，就有“抓老鼠的猫”之称。他当部长后，仍然保持了这一“本色”。

今年五月，煤炭部机关党委发现，部机关有九名干部，其中有四名司局级干部接受了山西矿业学院成立的一个安全咨询服务公司的聘任，担任了该公司的顾问，并接受了这个单位的咨询费、车马费、书报费。部党组知道后态度十分坚决，严令一律退回，并做出深刻检查。于洪恩还在一次机关全体党员大会上对此事进行了通报批评。今年十月的一次司局长会议上，于洪恩更明确宣布，部机关凡在外兼职的干部，限期五天辞去兼任职务，否则免去现行职务。煤炭部党组是说得到做得到的。好在那些在外兼职的干部都在五天之内写出了辞呈，一份送交兼职单位，一份送交煤炭部机关党委。这件事，一时间在煤炭部机关传为美谈。

中纪委驻煤炭部纪检组组长王玉福对记者说，煤炭部从部机关到下属各大矿务局的党风，总的势头是一年比一年好。特别是今年有显著进步。他特别提到煤炭部党组制定和落实抓党风责任制，是一条比较成功的经验。

煤炭部党组的抓党风责任制制定于一九八四年十月。具体内容是："部党组主要领导同志对党组成员、副部长和部属各单位党组、党委书记及煤炭系统的党风问题负责，按时主持召开党组民主生活会，定期进行对照检查，认真开展批评与自我批评，及时解决党风党纪方面存在的问题。部党组成员、副部长等负责同志对分工领导的部门、单位主要负责人的党风问题负责。部党组每半年检查讨论一次党风方面的问题，并提出进一步搞好党风措施意见。"

煤炭部党组认为，党内不正之风，总是同"权"字有关。只有让所有掌握一定权力的人，都承担起抓党风的义务和责任，才能有效地抵制和防止不正之风。为了使端正党风的工作形成一个责任体系，煤炭部党组向煤炭系统发出通知，要求各级党组织、各部门、各单位特别是领导干部，都建立抓党风责任制。

到目前为止，煤炭部机关和北京直属单位的十八个党委、二十五个总支、二百八十个支部都制订了端正党风规划。从部党组成员到各级党委、纪委、总支、支部委员和党小组长，从部长到司局长、处长、科组长都有自己抓党风的责任制。煤炭部直属机关党委书记汪长泽对记者说，从组织检查的结果看，抓党风责任制的制定和落实，已在部机关收到良好效果。他举例说，部生产司今年以来在外地开过四次业务会议，都做到不大吃大喝，不发纪念品。不发文件包而用纸袋代替，千方百计为国家节约开支。前些时候有的单位为了拉关系，给这个司的机电处处长不止一次送"红包"，每包五六十元，均被拒绝。

近几年，为求改革，煤炭部党组采取了一系列重大措施。从整党检查官僚主义，督促干部转变思想作风、工作作风，到制定"六不准"；从制定抓党风责任制到严罚以权谋私和严重违纪的干部，不难看出，煤炭部部风建设已俨然形成系统。在这个系统里，从部长到机关科组干部及煤炭系统各级领导干部，不仅在行政上，权力和职责，权利和义务紧密结合，而且在政治上、端正党风的工作上也是权力、职责、义务三者紧密结合。这一来，记者也愈发理解，为什么煤炭部党组一再强调煤炭工业的改革是配套改革。原来，他们的改革不仅有经济政策上的配套，而且有思想政治工作和严明的纪律与之配套。有这样政治、经济多方面相配套的改革，没有理由不相信他定获成功。

十一月十六日这一天，记者在离开于洪恩部长办公室之前，曾随口问道："于部长，当今世界哪个国家煤炭产量最高？"于洪恩部长说："去年是美国。商品煤产量八亿吨多一点，要是折成原煤相当于九亿多吨。"记者再问："今年呢？"于洪恩部长微微一笑，不无自豪地说："今年还不行，再过几年，可能是中国！"

"可能是中国！"这还不是事实；听于洪恩部长说，一九八五年，我国煤炭产量预计可达八亿四千多万吨，比一九八四年的七亿八千多万吨增产六千万吨；也许美国一九八五年的原煤产量会继续超过九亿吨，中国名列第二，但这也足以使记者满心喜悦，有如第一次听说中国粮食自给自足有余，十亿人口人均占有粮食八百斤时那样。"六五"期间我国煤炭产量增产两亿三千万吨，这放在任何国家都是了不起的！（全文完）

原载《瞭望》1985年第49期

李后谈香港特别行政区基本法起草工作

香港基本法起草委员会第二次全体会议，经过四月十八日至二十二日五天紧张的工作，通过了《中华人民共和国香港特别行政区基本法结构（草案）》《中华人民共和国香港特别行政区基本法起草委员会工作规则》和《关于设立中华人民共和国香港特别行政区起草委员会专题小组的决定》。起草委员会主任委员姬鹏飞说，这次会议开得很成功，达到了预期的目的。记者在会后走访了国务院港澳办公室、香港基本法起草委员会秘书长李后，请他谈谈这次会议的情况和今后的工作。

会议民主气氛浓厚

李后说，会议过程中，委员们自始至终情绪饱满，无论是分组讨论还是大会发言，委员们都畅所欲言。有一位委员说，这次会议的气氛很好，跟他在香港开会的感受，没有两样，大家的发言都很开放，这大大增强了他对做好起草工作的信心。有的香港委员还特别提到，在小组讨论中，每位委员既毫无顾虑地踊跃发言，又能虚心聆听其他委员的意见，这样的气氛，令人愉快。

李后说，为了充分发扬民主，使委员们有更多的发言机会，秘书处在会议的议程和时间安排上也做了相应的调整。我们得知香港委员希望在分组讨论之外有大会发言的机会，我们又增加半天。为了加强各组讨论情况的交流，秘书处工作人员每天工作到深夜，甚至通宵达旦，一般每天下午就能把上午讨论情况的简报印出送到委员手里，下午的情况，第二天一早就能被委员看到。秘书处的工作效率，也深受委员们的好评。

李后说，这次会议，大家对结构草案讨论稿是逐条、逐句、逐字进行讨论研究的，提了不少有益的意见和建议。秘书处依据既不脱离中国政府在《中英联合声明》及其附件一中所阐明的政策，又充分吸取委员们意见的原则，对结构草案讨论稿几易其稿，做出六十多处修改。总之，委员们本着全面、准确地体现“一国两制”的方针，把“一国”和“两制”很好统一起来的精神，合作得很好，为下一步专题小组展开工作打下了一个好基础。

结构草案的产生

关于结构草案讨论稿。李后说，为了准备一个能够在第二次会议供委员们研究、讨论的结构大纲，香港和内地的委员以及秘书处做了大量工作。在香港二十五位起草委员会委员根据起草委员会第一次会议的委托，在香港发起筹组了咨询委员会。咨询委员会把香港各界人士对基本法结构的意见整理成六批材料转到秘书处。去年十二月姬鹏飞主任委员和我及秘书处的部分工作人员到香港做过一次实地了解。其后，起草委员会副秘书长鲁平又率领一个工作小组到香港做了一个月的调查，广泛听取了香港各界人士对起草基本法的意见，秘书处还从香港的报纸杂志上收集了大量意见。在此基础上，秘书处综合了各方面尤其是香港各界人士的意见，草拟了这个结构草案讨论稿。

李后说，在讨论这个结构讨论稿时，我们充分考虑到三个方面的问题：一是使它尽可能全面、准确地体现我国政府对香港的基本方针政策，也就是尽可能圆满地体现“一个国家、两种制度”的构想。二是尽可能更广泛地采纳香港各界人士的意见，使它符合香港的实际。在这方面，香港咨询委员会的六批材料、鲁平副秘书长带领的工作小组收集到的香港各界人士的意见，是草拟这讨论稿的主要基础。对此，香港委员普遍表示满意，认为它不是秘书处关着门凭空造出的。三是在形式上我们力求寻找一种香港人乐意接受的文件形式。我们注意到香港人对《中英联合声明》及附件一的文件形式很满意。所以，这个讨论稿在形式上与《中英联合声明》附件一的布局大体相似。如果说，这个讨论稿有什么特点的话，以上三点都可算是这个讨论稿的特点。

李后说，在会前，由于广泛征求了香港各界人士和内地专家的意见，我们对草拟一个使各方满意的结构讨论稿充满信心。尽管会前香港人有种种疑虑，但我们估计，这个讨论稿与香港人的想法大体相符。这次会议讨论的结果证明，这个讨论稿是比较好的。不少香港委员认为，这个讨论稿比他们想象的好。

关于结构草案的修改，李后说，我们制定香港特别行政区基本法，就是要根据“一国两制”的指导方针把我们国家对香港的一系列基本方针政策用法律的形式规定下来。但是，像起草基本法这样重要、复杂而又没有现成经验可以借鉴的事，有各种不同意见，甚至相反的意见，是完全自然、完全正常的。这次会议令人鼓舞的是，委员们由于都是抱着一个共同的愿望，向着一个共同的目标，想要起草一部包括香港同胞在内的、全国人民都满意的香港特别行政区基本法，因此，不管意见如何不同，委员们都能真诚相见，求同存异。结构草案的多次修改和通过，正是这种精神的具体体现。

工作程序有章可循

在谈到起草结构草案的程序时，李后说，这次会议前夕，香港曾有过一次“有人先看到秘书处起草的讨论稿”的小风波。有些不了解情况的人认为秘书处把结构草稿先送给主任、副主任看的做法是一切内定，再行表决，是想把香港委员变成“橡皮图章”或“表决机器”。二次会议上，也有香港委员对此提出质疑。其实，这是误会了。秘书处草拟的这个结构草案讨论稿，只是为了便于起草委员会开会讨论时有个纲要罢了，更谈不上是定稿。委员们如觉得不可取，甚至可以完全放弃重来。至于有些委员提出，主任、副主任委员比委员先看到讨论稿的做法不公平的问题，其实，这也是按一定工作程序进行的。这次秘书处草拟结构草案讨论稿，从一开始就是本着综合各方意见，为会议提供一个讨论大纲的精神出发的。讨论稿草拟之后，第一步是送姬鹏飞主任委员，其后分送各副主任委员，由主任委员会议审议后，提交全体委员讨论。工作程序大体就是这样。经过讨论，大家都认为，这样做是合理的。当然，这里面也有一个香港、内地工作方法不尽相同的问题。有位内地委员说，内地的工作方法一般是讲实质多，讲程序不够。为了避免香港人不必要的顾虑，今后在工作方法上尽可以做得更周到一些。这次会议讨论通过了基本法起草委员会工作规则。有了这个规则，大家更可以放心了。

基本法的起草工作，每向前迈出一步，都给我们带来相互交流、相互了解的机会，李后说，我们是很珍视这种机会的。在一些人看来，香港人有时太过于敏感，可在香港人看来，这不是过于敏感，有些问题本来就敏感。充分了解到这一点，了解到香港人的心态、观念，在未来的工作中加强内地委员和香港委员以及委员与秘书处的交流和沟通，把秘书处的工作做得更周到，一定会避免误会和消除许多不必要的顾虑。我想，这对增强香港人的信心是十分重要的。

1997 年 7 月 1 日清晨，中国人民解放军驻香港部队步兵旅装甲营冒雨从文锦渡关口进驻香港（安哥 /FOTOE)

一九八八年初通过基本法草案

关于基本法起草工作的进程，李后说，基本法结构草案确定之后，起草委员会的工作就进入具体起草阶段了。二次会议以后到明年底，主要是专题小组工作时间。今年第四季度，将举行第三次全体会议，听取各专题小组的工作报告，并进行初步的讨论。明年再开三次全体会议，分别讨论各个专题，然后在一九八八年初通过基本法的讨论稿。

关于专题小组的设立，李后说，专题小组是基本法起草委员会根据需要而设立的工作小组。它的任务是对有关专题进行调查研究，然后向基本法起草委员会全体会议提出对这些专题的报告和方案。专题小组的划分主要以基本法结构草案的各章为基础，但考虑到委员人数有限，不宜一章划分一个专题，故只成立五个专题小组，把一些相近的或有联系的章节和问题合并放在一个专题小组内。各专题小组报送专题和方案的时间是：中央与香港特别行政区的关系和居民的基本权利和义务两个专题在第四次全体会议前报送；政治体制专题在第五次全体会议之前报送；经济与科学教育文化两个专题在第六次会议前报送。

李后说，据我们了解，香港人希望能尽早研究，讨论政治体制专题。我个人认为，这个专题放在第五次会议讨论还是比较适宜的。因为这个问题比较复杂，各方面的意见又很不一致，把时间打得宽一点，更有利于专题小组的工作。

在访问快结束的时候，记者请李后就这次会议上有的香港委员提出剩余权力问题发表看法。对这个问题，李后发表个人看法说，联邦制的国家是由各邦、州将一部分权力交中央代为行使，因此存在一个剩余权力问题。我们的国家是一个单一制国家，地方的权力是中央授予的。我个人的理解，香港特别行政区是由中央授权实行高度自治的，因此情况完全不同于联邦制国家。

最后，李后笑着说，前一段时间，一些内地、香港的委员认为无事可干。二次会议以后，工作就多了。到那时候，我们不是怕委员们闲了，而是怕他们抽不出更多的时间了。

原载《瞭望》1986年第18期

中国物理学子的节日

——著名物理学家杨振宁中国讲学侧记

初夏时节，中国物理学界数百位教师、科技人员和研究生，以一次次动人的掌声向著名物理学家杨振宁致意。从五月二十六日到六月十三日，人们聚集在北京科学会堂报告厅里，怀着极大的热情听了杨振宁的讲学。

六月四日，杨振宁教授身穿短袖衬衣，神采奕奕地走进了北京科学会堂报告厅，用流利的普通话讲了《几个物理学家的故事》。随着他富有激情的话语从话筒里传出，大家立刻入迷了。

杨振宁说，费米作为二十世纪的大物理学家，他有很多特点。他又做理论，又做实践，在两个方面，都有第一流的贡献。认识费米的人都普遍认为他之所以有这么大的成就，是因为他的物理学是站在稳固的基础上的。两只脚扎扎实实地踩在地上是他成功的基本原因。杨振宁说：“我在芝加哥大学做研究生时，最重要的收获之一就是从费米那里懂得了物理的真正价值，物理不是形式化的东西，而是有血有肉的活的东西。”说着，他在投影胶片上工整地写道：费米的物理：厚实。在讲述爱因斯坦的工作时，他说：爱因斯坦的物理：最好的评价是深广。在评述狄拉克的工作时，他说，狄拉克方程式是二十世纪二十年代集玻尔、海森堡、鲍利等创立量子物理学之大成的“神来之笔”。读狄拉克的文章，更是叫人有一种“秋水文章不染尘”的感觉，妙不可言。他开始讲泰勒。泰勒是美国的“氢弹之父”。杨振宁说，泰勒的基本兴趣是对物理现象的好奇，他的直觉见解非常多，虽然有许多是不对的，但你指出来，他马上接受，并走向正确。所以，他能够形成很活跃的学术空气。

关于鲍利，杨振宁讲到这样一个故事：五十年代，鲍利在一个咖啡馆里对一个学者（杨振宁在芝加哥大学做研究生时的一个同学）说："我年轻时曾经认为自己是个革命者，物理的许多重大难题来了，我能解决。可是步入晚年，我发现，许多难题都是人家解决的。"杨振宁说，鲍利对物理有敏锐的见解和极强的数学能力，年轻时锋芒毕露，但在二十世纪二十、三十年代一系列重大物理问题的解决中虽然都是最先提出见解的人，但又都不是算一个创始人。晚年他与海森堡合作研究"世界方程"，企图用一个方程解释物理世界的所有问题，步入了歧途。但是鲍利发现了这一点之后，毫不留情地批评了海森堡，表现出可贵的实事求是的精神。

在谈到海森堡时，杨振宁说，海森堡是二十世纪的一位大物理学家，他的测不准原理是量子力学的基础。海森堡有很强的物理直觉，往往能一下子就抓住正确的答案。

杨振宁明确表示，他特别推崇的是爱因斯坦、费米、狄拉克。他们都是二十世纪的大物理学家。他们三个人的风格不一样，可是他们的风格有一个共同点，就是能在非常复杂的物理现象中提出其精神，然后把这精神通过很简单但深入的想法，用数学方式表示出来。

两个小时的时间过去了，杨振宁用精粹的语言叙述的一个个生动而发人深思的科学故事使研究生们恍然大悟，原来杨先生的用意是要用这些故事启迪他们给他们以知识、智慧、近代物理学发展的历史感和现实感，同时，也是为了纠正中国学生读死书的偏向。关于这一点，杨振宁提出一个见解，他说，中国研究生兴趣太少，因为家庭、学校、社会的压力太大，都要求他们往深处挖掘，而无暇向各方面发展兴趣。中国物理研究生深入是够了，但浅出不够。

杨振宁教授在结束他的报告之前说："做物理工作的钥匙是什么，我认为可以说是：

1. P（PERSPECTIVE）：眼光

2. P（PERSISTENCE）：坚持

3. P（POWER）：力量

如果一个物理学家，有眼光，能坚持，有力量克服一切困难，那么他的成功就是很有可能的。”

两个目的

美国纽约州立大学石溪分校物理教授、香港中文大学博士讲座教授杨振宁博士，应中国科学院和我国著名物理学家严济慈的邀请，五月二十五日抵达北京。来自全国二十六个省（区、市）的五十一所高等院校、六个研究单位和科学院研究生院共五百多人听取了他的演讲。

早在去年十月，杨振宁教授就决定前来我国进行这次讲学活动。他讲学的题目是：《相位与近代物理》。相的概念在现代物理学中具有巨大的实际意义。超导理论、超流理论、约瑟夫森效应、全息术、量子放大器及激光等，都以各个不同形式的相概念为根基。从五月二十六日起，他开始了为期三周的讲学。听讲的数百名教师、研究生第一次领略了杨振宁教授的教学风格——始之以生动精妙的物理实验讲解，继之以精辟简洁的理论分析，从一个课题转换到另一个课题，是跳跃的，没有相继相承的关系，却又明白无误地叫人从直觉上感到它们之间内在的联系。仿佛他讲的不是深奥的物理学而是艺术课。有位研究生说，听杨教授讲课是一种享受，越听越入迷。而就在他们入迷的时候，杨振宁教授把他们引入了博大的物理世界中。在这个世界里，一切都是有血有肉的，没有教条，只有建立在物理现象和实验基础上的大胆的想象，直觉的判断、充满智慧的归纳和演算。进而他向中国物理学子指明，哪些研究方向是最有前途的，哪些研究方法和理论是应当注意的，哪些研究方向是中国需要而且也是最有可能取得实际成就或突破性发展的，例如激光、准晶态物理等。

在一次座谈会后，杨振宁教授接受了记者的采访。下面是采访问答。

记者：杨先生，您这次讲学所预期达到的目的是什么？

杨振宁：我很高兴你提出这个问题。我这次讲学有两个目的。第一个目的就是想通过我讲授的那么七八个题目，使中国的物理研究生了解当前世界物理研究的新动向。我选择的这些题目不见得每一个学生都一定发生兴趣，可是如果他去想一想，我选择的这些题目都是什么性质的话，他会了解到，这是要告诉他们，哪些物理题目值得注意。第二个目的，我是想通过我的讲课纠正中国物理教学中的一个不好的倾向。我这么说不是没有根据的。我讲过好多次了，国内绝大多数研究生被引到死的物理学上去了。而我要告诉大家，物理学是一个活的东西，是一个与现象有密切关系的学科，每一个学生应该本着这个精神去学它，而不是本着啃书本的想法去学它。我在一个叫作《读书教学四十年》的演讲里曾经讲过，中国的学生被所谓“四大力学”（理论力学、热力学及统计力学、电动力学和量子力学），压得透不过气来。“四大力学”是不是重要，当然重要。“四大力学”是物理学的骨干，可是只有骨干的物理学是一个骷髅。有骨干，又有血有肉的物理学才是活的物理。我就是要通过我选的这些题目，介绍给中国的研究生，什么是我认为的活的物理。

杨振宁教授的这一思想在这次讲学的许多场合都有清楚的表达。在一次午餐会上（杨振宁每次课后都邀请十个学生与他共进午餐），一位研究生问杨振宁：开课多日，您怎么避而不讲高能物理。杨振宁回答他说：“我是有意不讲。”他说，中国物理研究有一种偏向，认为搞理论物理就是演算。其实，绝大多数物理（包括高能物理）的进展都是从现象来的。接着他很坦诚地说：“我提醒大家注意，从现象来的物理，才是真正的物理。一个只注意计算而不注意物理现象的人，是很难理解真正的物理的。你搞计算，可能会发表很多文章，可是若干年以后，可能发现你的文章与实际毫无关系，你的文章也就毫无价值了。”

讲究实际的人

六月十三日，是杨振宁教授此次讲学的最后一天。他以“非阿贝尔规范场”为题，把听课的学生的情绪推到了最高潮。也正是在三十年前的这一天，杨振宁和李政道发表了关于宇称不守恒的论文。由于这一出色的工作，他们两人共同获得了一九五七年诺贝尔物理学奖。除此之外，杨振宁在物理学的研究方面，还有一系列重大贡献。其中以创立杨—米尔斯规范场理论最令人瞩目。那是一九五四年，杨振宁与一位叫米尔斯的美国人写了一篇文章，提出现在被称为非阿贝尔规范场（又称杨—米氏规范场）的理论。当时这一理论还不被承认为物理，而只是一个可能对物理有用的数学结构。到了六十年代，一位叫温伯格和一位叫萨拉姆的物理学家引用了杨—米氏规范场理论的数学结构，成功地构造了一个完整的弱相互作用理论。为此温、萨二人共同获得了一九七二年诺贝尔物理学奖。至此，杨—米氏规范场理论的数学结构被认为是物理的一个基本结构，是完整的相互作用理论的基础。从爱因斯坦起，许多物理学家就在为建立一个能够把宇宙间已知的四种相互作用力（电磁作用力、万有引力作用力、强相互作用力和弱相互作用力）统一到一起的理论（“大统一论”）而奋斗不息。如今，杨—米氏规范场理论被公认为是建立“大统一”理论的重要基础和理论方法。

在这次讲学过程中，杨振宁讲求实际的治学精神，也给人们留下了深刻印象。他形容他的老师费米是“两只脚扎扎实实踩在地上”的物理学家。他自己就是这样一位物理学家。对他来说，一种理论、一种思想是否有价值，一门学科的发展是否有前途，在没有用“实际”这把尺子度量之前，他是不做结论的。一些参加听课的教师本想杨振宁能讲些深奥的理论物理问题。但他没有讲。这些教师颇有几分“失望”，但“失望”之余却又十分感慨。一位教师说：杨先生是理论物理学家，可他整个讲课里，贯穿始终的却是一种精神：讲求实际。因为，在他看来，只有与实际紧密联系在一起的理论，才是经得起检验的理论，而那些在十年、二十年、三十年内能够给社会发展带来实际好处的研究方向，最值得为之奋斗。

杨振宁教授在一次讲课结束后说，亚洲的学生尤其是中国学生都爱钻一些深奥的理论问题，而对实际问题注意不够。他建议，中国学生不要搞那些玄而又玄的理论研究，不要总想着在物理的根本性问题上搞出名堂，而应该选择那些对中国的科技发展和经济发展有实际推动作用的题目。他还一再强调，中国的物理研究工作，应从中国的国情出发，要把注意力和主要力量放在有实际价值的工作中去。

显然，仅仅把杨振宁教授讲求实际当作一种治学精神是不够的，在这种讲求实际的治学精神的背后，还洋溢着一位海外中国血统科学家对中国的一片深厚情谊。从一九七一年第一次到中国访问至今，杨振宁教授已经二十多次访问中国了。他常说，作为一名中国血统的美国科学家，我有责任帮助这两个休戚相关的国家建立一座了解和友谊的桥梁。我也感觉到，在中国向科技发展的道路中，我应该贡献一些力量。

中国物理学子的节日

南开大学一位学理论物理的研究生说：杨振宁教授的讲课，越听到后面越有味。

浙江大学物理系一位学粒子物理的研究生说：杨振宁教授这次到中国讲学，是我们物理研究生的节日。

把一次学术讲学说成是一次节日似乎是难以理解的。但了解到中国的传统——每当节日，长者总要赠予晚辈一些礼物、勉励和启示，便不难理解他们把这次久盼得来的讲学比喻成一次节日是再恰当不过的了。因为，对于这些二十岁刚出头、童心未泯的年轻研究生来说，杨振宁教授在三个星期里所给他们带来的知识：课里课外，午餐会、座谈会，杨振宁教授那无处不在的平易近人、有问必答的气度，以及那种师生融洽、教学相长的气氛，很容易让他们忆起过往所经历的许多美好的节日。

在讲学结束的简短的结业式上，一位研究生代表全体听课者，向杨振宁教授献上了一束鲜花。他们感谢杨振宁先生不仅给他们传授了知识，指出了方向，而且最为重要的还是给他们灌输了一种讲求实际的精神，当杨振宁教授在他们心间激起的层层波澜平息之后，他们开始审视他们所选择的道路：是走进“象牙塔”呢，还是步入在中短期内能为祖国经济腾飞做出贡献的宽广的领域。

在杨振宁教授讲学结束的那天，记者与几个研究生座谈。科学院研究生院的一位理论物理研究生说：“听了杨先生的课后，我在与同学的交谈中了解到，我们当中，可能有百分之二十的人要改变研究方向，而百分之五十的人将重新思考自己的研究课题。确实，我们应该多想一想国家实际需要的是什么。”

原载《瞭望》1986年第31期

城市生活的今天和明天（上）

——来自北京一条胡同的调查报告

编者的话：从本期起，本刊将分三次刊登北京一条街的调查报告——《城市生活的今天和明天》。抽样调查，是一种获得信息的调查统计方式：对一个村、一条街进行全面的调查，也是一种获得信息的调查统计方式。本刊采用第二种，用问卷和访问相结合的方式。希望通过这种方式获得较为准确的信息，提供给读者以了解今日城市居民生活各个方面的情况。

这项调查是本刊编辑部与新华社共青团委共同组织的，参加调查的青年达四十五人，分别整理出调查素材和文稿，最后由本刊记者刘浩、张大为整理完成。

有人说，北京有四千五百五十条胡同；有人说不止此数，有人说北京胡同脏、乱、差全占了；应大加改造；有人却说，正是遍布京畿的几千条大如长街阔市、小如“针眼”的胡同，构成了北京独特的城市风貌；甚至在一些人看来，正是这些胡同的千姿百态和由此衍生的市井风情，为北京增添了不少古都风韵。尽管历史在发展，北京在变化———幢幢高楼拔地而起，一片片由高楼组成的居民小区日渐成形，但是，北京市迄今仍有半数城市居民在那些大大小小的胡同里生儿育女，平静地安排着自己每一天的日常生活。

北京城历久而名盛，这使它的每一条小胡同，都有着许多历史的掌故。就在北京旧城西南部，宣武门外大街西侧，有一条不为人们注意的小胡同。一个红底白字的小铁牌钉在一座灰色平房的北山墙上，上写“校（音教）场口胡同”几个字。不到三百米长，间可容车，同北京城其他许许多多胡同一样，这个不起眼的小胡同也有很长的历史。据北京宣

北京宣武区，从椿树园小区俯瞰周围(火眼晶晶/FOTOE)

武区文史办公室的一位工作人员介绍，十一世纪忽必烈在京建元大都，今校场口胡同所在地就是御城官兵的练兵教场，及至明代，教场变居民区，于是有了教场口胡同的文字记载。清光绪年间刊行的《京师坊巷志稿》一书记载，此地当时不仅是居民区，而且是各地居京会馆的荟萃之所。“玉虚道院南临近，时有天风度碧笙。”清人朱一新在《京师坊巷志稿》一书中对校场口胡同的这番描写，使我们可以想见，当时的校场口胡同还是有过一番庭院连接、琴声相闻的雅荣时期的，只是后来冷落了。

北京解放之后，住在校场口胡同的多是北京市的普通居民。三十多年来，北京历经风雨，迎来了它历史上最好时期之一。城市规划师们在描绘北京城未来的壮丽蓝图时，把这条小胡同连同整个宣武门外的其他地区纳入了北京市城市建设规划，按照这个规划，说不准哪一年，校场口胡同的居民就要迁离此地。这片曾让许多“老北京”忆起“城南旧事”的地方，随之也要旧貌变新颜了。

不过，迄今为止，校场口胡同与十几年以至几十年前相比，面貌无改，生活于其中的居民，仍然保持着普通北京人的生活，保持着他们愉快的笑声、古朴的伦理观念和对生活的理解方式。

最近，我们用了一个多月的时间，对校场口胡同的一百一十八户人家的三百二十四人，进行了一次别具一格的调查采访。说它别具一格，是因为我们采取的是“背对背”的问卷调查和“面对面”的采访相结合的形式。我们的主旨是：通过北京的一条胡同看城市生活的今天和明天——今天是明天的开始。今天的梦想也许就是明天的现实。一个多月的调查采访，我们对北京普通居民今天的生活、心理和对明天的期待、理想，有了一个形象、生动的认识。

向“小康”跨进的城市居民

居住在校场口胡同的居民形形色色，他们当中有工人（多在服务行业工作）、教师、基层干部、科技人员和个体户。成年男女中，除少数人有大学或专科学历外，多是高中以下文化水平。他们有的是刚组建不久的新家庭，有的是在这里居住了几十年的“老街坊”。面对着一张张内容涉及政治、经济、文化、法律，调查条目多达一百三十三条的调查表格，他们在经过认真思考后，无不庄重地在调查表格的各种提问后面，选择出最符合自己判断、感受和愿望的答案，作为自己的回答。

每一个人都有自己的理解、追求和期望。在普通居民看来，一九七九年以来，城市生活最大的变化是什么呢？在我们的调查对象中，百分之三十五的人认为，这几年城市生活最大的变化是家庭收入增加了；百分之三十五的人认为是服装花色品种增多，食物中肉蛋奶比重增加；百分之二十的人认为是心情舒畅了。真是仁者见仁，智者见智。但稍加留意，我们不难发现，前两个百分之三十五相加等于百分之七十，也就是说，百分之七十的人，他们以自己切身的体会和近年来所得到的实惠告诉我们，一九七九年以来，城市生活发生的最大变化是在物质生活方面：家庭收入的增加，带来消费的增加；人们的服色鲜艳起来了，肉蛋奶频频端上饭桌……这是一幅动人的图画。在这幅图画里，生活水平的提高尽在不言中。假如再把家庭所拥有的耐用消费品数量当作家庭财产的主要部分并用来衡量一个家庭生活水平高低的标尺，那么我们又会看到，一九七九年以来，城市生活一个更为引人注目的变化是普通居民家庭拥有耐用消费品的数量有着显著增加。

据北京市对一千两百户家庭的抽样调查资料，一九八五年，北京市居民家庭平均每人现金收入为一千一百五十八元，比一九七九年增加六百六十七元；每百户居民家庭，拥有电视机一百一十二点九台（其中彩电三十二台），洗衣机五十八台，电冰箱四十二台，收录机七十一台。

校场口胡同的居民自不例外，在接受我们调查的一百一十八户家庭里，一九七九年，只有二十三户人家拥有黑白电视机，无一家拥有彩色电视机；可是今天，有七十五户拥有黑白电视机，另有二十三户每天已可享受彩色电视所带来的乐趣。一九七九年，在大多数人眼里还是奢侈品的电冰箱、洗衣机、收录机，今天也纷纷进入校场口胡同的居民家庭。他们当中有五十二户拥有洗衣机，三十五户拥有电冰箱，四十七户拥有收录机，而且有三户拥有摩托车。这些物件不仅成为一个家庭必不可少的生活用品，而且构成了一个家庭所拥有财产的重要部分。从一条胡同看北京，我们看到，从农村到城市，从局部地区到全社会，八年改革，八年奋斗，长期生活在温饱状态的城市普通居民，开始向小康之家跨进了。

他们步履坚定，信心十足，即使存在物价上涨的因素，也没有影响他们生活水平的提高。就在我们所调查的一百一十八户人家里，有三分之二的家庭认为物价开放后全家的生活水平仍然得到提高；三分之一的家庭认为同物价放开前一样。当问及“您的家庭近期优先购置的用品”时，百分之三十的家庭在购物清单的第一位填写了彩色电视机，百分之三十三的家庭选定了电冰箱，百分之十九的家庭则打算把资金投向高档家具。而且在这一百多户人家里，有九户决定购买录像机，两户打算购进摩托车。没有钱敢如此爽快地开列购物清单吗？这些不能不说是一种“充分显示实力”的选择。

从这些居民的选择里我们看到，城市居民的生活水平、购买能力尽管存在物价上涨的因素，仍然处在一个不断上升的曲线上。他们似乎不再以自家已经拥有什么而引以为夸耀了。他们大胆表达自己想获得什么的欲望，显示自己有能力获得什么，并以此引为自豪；特别是人们敢于毫不掩饰地表达自己的物质欲望，表达自己对物质文明的向往，仅此一点，足可看出，家庭物质财产的普遍增加之外，近八年来，社会生活最深刻的变化，是发生在千千万万普通居民的思想意识里。他们比任何时候更清楚地意识到，只要努力工作，努力奋斗，就能获得物质财富。那么，是一股什么力量在推动着他们呢？仅仅是物质欲望吗？

不然，这股力量更多的是来自对改革的拥护和期望。他们坚信，改革能够给他们带来实际利益。唯其如此，当问及“您的家庭认为我国在本世纪末实现四个现代化最重要的保证是什么”时，三分之二的家庭毫不迟疑地认为是“改革成功”，而另外三分之一的家庭认为是“安定团结”。前者寄厚望于改革，后者无限珍惜今天安定团结的局面，两者虽然侧重点不一样，却表达了一个共同的意向：他们把自己生活、荣辱、得失同改革成功紧紧连接在一起了。

当然，他们对城市生活的今天和明天，并非全无忧虑。当问及“您的家庭认为目前党和政府最急须做的一件事”时，认为继续增加工资者寥寥不足百分之十五，认为端正党风、健全法制者多达百分之六十六。

消费储蓄何者为先

千千万万的家庭组成了我们今天的社会。社会生活如无家庭的参与，是不可想象的。同样，对一个城市来说，没有家庭的参与也是不可想象的。在城市，家庭既是一个生儿育女向社会输送劳动人才的“生产”单位，又是一个自治单位和消费单位。经常了解他们作为消费单位如何使用手头的现金，对于政府制订计划、企业组织生产、安排市场无疑有着重要的意义。近几年，随着职工工资的提高，奖金的增益，许多家庭大举拥向市场。这期间，消费势头高涨，家庭成了消费的主力军。在这股潮头的推动下，不少家庭在短短几年里，添置了过去想也不敢想但对家庭生活却又是十分实用的物件。谁都不否认这股消费浪潮给社会生产和消费者都带来了好处。问题是，这股消费浪潮能持续多久？回答这个问题的应当是社会统计部门和银行。他们从社会商品零售总额的消长、从一家家百货商店每一天的销售额中就可以做出解答。而银行从储蓄额的消长亦可判断出消费涨落的趋向。我们不可能从宏观上得出结论，硬说今天城市消费正在经历着一个由高涨向持续平稳的方向过渡的结论，但通过对一个局部地区的调查，我们愿向社会有关部门提供一个有趣的信息——当我们的调查表格问及“您的家庭剩余的钱用于何处”时，十个家庭中有七个家庭决定把这笔钱存到银行，十个家庭中只有三个家庭决意把这笔钱用于消费。当然，这只是意向，究竟是把钱用于消费抑或用于储蓄，这就要看生产消费品的厂家和银行的本事了。按“七五”计划确定的指标，未来五年，职工工资收入将以每年百分之四的速度增长，如果加上奖金等其他收入，居民家庭剩余的现金一定大于今天。这样，在企业和银行之间很可能展开一场有趣的“角逐”。一个优秀的企业家当他知道人们手中持有不少现金时，他一定不会放过这个机会，在产品质量上狠下功夫，最后以质高价廉的适销产品或优质优价的新产品，吸引消费，把社会上这笔钱赚到手上。今天的消费者开始有了通盘计划的意念，随着社会产品的丰富，他们不再是想着如何赶快把钱花出去，而是想如何用有限的钱买回最需要又满意的产品。也许正是人们消费心理的这种变化，今天已使许多商店的仓库里，积压了大批不适销对路的劣质产品。同样，打算有所作为的银行业不会放过这个机会。他们大力宣传储蓄的好处，把千家万户剩余的钱吸收到银行。据有关资料，截止到今年三月末，北京居民储蓄额达四十六亿七千七百九十五万元，比今年初增长百分之十点七。

不难看出，北京市居民的储蓄势头正日益增长。须知，银行是在利息不变，服务网点不多，群众储蓄不变的情况下，赢得今天储蓄额增长的。这揭示了一个事实：城市储蓄潜力之大，而且更为重要的一点是，储蓄额的增长，说明人们对消费基金膨胀和货币投放量过大带来的货币贬值的忧虑正在减退。它同时反映出居民对党和国家以及对政策的信赖。

居民生活面面观

就在对家庭作为一个消费单位的意向进行调查的同时，我们对家庭的每一个成员——成年男女、老人、少年儿童做了一次民意测验。我们知道，正是家庭中的每一个成员的意向、行动，决定和影响着家庭的意向和行动，他们是社会生活的最小分子。只有通过他们的喜怒哀乐，价值取向、伦理观念，我们才能确切地了解城市生活的今天，探测城市生活的明天。民意测验的结果，我们“发现”了什么呢?

我们发现，在被调查者中，百分之八十的人认为一九七九年以来的近八年时间里给他们留下最深刻印象的两件事是：中央决定进行经济体制改革和物价调整。百分之八十的人认为当前的社会治安较好，只有百分之二的人认为不好；百分之五十的人对小康生活水平的理解是：每月生活费支出后有较多结余，其余百分之五十的人的理解是：每天食物肉、蛋、奶比重大于粮食；还有部分人理解是：拥有彩电、电冰箱等。

我们发现，百分之七十的已婚男女，在回答“假如你是北京市长，你首先抓什么”时，他们首先要抓住房改革和住房建设。当问及“您认为下一步改革首先应放在哪里”时，百分之五十三的男女，认为应首先放在住房上。

我们发现，对持何种工作态度为宜的问题，百分之六十的已婚男女持积极努力的态度。

我们发现，百分之七十的已婚男女，认为保持婚姻稳定的重要因素是互敬互爱；婚姻不稳定的因素是互不理解，夫妻生活不和谐。

我们发现，百分之五十的成年男性认为发生民事纠纷时采取私了的办法为宜，而百分之三十的人选择到司法机关，另有百分之二十的人选择到居民委员会。当问及对宪法、刑法、婚姻法、继承法的了解程度时，不了解者占百分之二十，剩下的百分之五十多的人只是略知一二。

我们发现，在未婚青年男女中，百分之九十的女性认为，恋爱的目的既不是单纯为了结婚、组成家庭、生儿育女，也不是仅仅为了得到爱情，而是为了寻找一个生活的伴侣。对恋爱的这种现实态度，使她们当中有百分之六十的人认为理想家庭的基础是男女双方有共同的追求、能够同甘共苦，而把爱情放在次要的位置。

我们的另一发现是：当问及“您心中的英雄属于哪一类”时，百分之七十的青年男女推崇勇于改革的人物。

在十八岁以下的中小学生中，我们发现百分之八十的人希望日后成为知识分子。当问及“日后喜爱从事何种劳动形式”时，百分之九十的学生喜欢脑力劳动。

我们还另有一系列“特殊”的发现。

我们最“重大”的发现是，在被调查的成年男女和学生中，百分之九十的人最喜爱的电视节目是新闻联播。

我们最“意外”的发现是，老人与青年人之间并非像有些人认为的那样，存在很大的隔阂。在校场口胡同，百分之六十的老人认为近几年子女最大的变化是工作积极，爱学习了。他们对青年人的看法，首先肯定的是：有创新精神，其次才是溺爱子女，缺乏吃苦精神。认为青年人不尊敬老人的，不到百分之五，而青年人对老人的评价也颇高。百分之九十的人认为老年人勤俭，富有经验。认为老人“保守”的不到百分之十。

我们最“惊人”的发现是，在被调查的成年男女中，百分之七十的人说占去他们工作以外时间最多的是家务劳动。其中，有百分之六十五的妇女每日家务劳动时间为四小时。

我们最“有趣”的发现是，当问及“假如只有一个苹果，你准备把它送给家里什么人”时，三十名被调查孩子分别把这个苹果送给（按得票多少顺序）奶奶（姥姥）、爷爷（姥爷）、妈妈、爸爸，却没有一个留给自己。

生活多美好，这是我们在调查中深有所感之处。生活多美好，这当然不是百分之一百的现实。正因为它不是百分之一百的现实，它才更有吸引力，吸引着生活在狭街陋巷的男女老少。当一九七九年十二月党的十一届三中全会召开时，人们不敢梦想的事今天都已变成现实，为什么不可以说，今天的梦想就是明天的现实呢？

生活多美好！这么说，也并不妨碍校场口胡同的居民以他们朴实的语言向我们诉说他们的苦恼。他们对现实生活也啧有烦言。我们也深深懂得，要想更深入地了解普通居民的心理状态和生活中的甘苦、意愿，以及对形势的看法、评价，最好的办法是与他们见面，而我们所做的意向调查和民意测验，不过仅仅是来自北京一条胡同的报告的开始。(待续)

原载《瞭望》周刊1986年第28期

城市生活的今天和明天（中）

——来自北京一条胡同的调查报告

普通居民的所思所想

大都市急促的生活节奏，使校场口胡同的许多居民同大多数北京居民一样，早出晚归，一天里紧紧张张。这使我们的家庭访问在白天的任何时间里都有可能撞锁，可是于傍晚时分登门造访，难免不打扰那些一天工作下来，拖着疲乏的双腿刚刚迈进家门的居民。他们要忙着做饭干家务，饭后紧跟着就要打开电视机，以求得到某种享受。他们乐意我们不厌其烦问这问那，打破他们一天当中那难得的安闲时刻吗？所幸的是，我们于傍晚敲门而入，既没有遭到冷遇，更没被拒之门外。北京居民自古以来好客，校场口胡同的居民似乎更多几分淳朴的殷勤。他们还挺乐意同我们聊聊呢！尽管我们提出的都是些很“严肃”的问题。

对于这几年物质生活的变化，在我们访问的家庭里，居民们几乎言必称好，与问卷调查是一致的。“是啊，好是好，钱是挣得多了，可花销也大了！”这不轻不重的一句话，却又道出一部分居民在形势看法上的困惑。在经济学家看来，在收入增加的基础上出现的消费增长，恰恰是生活水平提高的明证。在一些居民看来却是一件不可理喻的事。当然，他们没有必要像经济学家那样，用一些统计数字来分析形势。他们更多的是以心理感受来看世界。当他们理智地看问题时，他们也承认，过去那种低收入、低消费的日子过惯了，物价突然放开，一时有点不适应。

如果以为城市普通居民看形势，别的不看，就看个物价，那是极大的误会。与校场口胡同居民的深入交谈，使我们发现，物价问题在居民的谈吐中不过是个“擦边球”，他们今天对物价上涨的反应，比之物价放开最初的几个月要平静得多。大多数人采取了一种明智且现实的态度。“说物价适应我，不如我去适应物价。”一位在工厂工作的青年这样说道。

在与居民的接触中，给我们印象最深的是他们的谈兴，更多的是集中在政治方面。他们深为今天谈话自由无忌而高兴，也深为今天人们充满活力的精神状态而自豪。因为，他们认为自己就是这种精神状态的代表者。

让我们来看看，他们是怎样评价今天人们精神状态的。他们有的评说“框子少”，有的认为“有棱角”，有的称赞为“创新精神强”，有的下评语作“有头脑”，总的趋势是往好里说。一位五十上下、某单位党支部书记说：“今天，做领导的不用怕自己手下的人有自己的头脑，相反很赏识有头脑的人，这是一个重大的转变。”他认为，商品经济的发展和日趋活跃的政治民主生活，给干部、群众两者精神状态都带来变化，其意义非常深远。

假如几年之内不涨工资，补偿是社会风气好转，或者，每年固定长几元工资，代价是社会风气恶化，你选择哪一个呢？我们设计的这个假设题，得到的结果是，所有被问及的老人、已婚成人、青年，都选择了前者。一位居民解释他选择前者的理由说：“生活嘛，不能说光有钱就妥了，还得有个好的社会环境，那日子才过得舒心。”这位居民的这番话具有普遍的代表性，它说明大多数普通居民是很看重包括社会风气好转在内的精神文明建设的。

在普通居民看来，政治思想工作是否必要呢？校场口胡同部分居民的回答出乎我们的意料：所有被问及者都认为政治思想工作是必要的，包括那些被认为是对政治思想工作不感兴趣的青年工人。当然，他们有个附加条件：“要那种能够打动人心的。”

同居民们进一步探讨这个问题，居民们却又都认为，目前还缺少一些能把人们的心拢到一块的东西。这种能把人们的心拢到一块的东西是什么呢？尚无确切答案。有的居民说是一种理想，有的居民说是一种信念，有的居民说是一种道德，有的居民说是一种文化，有的居民说是一种顽强拼搏的民族精神。

小巷居民身处城市生活的基层，却心念国家大事。他们的所思所想表明，大多数居民从社会生活的实践中已清楚地意识到，筑造一幢适应社会主义商品经济发展需要、适应改革、开放形势的精神文明大厦是多么必要。

生活在“拥挤”中的人们

某门牌号、某姓人家，一家六口长期租用二十多平方米的私房。当我们一跨进门槛，说明来意，直率的主妇便冲着我们说：“你们就反映反映吧！我们住的地方太挤了。”

北京南城，校场口胡同 57 号 (火眼晶晶 /FOTOE)

不到校场口胡同实地调查采访，很难理解为什么校场口胡同的居民一提起住房问题，就怨声四起。

校场口胡同住房拥挤的状况，由来已久，解放前，这条胡同里主要集聚着一些开小铺、打铁为生的小户人家，房屋简陋。解放后，这里的居民主要在劳动服务业工作，我们知道，这样一些单位是很少有能力为职工建造住房的。长期以来，这些家庭增添的人口，子女结婚所需，都要靠他们自己“消化”，本来就不宽敞的住房也就愈发拥挤了。据统计，这条胡同里人均居住面积仅有三平方米（不含拥有私房的家庭）。

校场口胡同岂止住房拥挤，胡同、小院也拥挤不堪，我们曾看到，狭窄的胡同里一吨半的小货车与人力车、板车相遇所造成的交通混乱。

数家合住的四合院，零乱的小建筑物、堆积物与陈旧的房屋相衬，愈见其挤且令人压抑。人们生活在这样一个环境中，确实会有许多的牢骚、怨言。无怪乎一位居民戏谑地自称是生活在“拥挤”中的人。

住房拥挤、环境拥挤给居民生活带来了一系列的影响。某门牌号的一对青年夫妇，结婚一年有余，两口子挤在四平方米的小房里，进出还得分先后。新添置了不少东西无奈都存放着在亲友家。农民一旦富裕，他们总是遵循着这样一条原则：“先扎笼子后养鸟。”意思是先盖房子后生儿育女，添置家当。城市却不同，常常是“先养鸟后扎笼子”，而且不知这个“笼子”何时能扎起。这对夫妇就要生孩子了，四平方米的斗室好歹还算个“笼子”，在这一点上，他们比北京城许多夫妇生孩子无住房而租用郊区农民房子的还算幸运，但是这仍然改变不了那小生命要投生在一个拥挤的环境中的命运。在这种情况下，优生优育，特别是优育变得不那么容易了。

三代同堂在这条胡同也不少。有这样一户人家，由于住房拥挤，就寝时，三代人不得不以布帘分割空间，各占一隅。男女老幼，共处一室，其不方便处，不言而喻。某门牌号有一位上业余大学的青年，家里住房紧张，他怕影响家人休息，或说他怕家人打扰他，常到马路沿借路灯看书。在这里我们看到，住房拥挤给居民生活带来的不只是不方便，不舒服这样一些明显的问题，而且带来一些伦理、文化学习、卫生健康方面的问题。特别是生活在一个“拥挤”的环境里，人们很难有幸福可言。

一位六旬老人说：“如今子女孝敬老人，自已有经济来源，吃讲营养丰富，穿讲布料好，可就是住房太挤。”这从另一个方面说明了一个重要的社会现象，近几年，城市居民的生活水平的提高主要体现在吃、穿、用方面，现今，他们的眼睛比其他任何时候更急切地注视着住房。他们已从亲身体验意识到，住房拥挤正在限制着他们生活水平的进一步提高，限制着他们去过一种更舒适的生活。

据北京市统计资料，北京市“六五”期间建住宅两千三百九十三万平方米，一九八五年城市居民人均居住面积达到六点一八平方米。这是历史性的大发展。许多人家正是在此期间喜气洋洋地搬进了新居。看着一幢幢高楼拔地而起，校场口胡同的居民颇有些眼热。他们不解，为什么这样的好事总也轮不着他们；为什么北京市居民人均住房面积已达六点一八平方米，而他们只有三平方米。难道他们不是北京居民吗？其实，这种账面上的数字与实际居住有出入的情况，并非北京一地如此，全国其他许多城镇也如此。一九七九年至一九八五年，全国城镇共建成住宅六亿多平方米，住房困难户却只减少十分之一；天津市去年一次就查出七万多间空闲住房；这些都反映出现行住房分配办法有很大的弊病。它表现在一方面国家大量投资建造住房，一方面由于房租太低，无房的想多要房，有房的想多占房；无房的仍然无房，拥挤的仍然拥挤，与此同时，空闲房日益增多。

如何改变这一状况，我们在校场口胡同调查的几户家庭，他们的观点与许多专家、学者和实际工作者的观点不谋而合。他们也认为一开头就实行住宅商品化，普通居民消受不起，当前最可行的办法是提高房租实行高房租制或超标加倍收房租制。而且他们希望国家把它作为一项重大的改革尽快推开。一位居民还怕我们不相信他们付得起房租，特意告诉我们，如能住上宽敞的房子，他每月拿得起二十元的房租。而目前他付的房租，只占每月生活费支付的百分之三。从这里，我们看到了城市普通居民的一个强烈的心愿。他们是多么急欲摆脱“拥挤”和由“拥挤”所带来的种种困窘。他们寄希望于改革。

我为人人服务 谁为我服务

在校场口胡同，一般殷实的人家，除了住房拥挤外，真可说是不愁吃、不愁穿。可是一旦问起“您和您的家庭感到生活充实吗”？他们却不知说什么好了。说不充实吧，不愁吃不愁穿，确实没的说；说充实吧，生活中诸多不便，文化生活单调……这些又无不叫人烦恼、沮丧。

走进校场口胡同随便哪一家，我们都能听到居民对生活不便的不满：什么洗澡难啦，理发难啦，小孩入托难啦，老人看病难啦，物件坏了修理难啦，诸如此类的难处还表现在他们的出行、购物、通信方面，不一而足。

问及居民们精神文化生活情况，我们看到的是这样一幅图景：日薄西山，一家人便围坐在电视机前，几个小时、几个小时地守着这个“宝贝”，天天如此，月月如此。当然并非一概如此。有的人家“人各有志”：有利用这个时间看报纸杂志的，也有利用这个时间干家务的，但它无改居民家庭以收看电视为核心的单调生活。

校场口胡同有两位老太太喜欢看评剧，一个是去年全年只看了一次，另一个从一九五七年来北京，至今只看过四五次。看电影似乎是比较普遍的娱乐方式，可实际上即使是青年人一年也不过看三四次，而且这三四次基本上都是单位工会发票组织观看的。说到节假日出去玩一玩，大部分居民亦表示不感兴趣。“开春以来，远近公园无不人山人海，你去试试那乱劲儿!”一位居民悻悻地说。这样看来，每天晚上，以至于一年中不多几天的节假日，居民们“死守”在电视机旁，并非是居民专爱此道，而实在是无可选择的选择。校场口胡同居民反映出的一个“难”，和一个“乏”无疑是个普遍现象。它表明目前城市生活正面临一个重大的社会问题——城市居民生活水平虽然近年来有较大提高，但由于社会化服务程度低、文化生活贫乏单调，生活质量还较低。而生活质量不高，势必影响“人”的素质的提高，影响社会劳动生产率的提高。

生活质量不高与居民闲暇时间难于摆脱繁重的家务有关。校场口胡同的居民，百分之八十的成年男女深感时间不够用。时间不够用的主要原因是家务繁重。比如有百分之七十的妇女说她们每天有四个小时在干家务。

生活质量不高与居民家庭非商品性消费水平不高更是大有关系。据北京市统计资料，一九八五年，北京市居民的非商品性消费支出是七十五点八六元，仅占家庭平均每人生活费支出的百分之八点二。这表明目前城市居民在文化娱乐、享受社会服务等能够给他们生活带来方便、带来乐趣等方面的消费水平是极低的。如果再把一九八五年的数字与一九七九年的数字相比，我们又会发现，北京城市居民非商品性消费水平不仅低，而且增长速度慢，在整整七年的时间里只增长了三十五点六元。

是居民们舍不得花这笔钱吗？早在几年前，居民家庭收入不高且急于添置耐用消费品，可能不愿把钱花在非商品性消费方面，今天却不然。校场口胡同一位某工厂的工会干部说，他一家四口，三代同堂，月收入二百五十元，支出生活费用后还有将近一百元钱的剩余。他也愿意为了使生活过得更丰富多彩而把这些钱花出去，遗憾的是没处好花。比如，他的老母亲想看戏，总无法如愿。她和爱人快四十岁了，可是还没有到过北京市以外地方旅游的经历；连理发还是请同事帮忙代劳的哩!

校场口胡同居民吐露的心曲也许就是千家万户的心曲：他们有钱没处好花。据悉，我国城乡居民结余购买力已超过两千亿元，今年社会商品可供量与购买力的差额达两百亿元。在这里，我们看到一个重大的社会现象：一方面国家苦于应付市场的压力，一方面居民手里捏着钱却为种种的“难”和种种的“乏”所苦。这说明两个问题，社会服务水平低，居民消费结构不合理。

专家们多次指出，社会服务业不发达的根本原因是我们长期以来忽视第三产业的发展。目前发达国家第三产业占国民生产总值的比例是百分之六十一，低收入发展中国家所占比例亦达到百分之三十一，而我国到一九八五年，第三产业在国民生产总值中的比例只有百分之二十三点九，就是在第三产业中，也还存在较严重的结构不合理。大量群众生活急需的服务十分缺乏。校场口胡同一位从事服务业工作的居民说得好：“我天天为人服务，可谁为我服务呢?”这句话虽从反面提出，却点出了城市居民的一种向往。他们向往着有一天，随着第三产业的发展，城市生活中出现一种新的格局：一人为大家服务，大家为一人服务；每一个城市居民，都有若干从事服务业工作的人在为他服务；在此地是服务者的居民，在彼地可能就是某种服务业的消费者。在这样一个社会服务网络里，居民消费结构也将发生变化，吃、穿、用的支出在家庭总支出中的比例下降，而住、行、玩等非商品性消费水平上升。花钱买服务将为广大城市居民铭记在胸，并把它作为一种生活方式。（待续）

原载《瞭望》周刊1986年第29期

城市生活的今天和明天（下）

——来自北京一条胡同的调查报告

妇女生活的断面

很难用一句话来概括大都市中妇女的生活。嫁到校场口胡同五十六号金家的小马，是北京六必居酱菜店的经理。她兴致勃勃地对我们说："我上班一换上工作服就有一种应当负起责任的感觉。我要处理各种事情，安排好各项工作，常常不能按时回家。可一迈进家门槛，我就成了婆婆说东不往西的儿媳妇和听丈夫拿大主意的妻子了。"这位女经理为自己作的这幅自画像，想来正是今天一部分城市职业妇女的一个生动的缩影。她们在社会生活里，扮演着两个角色：在工作单位，她们是勤勉的劳动者、精明的管理者，男同志能够做到的，她们也能做到；在家庭，她们却"身不由己"地"扮演"了一个"说东不往西的儿媳妇和听丈夫拿大主意的妻子。"

但是，她们作为八十年代的妇女，却有着鲜明的个性、独立的人格和较为强烈的自主意识。她们尽可以做"婆婆说东不往西的儿媳妇"，但远不是百依百顺的；她们尽可以听丈夫拿大主意，但绝不是丈夫的附属品。我们在校场口胡同走访期间，每到一户，都能感受到女主人的热情接待。从她们待人接物、言谈举止中，我们可以看出，她们完全是按照自己的意愿行事，并非在家庭中一切俯仰由人。过去那种"夫唱妇随"的旧传统只剩下淡淡的痕迹，取而代之的则是夫妻平等、互敬互爱的新型夫妻关系了。因此，当问起在家庭里谁"主政"的问题时，大多数妇女都回答说，她们与丈夫是共同"主政"；遇事商量是夫妻双方在大多数情况下自觉遵守的原则。

如何减轻妇女的家务负担，是许多妇女问题专家都在努力探求的一

北京校场口胡同，拆迁废墟中的一户留守人家
(火眼晶晶 /FOTOE)

个重要问题。一位四十多岁的女教师对我们说：“我从来不觉得家务就该我干。当我正在厨房里忙着，看到丈夫回来不闻不问，拿着报纸坐在沙发上时，气就不打一处来。”这位女教师的话是很有道理的。如果男女双方都有工作，并没有任何规定要求妇女必须多做家务，但在我们的调查表中可以看出，已婚妇女里，每天家务劳动时间在四小时左右的，占调查总人数的百分之六十，这个时间量相当于她们每天在单位工作时间的一半。究其根源，恐怕只能说是传统陋习所致吧。

那么，把沉重的家务负担转移到男子身上就能实现真正的妇女解放吗？我们在调查采访中听到的却是另一番见解。就是刚才那位抱怨丈夫不做家务的女教师对我们说：“其实也不指望他能干多少事，只要当个下手，关心一下就是了。”这位女教师的心理具有极大的普遍意义。随着社会经济的发展和人们生活水平的逐步提高，洗衣机、电冰箱等家用电器产品逐渐进入家庭，需要重大体力劳动的家务开始减少，更多的情况是，妇女在进行家务劳动时已由过去那种需要男人体力上的帮助转而期求丈夫心理的安慰。当然，我们这样分析也并不是说男人可以根本不做家务。

在校场口胡同二十八号，来为我们开门的是位袖子挽得老高的男同志。屋内，洗衣机有规律的搅动声和电视机里播放的节目配成了一首生活协奏曲。夫妇俩在洗衣服，三岁半的儿子在看电视。当我们问起谁干的家务多时，男主人抢着说："我觉得我是一个模范丈夫。"妻子笑着不置可否。在中青年组成的家庭中，男女分担家务已经是很普遍的事情了。在我们的调查表里，八十二名已婚男子中，七十五人填写业余时间主要活动之一是做家务，只是百分之七十五的人都承认自己家务比妻子干的少，也许现实生活中并不需要他们干得太多。

如何减轻妇女过多的家务劳动，是一个亟待解决的社会问题。男女分担家务只是解决这一问题的一种权宜之计。因为这种以男子承担全部家务为代价来解脱妇女的家务之苦，并没有减轻家务劳动对家庭的压力。而发展社会化服务，才是减轻妇女家务负担过重的一条可行之路。

那种社会上许多人称道的使妇女走出家庭的妇女解放，不一定符合中国的国情。校场口胡同已婚妇女回答未来打算时，"安排好家庭生活"与"在工作中做出成绩"两种回答之比是二比一。这里面虽然含有一些如被采访者文化水平不高、生活面不宽广等方面的限制，带有一定的片面性，却也反映了中国现代生活里，家庭在妇女生活中的位置。

其实，并不是解除了妇女的家务劳动就意味着妇女的真正解放。在我们的采访过程中，许多已婚妇女都表示愿意做一个把工作和家务尽量安排好的妻子。她们并不认为凡事都和男人一样才是男女平等。也许，这种承认男女的差异，尽量发挥自己的优势，努力在生活中实现自己的人生价值的做法将是今后城市妇女生活的发展趋势吧。

老有所养还嫌不足

在校场口胡同，人们都说张淑琴不像做生意的人，她退休后不跟儿女享福，偏偏自家开了个小卖部，经营烟、酒、汽水、花生米等小杂品。一次，她把儿子寄信用的邮票也卖给了顾客。当我们问她为什么要做这种赚不了多少钱的买卖时，她笑笑说："我的儿女也不让我开这个小卖部，可他们不知道，我有事做才活得踏实。"这句话说出了许多老年人的心里话。老有所养还嫌不足，还想老有所为，老有所乐。

据我们粗略统计，校场口胡同共有离退休职工八十五人，多是六十七岁的老人。继续从事各种工作的不到三分之一。他们拿着退休金，享受劳保待遇。又到街道集体或乡镇企业任职，领取报酬。这批人一般都有技术专长和丰富的工作经验。另有几位老人，平日积极参加维持交通秩序、卫生监督等义务工作。但是多数人是待在家里，同子女生活在一起。他们当中许多人都过着安闲的晚年生活，经常帮着子女做些家务，闲着的时候或是碰到好天气，就带着孙儿孙女外出散步。相对于大多数人繁忙而紧张的生活，他们的生活缓慢、平静且有一个独立而狭小的生活圈子。寂寞、孤独之感，虽非每天浮动心间，却也不时出现。

人口老龄化是相当多国家共同遇到的一个社会问题。按照联合国制定的标准，老人人口超过人口总数百分之二十的国家或城市，即可称为老龄化国家或老龄化城市。按照这个标准，我国上海市一九九〇年将成为老龄化城市，紧跟着就是北京。人口老龄化给一个国家或一个城市带来的最大困扰，就是社会必须拿出一部分财富来供养老人。随着老年人口的增加，大批的老人如何安置、如何使他们生活得幸福愉快，对于国家和城市管理部门来说，也是一项艰巨的任务。

三十多年来，我国实行的是就业、福利和社会保障三合一的劳动管理体制。这个体制的好处是一个人只要就业了，就可以享受公费医疗、生活福利补助、退休养老金等。但是，随着退休职工人数的增长，这个体制的弊端也日益暴露，如现行的退休养老金制度规定：退休职工的养老金由他们的原单位开支，这就使企业背上了一个沉重的负担。据有关部门资料，全国退休职工一九七八年为三百一十四万人，为他们支付的退休金为十八亿元，一九八〇年增至一千四百万人，一百零五亿元，预计到二〇〇〇年增至四千万人，四百亿元。目前，上海在职职工与退休职工的比例已高达三点八比一。一些企业由于退休养老金开支巨大，占去了企业盈利的大部分，有的企业甚至是入不敷出（主要是退休金支出），这样的事例已屡见不鲜。

改革现行退休养老金制度是势在必行。一些专家已开始讨论改革办法，至于如何改革，尚无定论。但是可以预见，退休养老金将由原单位独立负担转为由社会统筹调剂。这就给社会有关部门如民政、卫生、劳动人事、保险公司等提出一系列新的要求，不可不未雨绸缪，早日研究如何开展老年社会保障事业，进一步发展社会福利事业。

不过，就目前街巷中老人的生活现状来看，不尽如人意的事举不胜举。一天，当我们随意走进四十七号院内时，一个老太太正拿着剪刀给自己行动不便的老伴理发，见有人进来，忙着给老人戴上帽子，连连说："别见笑，我也没办法。"校场口胡同原有两家理发店，都关闭了。街上的各种高级美发厅又非老人们愿意经常光顾之所，这就造成了老人的理发难。各类服装店内，时髦的服装琳琅满目，而适合老人穿的服装却少得可怜。新兴的各种咖啡厅灯红酒绿，而老年人所喜爱的能够聊天的茶馆却几近绝迹。在校场口胡同，老人活动站和少儿校外活动站在一间屋子里，开始时，一些老人还到这儿来喝茶聊天，后来，这些老人不忍心和娃娃们"争夺"场地，渐渐地各自回家了。目前家庭是老人们得到温暖最多的地方。校场口菜店的一位女同志说："谁都有父母，谁都有年老体弱的时候。使老人能老有所养、有所医、有所乐，是我们做儿女的责任。"这几句话虽然没用什么华丽的辞藻来修饰，却处处闪烁着我们中华民族传统美德的光芒。在校场口胡同的老人中除二人独居和一对夫妇没有子女外，其他一百二十多位老人都是和子女生活在一起的。他们中的大多数人身体较好，个人生活都能自理，还可以帮助子女做些家务，生活比较安定。但是，在这安定的背后，确有令人担忧之处。

家庭观念在变化

在校场口胡同的陈美琴，是一家食品门市部的售货员。过去，家中上有母亲、叔叔，下有四个孩子，全家靠她一个人维持生活。现在，几个孩子都已先后就业，有两个已经自立家庭分开单过。目前家里只有三口人了。她喜形于色地说："以前就我一个人挣钱，一家七口为了节省费用不得不在一起吃住。这些年生活大变样，家里不但丰衣足食，还添置了电冰箱、录音机等高档用品，经济条件好了，何必还挤在一起吃'大锅饭'呢?"当我们问起她的小儿子结婚后，是否还同她一起生活时，她爽快地说："合得来就在一起给他们带带孩子，不行就单过。反正我有退休金，身体也好，为啥非在一起过不可。”

我们认为，这个普通工人家庭的发展演变过程，正是中国普通城市家庭的变迁史，充分反映了随着中国经济、文化等各方面的发展给家庭带来的变化和冲击。那种中国传统的三代同堂、四代同堂的大家庭，正在分解为一对夫妻和隔代同住（祖辈与未婚孙辈）两类小家庭。据我们统计，校场口胡同现有一百六十八户，三代以上同堂的只占百分之二十三点八。这与一九八五年北京等五城市家庭调查中，主干家庭占家庭总数的百分之二十四点二九的比率相差无几。

五十六号院一对原来与老人共同生活的中年夫妇，有了孩子后，便把孩子放在老人身边，夫妻俩则分开来单过。当我们走访这个家庭时，他们说：将来孩子大了，老人体弱，我们还是愿意合在一起生活的。这种意向在许多中青年家庭里并非罕见，在采访过程中，我们发现这种意向将会使一部分家庭以一种合—分—合的回环形式向前发展。而这种回环形式向前发展的基础则是人们家庭职能、观念的认识和理解的转变。

“养儿防老”“多子多福”等传统的家庭观念在许多家庭特别是中青年家庭中，已经大大淡化，过去那种以子女为中心的家庭也逐渐转而追求家庭其他成员生活的圆满和快乐。一位做行政管理工作的男青年说：“孩子多，对夫妻今后的职业再教育、家庭成员个体素质的提高都没有什么好。我已经有了一个孩子，以后即使经济再好，政策也允许，我们也不想要第二个孩子了。”这种家庭观念的转变，也导致了家庭中成员关系的变化。“鸾凤和鸣”取代了“夫唱妇随”。遇事共商，民主持家等新兴观念已经被许多中青年家庭所接受，甚至一些旧观念较多的老年夫妇之间也有所体现。一位年长的女教师说：“大事小情要以理服人，这应该成为每一个家庭成员的信条。更主要的是家庭成员相互间的平等互谅，将心比心，无论老少。”

那么，理想的家庭是什么样的呢？当我们提出这个问题时，居民们的回答真是各说不一，但是，根据不同年龄、职业和文化层次，其看法大致可以分为三类：首先是略有文化、五十岁以上的老年人，他们多带有较多的传统意识，向往老有所养、少有所育、家人安居乐业、和睦相处、老少共享天伦之乐的生活。至于对目前的生活，除了希望住宅扩大几平方米外，并无太大奢求。

其次是中年人和一些被称为“老三届”的青年人，他们有文化，目前多已成为单位里的骨干。他们理想中的家庭一方面是夫妻比翼齐飞，或一方有所成就而对方则积极支持；另一方面才是子女能够健康成长，早日成才，同时能够照顾老人的晚年生活。他们把家庭的职能理解成一个可以使家庭每一个成员得以休养调整的“安全港”。

三是一些具有中等文化水平的二三十岁的青年人，他们追求充实的物质生活（高档家具、家用电器、住房）和丰富的精神生活（文化娱乐、旅游、影视），热衷于以夫妻为中心的小家庭生活。同长辈比较起来，他们更具有务实精神。这类家庭虽然目前在社会中还不占主导地位，却代表着我国城市家庭发展的方向。

从校场口胡同采访归来，我们突出的感觉是目前城市家庭均处于超负荷运转状态。由于第三产业不发达，许多应由社会负担的责任转入家庭。一些家庭不仅要赡养老人、负责孩子学龄前教育和校外教育，还要自备家用洗衣机、自备理发工具、自备电器修理工具、自备澡盆或沐浴喷头等等，致使家庭生活显得紧张、繁乱。而令我们不解的是，许多本属于家庭额外负担的项目被视为正常，一些主管部门熟视无睹，并没有从中看到自己的责任。

“街道办”面临的课题

顺着校场口胡同再往里走，有一个不大的院落，里面有一间二十五六平方米的活动室和一间小小的办公室。七八个放学后的孩子在活动室写作业、看连环画。办公室虽然小，却很整洁，墙壁上挂满了“卫生工作先进”“计划生育先进集体”“先进治保会”等奖状。这就是管辖校场口胡同的老墙根居民委员会。接待我们的是几位年过半百的老人，正是这几位老人，分管着这一带八百一十四户，两千七百多居民的治保、卫生、妇女、儿童、计划生育、福利、待业青年和民事调解等多项工作，另外，还有两个人分别负责医疗站和校外活动站，配合他们工作。

看看居委会简陋的设施，再看看几位辛辛苦苦的老人，他们要做那么多工作，能干完吗？几位老人向我们唠叨说：居委会人少，上级部门布置的工作却特别多，做统计、出证明，开各种各样的会，没完没了。居委会的工作就这样，“上边千条线，下面一个蛋，谁拉得紧就跟谁转”，整天忙于各类事务，连市场管理、整顿市容都要居委会出人管。忙来忙去，居民生活中迫切需要解决的困难，他们却无能为力。

我们来到管辖这一地区的广安门内街道办事处，办事处同广内派出所挤在一个院子里，设有民政科、知青科、城建市容管理科和文教卫生等科室，俨然是一级政府的机构，统辖两万九千四百多户，共九万八千九百多居民。办事处一百五十多人，上上下下热情很高。他们的工作范围很广，协助各级政府部门进行各种工作，除了一些检查卫生、维持治安、宣传计划生育等具体的日常工作外，他们还先后安排了一千多名青年的就业，建立了三十一个老年人活动站。

但是，深入了解以后，我们发现，今天城市的街道办事处，虽然作为政府派出机构，却仅仅是一个空架子，职权都不甚明确。

一九五四年公布的《城市街道办事处组织条列》中规定，办事处的主要任务是：一、开展民政福利事业；二、指导居委会工作；三、反映居民的意见要求。三十多年来，虽然我国城市居民生活和社会生活各方面都发生了巨大变化，但是，这个条列却没有修改过。这说明，我国街道居民生活管理工作已经不能很好地适应目前我国城市居民生活的发展需要。

首先是街道办事处，作为一级政府机构，并不具备必要的职权。与城市街道办事处相对应的农村乡镇政府，是一级政府的实体机构。它不仅负责组织、安排、指导农业生产并为之服务，还负责农民生活的各个方面。近年来，为促进农村商品经济的发展，国家正逐步把一部分财权下到乡级政权，强化了乡政权上对国家、下对农民的功能。而街道办事处却不具备这些功能。一位从事街道工作的同志诙谐地称街道办事处是个上传下达的“传达室”。

其次是街道办事处管辖人口过多，以现有街道办设置规模，无法对所辖街区居民生活进行细致而周全的管理。目前北京市各街道办事处所辖居民，少则五六万，多则十万左右，几乎相当于有些小县的人口。而办事处的工作人员多在一百二三十人左右。这种一多一少的状况，不利于办事处开展工作。

随着社会生活的不断发展，诸如老人、妇女、家庭、住房等一系列社会问题，都不可回避地摆在人们面前，一些新的社会问题如个体户由谁管理，待业青年由谁来组织，儿童学龄前托教由谁负责，社会化服务、第三产业由谁来组织，等等，这些都对城市生活提出了新的要求。以现在街道办事处和居委会的职能、权力、人员素质和机构设置，显然不能适应城市生活的这些变化，亦无法解决这些问题。那么，是把这些问题推向企业、机关呢，还是政府机构担负起来？这实在是个重大的课题。长期以来，在我们的社会生活中，存在一个很不合理的现象：一方面是企业、机关、学校“办社会”，一方面最社会化的街道、社区却无力“办社会”。

我们在这次调查采访中深深感到，对于城市居民生活中出现的各种问题，政府应该责无旁贷地即刻担负起自己的职责，而不应把这些问题重新推入机关、企业或家庭。这就提出一个问题，如何加强城市基层政权的建设以适应城市生活的新形势。（全文完）

原载《瞭望》周刊1986年第30期

作者　集体创作

中国田径的前途取决于两个因素

中国体育的对外开放有多种途径，延聘外籍教练是其一。当第十届亚运会正在激烈竞争之时，在远离竞赛前方汉城（即现在首尔——编注）千里之外的北京，我们访问了在中国田径队工作的英籍美国教练丹尼斯·韦比。

说到丹尼斯·韦比，不能不谈一谈耐克公司。这是一家生产运动鞋和运动服装的体育用品公司。二十年前，它由两名运动员创立，如今已拥有上亿元资产，就其资产和年销售额的增长速度而言，它算得上是美国经营最成功的公司之一。就是这家公司，早在一九八〇年，就看到中国对外开放和中国人民日益增长的体育热情可为他们带来良好的商业机会，因此他们不失时机地进入了中国。几年来，他们一方面为中国部分运动员提供服装，一方面向中国运动员提供训练和指导。后者的具体做法是组织一些国际著名的教练到中国运动队工作。丹尼斯·韦比就是其中之一。他于一九八四年一月到中国，担任国家田径队短跑运动员教练，迄今已两年了。

韦比先生是一位举止言谈沉着稳健的人。在交谈中他说，他对来中国但任教练感到很愉快。自到中国不久，他就开始学中文。学习的办法是每天听中文广播，除此而外，还逼迫自己在与运动员交往和训练运动员时，一律用中文会话。他的目的不言而喻是为了消除语言障碍，同中国运动员建立起一种相互信赖的关系，以便在训练中运动员能更好、更为信服地领会他的训练思想。不过，作为一名在世界上有名望的职业教练，这种执着的、为实现自己的目标而不遗余力工作的作风，还不是他身上的全部职业特点和个性特点。他的最大特点在于他具有敏锐的观察力和发现问题的能力。而这一点，是由他二十三岁起就担任职业教练的阅历所决定的。

就在中国运动员出征亚运会之际，他即预测，中国田径运动员在亚运会上可望夺得十八到二十块金牌。他说："在汉城获胜是中国想成为世界级体育强国重要的一步，我祝愿中国各队在亚运会获全胜。但是，我要强调一点，尽管亚运会是一个重要的运动会，但只应该把它看成是通往更高水平的成功的台阶，在世界性竞赛中夺魁才是你们一级运动员的最终目标。"他认为，中国田径要消除同世界上最高水平的差距还有漫长的路程。

他坦率地说："我认为，这项运动的前途取决两个因素：从事这项运动的运动员的质量和教练员的质量。"

他说，不否认在国家队有的运动员已具备达到田径运动员最高水平所需要的身体素质，但大部分人并不具备这种素质。这里，他所指的身体素质，不仅包括速度、爆发力、耐力等，还包括身高、腿的长度、胸围、臀围等等。对于提高运动员素质，他建议，第一，对国家队的运动员必须进行细致的选拔；第二，必须把最优秀的运动员吸引到田径方面来，而不是让他们流入其他如球类等运动项目；第三，敏捷、灵活和体力这些基本的身体素质和各项运动能力必须在学校的体育制度中得到发展。他认为在国家一级的运动队还要花大量时间对运动员进行基本功的训练是不正常的。

关于训练，他认为体育和政策上要有所调整。第一，各级教练必须对他训练的运动员的成功和失败负责；第二，任命教练必须看其优缺点，特别要改变那种从优秀运动员中选用教练的做法。他说，教练作为一个运动员的竞赛纪录同他作为一个教练的能力几乎是不相干的；第三，必须在体制上保证成功的教练有上升和替代不成功的教练的机会。

从韦比的住所走出来，我们久久回味着韦比的这一番话。中国队在第十届亚运会取得令全世界目眩的胜利。但是我们仍然要在胜利的喜悦平静下来的时候，重新思量中国体育、特别是像田径这样代表一个国家体育水平的基础项目的前途。也许我们还得从头做起、从娃娃身上做起，从全民族身体素质的提高和体育教育做起。

原载《瞭望》1986年第40期

北京百万流动人口探踪：它们从哪里来，来干什么？

——调查报告之一

编者的话

大中城市流动人口急剧增加，是实施改革、开放方针出现的新的现象，也是城市面临的新的社会问题。它向城市提出职能、管理、服务等方面一系列的新要求，对城市的改革、发展起到拉动作用，当然，也给城市带来一些难题。本刊编辑部派出人员，就北京市流动人口做了一次粗略的调查，访问了旅客，也访问了接待他们的机关、旅店、居民，还带着问题走访了研究机关和专家、学者，听取他们的分析见解。这是一次追踪采访，因此记述了他们的现场观察情况。对每天进出北京的一百万人口做详细的数据分析，是我们力所不及的，所以，这里只能提供一些概括的情况和素材，以供读者、特别是城市管理部门同志参考。

城市的改革涉及经济、政治、文化和管理、服务等广泛方面，这里只是一角，但确是值得人们重视的一角。参加这次采访报道活动的是：刘浩、孙兰英、李大红、王永峰、许新、张和平、王正良、李晏、吕晓霞、陈建力、贾晓伟、江涛、王坚。本期发表这组报道的第一篇。

本文提要：每天进出北京有一百万人。北京城区每六个人中有一个外地人。他们都是什么人？来北京干什么？他们给北京带来什么，又带走什么？北京应如何适应他们。

凌晨四点钟，从武昌开出的二四六次列车徐徐驶入北京车站。与此同时，从四面八方汇向北京城区的各条公路上，作为一天当中流动人口的又一批人员，也在晨雾朦胧中朝北京进发。他们大多是京郊及河北省靠近北京一些地区的农民。他们为赶在天亮之前进入北京各个农贸市场，通常是骑一辆载重型自行车，驮两只装满瓜果蔬菜的大筐，星夜从家里出发。在公路线上行驶的，还有大小客运汽车，办事的、观光的、访亲探友的……

由此开始，借助于火车、汽车、飞机、拖拉机、自行车等等交通工具的人们，连绵不断地涌入北京。北京的三个火车站、两个民航机场和成百上千个长短途汽车站及停车站，像打开的闸门一样，向着坐落在华北平原的首都，倾泻着旅客人流。他们有的迎着东升的旭日走上北京街头，而有的月上中天才敲开旅店的大门。这，就是北京城普通的一天——从昼到夜。

他们来了——这千千万万进京的人。他们为何而来？以及他们给北京城带来了什么又带走什么？这一切说明什么，预示着什么？北京城又是如何接待他们？如此等等，是一个值得探究而又饶有趣味的问题。

我们一行十几名记者，由本刊编辑部派出，差不多花了一个月的时间，对北京流动人口进行了追踪采访和调查。我们奔走于车站、机场、旅店、街头，追访进京和离京的人们；我们走访了几十个与旅客有关的政府部门、机构，汇集数字加以分析；又带着材料和问题拜访专家学者，听取关于现代大城市职能和管理的意见，探求北京流动人口来去踪影和历史变化的脉络，寻找上述一大堆疑问的答案。

让我们先把城市流动人口这个大问题分解开来，一项一项求索吧。

北京流动人口寻踪

北京是祖国的首都，举世闻名的历史文化古城，每天都有大批流动人口进出于北京，是情理中事。可是近年来北京流动人口增长速度之快，规模之大，活动范围之广，却是人们料想不到的。

在北京的小胡同和居民住宅区，人们常可听到小贩的吆喝声："有废报纸、废酒瓶的卖！""有旧衣服、旧鞋子的卖！"这是北京流动人口中专门从事废旧物收购的一群。可以说，他们走遍了北京城的每一个角落。

在农贸市场，人们看到操各种各样地方口音——南到浙江桂粤，北

成都火车站台一瞥（林慧 1986 年摄）

到冀鲁辽陕——的人，在叫卖各种各样的瓜果蔬菜、衣食用具、花鸟虫杂。在公园、商场、大街、饭馆、旅店以及机关楼院，人们都能看到他们的踪影。他们各有各的活动方式。

挟着大皮包，匆匆登上标有“会议专用”大客车的，是应招来京开会的人们。大客车呼啸而去，送他们开会；呼啸而归，送他们到宾馆。可会议的间隙，可以看到他们奔走于园林名胜、展馆商店之间。

北京建国门外不远处几乎每天都集聚着一群人。原来这里是北京若干个自发的保姆市场之一。而在北京鼓楼正南方不远处的一座小石桥两侧，则是另一个劳务市场：几十个人拿着木匠家伙坐在路旁，等待北京居民雇请他们干活。

夜降临了，北京居民大多回到自己的家。可街上，却出现三三两两、身着工装的青年人。他们是从外地招募到京承包建筑工程的工人。如果夜里不施工，他们喜欢上街逛逛。

而那些来京收集信息、做采购、推销、搞批发贸易的人，大多以旅店、驻京办事处或亲朋好友家为活动场所。买进卖出，卖出买进（包括信息、技术），他们使北京的货物流向外地，外地的货物流入北京。

每天从早到晚，更有数以十万、二十万、以至于三十万计的旅游者，在北京街头、公园徜徉、游览……

所有这些进京者，他们相加起来，是多少呢？

一九八五年上半年，由北京市政府研究室牵头，组织有关部门在北京城区范围对流动人口做了一次调查。调查结果是：北京市区日平均流动人口为八十九万七千五百人。按临时住宿地划分，其中，在饭店(酒店)、招待所住的为二十万四千人，在临时工棚住的为十三万三千人，在企事业单位集体户中住的为三万两千人，在市民家庭住宿的是四万八千多人，在近郊区农民户中住的为四万四千人，此外还有住院就医、学习进修、被收容的合计一万六千人，来自国外及我国港澳台地区的一万九千四百人。时隔一年，我们来到北京市政府研究室、北京公安局、北京统计局问及最新的统计数时，几个部门的同志一致认为，目前北京市区日平均流动人口量已达百万之众，保守一点的说法是近一百万。这就是说，在北京城区，每六个人当中就有一人是流动人口(相对北京城区五百七十多万常住人口而言)。而在八年前的一九七八年，北京流动人口仅三十万。八年增长了两倍多。

北京流动人口的历史变化

北京有关部门的同志介绍，北京流动人口随着时代的变迁大体上经历了三个阶段的变化。十年动乱之前，北京流动人口主要是来京开会、进修学习、探亲旅游和在北京转车做短暂停留的人员。“文革”初期，红卫兵大串联，曾使北京流动人口急剧增长，而十年浩劫结束之后的最初几年里，北京流动人口最多的是那些蒙冤叫屈、奔走呼号的上访者。作为历史的讽刺，他们的数量恰好与当年涌入北京的红卫兵相近。但从一九七九年开始，流动人口从数量上、人员构成上，发生了历史性的深刻变化。在拨乱反正胜利结束之后，中国迎来了对外开放、对内搞活经济的新时期。北京的流动人口中上访者开始减少，从事经济活动和旅游者大幅上升。特别是一九八四年党中央通过了《关于经济体制改革的决议》，提出建立社会主义的有计划的商品经济之后，大批从事经济购销、劳务、信息的各业人员涌入北京。

傍晚时分，在天安门广场，一位河南老乡和众多的外地游客聚集在五星红旗之下。他们翘首等待武警战士从天安门城楼走出，跨过金水桥，来到五星红旗下进行庄严的降旗仪式。这位老乡笑呵呵地对记者说：

手头有钱了，想到的第一件事就是到北京逛逛，以了平生夙愿。

一位来自安徽在北京一户人家当保姆的姑娘，在回答记者提问时，回答得很干脆。她说，她到北京当保姆，不光是为了挣钱，还想过过“首都生活”。

那些从事购销等商业活动的来京人员，白天到旅店是很难找到他们的。待到夜晚，他们回来了。他们也很乐意回答记者的种种提问。一位来自温州的青年告诉记者，仅温州一地，至少有十万人在全国各地从事购销活动。北京当然是他们重点的活动地区，因为北京这个市场太大了，太富有诱惑力了。

按北京市政府研究室提供的资料，从流动人口在北京从事的活动看，来自国内的流动人口中：

——在北京联系经济业务的占百分之二十三点七六；

——承包工程的占百分之二十三点二八；

——当保姆的占百分之三点二四；

——来京个体经商的占百分之一点八三。

这四项合计达到百分之五十二点一，是北京流动人口的主体部分。

国际性流动人口：每天来自世界五大洲及我国港澳台地区从事经济贸易活动的人员亦达八千多人，占国际性流动人口的百分之四十点三九。

由早年的英雄劳模、各地领导干部及探亲访友者，让位于红卫兵、再让位于上访者，现在让位于各类从事经济活动的人员，北京流动人口各类人员构成的这一变化，从一个侧面映出了我国社会发展的历史变迁。地区与地区之间，城市与城市之间，城市与乡村之间的壁垒，已为商品经济所带来的经济联系所打破。它从一个方面预示着，中国社会正在步入一个社会主义商品经济空前发展的新时期，而大量从事经济活动的流动人口在北京的出现，可谓“春江水暖鸭先知”。

流动人口给北京带来的社会问题

然而，日近一百万的流动人口，毕竟不是一个小数目。在我国，它相当一个中等城市的人口数。当这一百万人口奔进涌出北京时，它不啻像一座流动的城市，更像一股海潮，冲击着北京社会生活的各个方面。

撇开北京火车站广场上那股拥挤劲不说，就说北京火车站站台上的繁忙景象吧。从北京开往外地的列车刚刚驶出站台，从外地开往北京的列车便驶进站台。站在第一站台，你很少能有机会看到第四站台的情景。因为你的视线被出出进进或待发的列车车厢挡住了。而在早几年，你在第一站台呼唤站在第四站台的一位朋友，却是可能的。据了解，北京站平均每八分钟就有一列客车进站或出站，每天客运量达十六万人次，相当于上海站的两倍，广州站的三倍，已远远超过了北京站实际的承受能力。即使这样，它仍然满足不了需要。北京市的几个火车售票处大厅，从早到晚黑压压挤满了人。随时想走，随时买票，这对大多数人来说已成为“神话”。

近年来，北京居民深有所感的是乘公共汽车比以前更挤了。挤到什么程度？北京公共交通公司提供的一份调查资料告诉我们，北京公共汽车最挤时车上每平方米站十三人。这在理论上说是不可能的，可在实际上却是千真万确的。北京居民和外地来京人员很少没有“挤车”的经历。他们对公共汽车上那种前胸贴后背，挤作一“团”的滋味都深有体会。挤一次两次也罢了，问题是，近年来北京公共汽车每天的乘坐高峰期越来越密，越来越长。在一些线路上已无高峰期可言，因为全天都是高峰期。

目前，北京有大小公共汽车六千八百辆，每天实发五点一五万车次，每日客运量八百八十四万人次（据不完全统计）。不能说，北京公共汽车拥挤是流动人口造成的，但流动人口的急剧增长无疑是加剧城市交通拥挤的一个因素。

北京本来是个社会服务不发达的城市，近年来，北京市旅店、餐馆建设发展很快，但是“住店难”“吃饭难”的问题仍然相当严重，来京人员中间流传着一句歌谣：“想北京，盼北京，进了北京望星星。”此话不假。谁要想一下车就在市中心区旅店找到一个床位，那也是“神话”。据统计，北京崇文、宣武两个区的旅店日床位利用率已达百分之一百一十六和一百零八；住下的人平均每人还占不上一张床哩。

一些专家学者从城市经济学和人口经济学的角度来看待流动人口给北京带来的麻烦，更为严峻。他们以北京市民目前的生活水平计算，今天的北京市，每增加一人，每天需供应：半公斤粮，半公斤菜，二百三十九公斤水，一度电，外运一公斤垃圾。

北京是一个水资源贫乏的城市，电力供应也十分紧张。今年十一月一日至九日，北京电力供应部门平均每天拉闸断电五百一十三路次，而目前北京市供电线路是一千路电，比例之高，令人咋舌。据北京电力局局长赵双驹说，北京市近三年来市政和生活用电每年以百分之二十以上的幅度增长，而供电量年增长率仅百分之七点四。

一百万流动人口来到北京都要“分我杯羹”。这给北京带来的压力是巨大的。

同一九八〇年相比较，一九八五年外地来京刑事犯罪率上升了一倍。今年头八个月又有所上升。这一迹象使北京公安部门颇有些不安。尽管在一百万流动人口中他们只占极少极少数，可他们给社会带来不安宁因素。一个叫王志强的诈骗犯，以一个什么东方联合贸易公司总经理的名义，在北京市一些单位诈骗款额达一百二十万。类似的案件，去年共查获八十九起。北京市公安局的同志说，从已查获的案例看，一些携带大笔现金来京采购的人，早在他们离开家乡时就被跟踪，或者到北京后被人发现跟踪。这是一个新苗头。总之，犯罪率的上升，作为一个社会问题变得日益突出了。

上访、流浪人员也给北京带来多重不安定因素。他们中有的是收容站的常客。这些人中有轻微违法的人，扰乱社会秩序的人，无业盲流者和迷失的精神病患者及智障者。通常的情况是，一辆警车急速奔到这些人员滋扰的地点，很客气地请他们上车，然后直奔收容所。在北京市收容所，我们看到收容所的床位已占满。收容所的工作人员说，一年差不多要收容两万人，国家为此每年花费一百多万元。收容的流浪人占多数，有的人多次遣送回乡，仍又回来在京游荡。

在车站、旅店、公园，在街头、机关、研究部门，我们四处采集资料，追踪流动人口的去向。他们——每天上百万进京离京的人流，给北京的社会生活带来新鲜空气，给北京市的发展带来巨大的好处，也带来一大堆难题。

这是一个新的社会问题。不仅北京，哪一个大城市今天不面临这个问题呢？探索究竟，向读者提供一个可资思考的素材，是我们的目的。我们的报道到此不过刚刚破题。（待续）

原载《瞭望》周刊1986年第49期

北京百万流动人口探踪：流动人口给北京带来的好处

——调查报道之二

巨大的流动市场

在一些人看来是麻烦的事，在另一些人看来却是一件好事。现实生活就是这样处处充满矛盾。

每天，近一百万的流动人口在北京涌进涌出。他们在客观上给北京吃、住、行及水电供应诸多方面带来巨大压力。可是一旦了解到，他们每一个人的口袋里多少都揣着一笔钱，他们中还有许多人口袋里装着购进或销出的货品单，更有不少人是要向城市贡献他们的智力和劳力，便可以想象出他们——百万外地人，给北京带来的物质和精神的财富是巨大的。流动人口历来哺育城市成长，这是最简单的道理。举个最显见的例子，这上百万流动人口哪怕每人每天花一块钱，就是一百万元之巨。何况，他们每人每天花的钱不止于一块钱。仅此一点，足可以看出，流动人口给北京工商企业带来多么大的经济利益。

为了比较准确地说明流动人口给北京带来的经济利益和商业机会，我们向近二十个高中低档旅店的旅客发放了一百五十份问卷调查表。统计结果是：进京旅客的花费百分之八十都用在吃、住和购物方面。他们当中，平均每天花五至十五元的占百分之五十，每天花十五元以上的占百分之三十六，一天花钱最多者达三百元！据此，我们掐去两端，取个中间数，假定北京流动人口平均每人每天花费十元钱，那么，每天即有一千万元人民币流入北京。把这一千万元人民币乘以北京商业平均利润率（假定百分之十五），北京每天从流动人口身上即可得到一百五十万利润。这些利润，一部分作为税收进入国家财政，一部分作为留成进入北京市财政，一部分进入商业机构的事业发展和职工福利的账下。

好处远不止于此。流动人口作为北京商业、服务业的大主顾，他们极大地刺激着北京的工商业发展，为北京的工业、商业提供了许多机会。

北京王府井东风市场，是北京市四大商场之一。每天进出这个商场的顾客大十四万人。顾客中一半以上是外地人。目前，东风市场营业额日平均五十万元左右。年销售额一年比一年高，一九八五年比一九八三年翻了一番多，达到两亿三千八百多万元。

西单商场的拥挤程度不亚于东风市场。这个商场从一九七八年以来销售额每年以百分之十的速度递增。一九八五年销售额为三亿七千三百多万元，比一九七八年增长四点四倍；实现利润两千七百多万元，比一九七八年增长五点五倍；上交国家税收三千一百多万元，比一九七八年增长四点四倍。这个商场的办公室主任在解释北京商业繁荣的原因时说，这除了生产发展和人们生活水平提高的因素外，流动人口大量涌入北京是一个重要的因素。他说，西单商场每天顾客中也有一半以上是外地顾客。

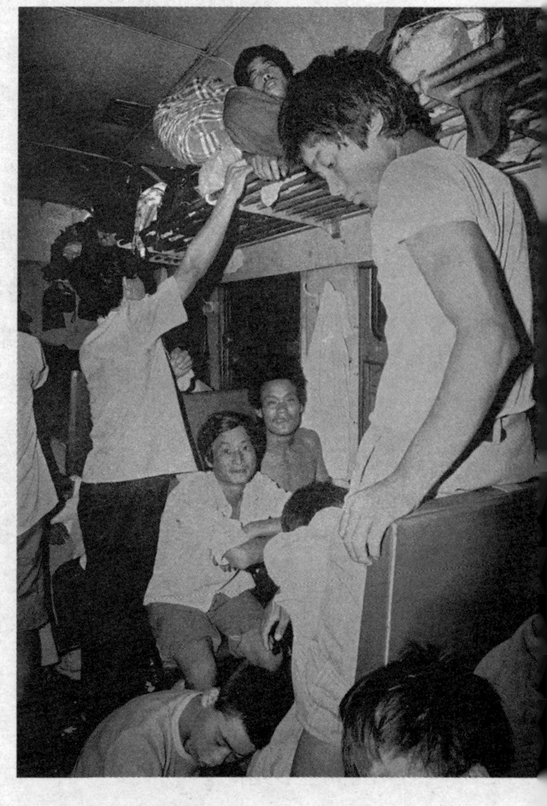

赶往北京途中（林惠 1986 年摄）

据调查，北京王府井百货大楼、东风市场、前门大栅栏商场，大体上与西单商场相同，每天的顾客有一半以上来自外地。他们腰里揣着钱而来，手里提着大包小包而去。如果没有他们，北京今天的商业、服务业的繁荣景象恐怕得大打折扣。

当一家以北京为主要销售地的企业发现产品在自家仓库里基本没有积压时，他在感谢北京居民的同时，还应该感谢这些外来人。北京流动人口几乎是所有消费品潜在而又现实的销售对象。从这个意义上说，他们为北京市以至全国许多工商企业带来了商业机会。这就是说，流动人口给北京不仅带来直接的好处，也带来潜在的好处——机会。谁抓住这个机会，谁得甜头。

假如没有他们

在北京市百万庄农贸市场，我们看到密集的摊位一字排开，长达两百米。只见人如潮涌，熙往攘来，叫卖声混合着其他嘈杂声不绝于耳；映入眼底的是五彩缤纷的服装，红透的西红柿，油绿的菠菜，新鲜的猪、羊、牛肉，活蹦乱跳的鲤鱼、草鱼、胖头鱼，还有国营商店少见的时鲜水果。这些鲜活艳丽的商品把这里变成了一个色彩斑斓、气氛热烈、喜气洋洋的小世界。可以毫不夸张地说，北京居民餐桌上所需要的，在这里或其他农贸市场应有尽有。这些摊位的主人，相当多的是外地人。这使我们不由得想，假如没有他们会怎样？

让我们对北京农贸市场做一个简单的巡礼，再来回答这个问题。

百万庄农贸市场管理所所长告诉我们，百万庄农贸市场现有四百五十二个摊位，分类如下：

裁剪，15家，经营者籍贯是江苏；

服装，32家，经营者籍贯是浙江；

塑料制品，5家，经营者籍贯是浙江；

修鞋，10家，经营者籍贯是浙江；

蔬菜、水果1300家，经营者籍贯是河北；

新鲜鱼、肉，30家，经营者籍贯是河北；

饮食，25家，经营者籍贯是北京。

单只这一处农贸市场的摊位主人，就有四个省市的人。北京本地的经营者只占百分之五，外地进京的经营者占百分之九十五。我们走访了其他几个农贸市场，经营者均以外地人为最多。

百万庄农贸市场管理所所长说：“这个市场经营的商品品种有近千种，仅蔬菜就有上百种。仅就蔬菜而言，这是北京市任何一家国营菜店都达不到的。”

这些外地人，以他们辛勤的劳动、智慧、商品，丰富着、装点着首都北京的生活!

我们再来看一笔数字。北京近几年市场供应发生的显著变化之一是农贸市场数量迅速增加，市场规模不断扩大。外地来的经营者通过农贸市场对北京市的社会生活产生了越来越大的影响。北京市工商管理局提供的一组数字，颇能说明问题：

时间	农贸市场数量	年成交额
1980年	107处	6 452万元
1983年	137处	12 494万元
1986年	628处	45 576万元

由此足可看出农贸市场对北京社会生活的影响之大，大到北京居民平均每人每年直接或间接地从农贸市场买走将近五百元钱的商品。

农贸市场已经介入北京居民的日常生活，成为很多居民的菜篮子、果篮子，人们已经习惯于不时地光顾农贸市场，逛农贸市场成为一些人的生活小乐趣。

这些外地人！他们承担着北京市民一年中价值四亿五千多万元人民币的日常生活物资的供应。如果这个负担转到国营商场的肩上，又要多少补贴，多少人力，多少基建投资!

这些外地人！即便他们是来北京赚钱的，可是他们又同样以消费者的身份出现，在市场上，把赚来的一部分钱投入消费。北京和平里农贸市场管理所所长对我们说："这些人，不仅是能赚钱的人，也是购买力很强的一群哪!"

向城市提供劳务的人们

今年有一阵，据说要取缔北京的保姆市场，结果在亟待聘用保姆的居民中间和保姆中间引起了不安。也有过一阵，要清退农民工，那结果也不甚妙，因为北京需要劳务服务。人们走街串巷溜达一番，随处可以遇到外地来的操各种口音的木工、漆工、弹棉花工、修鞋匠、废物收购者、打零工的洗衣女等等。在饭馆服务的外地男女青年、小旅店的招待员，也有好大一批。人们愿意聘请外地青年，据说他（她）们干活勤奋、守规矩，要求也不高。

我们来到北京建国门立交桥路南，这里的西便道上有一大群人，以青年妇女为多数。他们似乎交谈得很热烈。一个年轻姑娘犹豫不决地徘徊在人群之外。看上去她带着旅途的疲劳，可也有初到北京的喜悦。终于，她鼓起勇气加入了谈话。这是从陕西潼关来的姑娘。这里，距离北京三八劳动服务公司只有一箭之遥。这个公司也是专事为居民介绍保姆的。

一些区妇女联合会也在做这项工作。如东城区妇联不久前根据居民的要求从河北一个县招来八十六人。这八十多人一到，转眼就被人聘请走了。特别是那些双职工又有一个孩子的家庭，多么需要一个家庭助理啊!

据说，原先北京市只有两万多保姆和家庭服务人员，绝大多数来自安徽省。目下，已达五万多人，河北、河南、陕西、山东等省的人都有。有关方面提供了这样的数据：北京市一九八〇年育龄妇女为二百七十四万人，到二〇〇〇年将增加到三百多万人。小宝宝出生数量一年一年增加。父母要工作，谁来照顾他们啊？出路当然是兴办更大量的托儿所、幼儿园，但是眼前他们只好求助于保姆。

近年来，还出现一个新的动向：来京当保姆的人中有将近百分之三十的人转到了服务行业，比如饭馆、旅店。他们还串联来了许多农村小伙子。北京的服务行业中，外地人的队伍在膨胀。

进入冬季，北京城区成百上千个为居民、办公室取暖的供热锅炉点起了炉火。据了解，有相当数量的锅炉工是外地来的农工。这是一件苦差事，北京城区的一些待业青年可不愿干这活计。来自河北石家庄地区的一位农工却说："这活计满好。一天收入四元工钱。冬季一过，回乡种田，两不耽误。"用人单位也高兴，这比固定工要节省得多。也有例外，有的农工冬季过后，用人单位仍留下他们干其他零活。

外地人进京提供劳务最多的是在建筑业。据统计，他们已占北京百万流动人口的百分之二十以上。仅北京宣武区一地，外地来京的建筑包工队伍就有一百一十七个，占该区施工队伍的百分之四十四。

外地建筑工在北京的大量出现，主要是因这几年北京建筑任务大，单靠北京市的六个建筑公司的力量已不敷使用，加上外地民间建筑队报酬低于国营建筑队，所建工程由于实行包干制：包工期、包质量、包投资，工效较高，且建筑工期短。特别是建筑工期短一条，使他们具有很大的竞争力。因为，建筑工期短即意味着能节省建筑费用，就这一点而言，他们在北京建筑市场的出现，在经济上给北京带来的好处也是巨大的。

思想、信息、知识的载体

与流动人口在经济上给北京带来的好处相比，日近百万的流动人口在文化教育、科学技术、信息传播各个方面，给北京以至于北京以外整个社会发展带来的好处或许更显得大些。

当我们把流动人口作为一个消费的群体去探寻他们在经济上带来的好处时，我们差一点忽略了另一个重要的事实：日近百万的流动人口中，不知有多少是带着信息、思想、智慧、技术和其他一些非物质的精神产品、精神财富来到北京的。

据不完全统计，今年以来，有二十二个全国性的先进集体先进个人表彰大会在北京召开。这些来自全国各地、各行业的先进劳模——老山前线的英雄、企业的干部、工人，公共交通系统的司机、售票员，各种社会岗位上的共产党员……通过宣讲座谈，参观访问，他们把自己对两个文明建设的理解和行动，把自己勇于改革、开拓的精神风貌带到了北京社会生活中。最近，在北京召开的全国先进党支部和优秀共产党员事迹经验交流会就是一个生动的事例。

近年来，参观浏览各种展览会、博览会、商品展销会业已成为北京居民社会生活的一个内容。在北京北三环路国际展览中心举办的国际防务展览会刚刚结束，坐落在北京西长安街的民族文化宫门前又排起了等候购票入门的长队。原来这里正在举办钟表博览会。而就在这个博览会刚刚结束不几天，香港产品展览会又在北京国际展览中心开幕。一年里，各种商品展销会更是层出不穷。这些展览会有全国性的、地方性的，有行业性的、专业性的；常常是几个展览会同时出台。仅十一月一个月，据不完全统计，在北京举办的大小商品展销会就已达二十多个。外地的许多厂家、企业集团、贸易公司甚是精明，他们不仅把商品带到北京，还把有关技术带到北京，借助商品展览、博览、展销的机会，在进行商品交易的同时进行技术贸易。

同样的现象亦表现在文化、教育、科学各个方面。意大利著名歌唱家帕瓦罗蒂带来了世界最高水平的歌剧演唱风采。世界著名物理学家、诺贝尔奖得主杨振宁、李政道、丁肇中带来了世界物理学研究的最新思想。北京的许多大学，几乎每周都有来自非北京地区或国外的专家学者为学生们开办讲座。而北京的戏曲舞台上，一年差不多有一半是外地剧团来北京演出的节目，剧中包括京剧、昆剧、评剧、越剧、川剧、豫剧等等。北京与外地、北京与国际间这种空前高涨的文化交流，使人们几乎弄不清究竟是这些活动带来了流动人口，还是流动人口带来了这些活动。

据北京市政府研究室提供的资料，在日近百万的流动人口中，有百分之十八的人是党政机关企事业单位负责人。这些人给北京带来的是什么呢？准确地说明这些人给北京带来了什么是一件困难的工作，但有一点却是可以肯定的：他们带来了各个地区政治、经济、文化的信息，带来了改革开放的新鲜经验和新鲜见解，带来了各种横向经济联系和技术联系的意向。据全国记协的同志说，今年以来，已有来自九个省、市、自治区的部门、企业借助记协的场地举行记者招待会，发布新闻。借助二十九个省市自治区驻京办事处和北京其他部门举行的类似的活动也不在少数。

一位年轻人对记者说，他已经是第五次到北京了。他的工作任务是奔走于中央几个部委的情报资料研究所，为他所在企业收集国外有关光学和激光技术的最新资料。像他这样奔走于北京科研机构、图书馆和情报资料研究所的人为数不少。

北京地区有科研机构五百多个，科研人员近十一万人，高等院校六十二所，教师三万多人，出版报纸九十九种，年发行量八十六亿份。

北京更有全国最大的图书馆、最大的展览馆、最大的博物馆、最大的新华书店。这使北京具有其他任何城市都无法比拟的文化教育和科学技术的吸引力和辐射力。日近百万的流动人口中有许多人正是冲此而来的。他们把各地的信息、文化思想和科研技术成果带到北京，又把北京的信息、文化思想、科研技术成果带向全国。在这里，我们看到的流动人口不仅仅是作为要吃要喝要睡的一群人在流动，还作为知识、信息、思想、技术的载体在流动。正是他们，使信息在流动中得到更广泛的传播并使它变成商品；正是他们，技术成果在流动中得到推广利用。而就在这一进一出，一输一入的过程中，该有多少信息、技术、知识、智慧变成了实际的社会生产力！

城市面临的课题

流动人口能够给北京以至全国带来的好处是那么多，照理说，北京大可在这方面下点功夫，消化这上百万流动人口，消化吸收他们所带来的智力、劳力、财力营养。然而，当我们的追踪采访深入到北京城市的承受力这一层面时，我们发现，理论上说得通的事，实际上未必做得到。这是为什么呢?

北京市委、市政府研究室经常组织各方面专家学者及有关部门的实际工作者研究北京市人口和城市发展问题。他们的研究成果为我们揭开了疑惑。

原来，北京流动人口“膨胀”之所以成为新的社会问题，有着北京城市人口膨胀的深刻背景。

据有关部门统计，北京市目前城市人口正以平均每年十万人的速度增长，到今年六月底，北京市已有常住人口九百三十六万八千人。有关部门预测，到一九八八年，北京人口将突破一千万。可以说，正是北京常住人口的不断膨胀，给北京带来一系列困难和问题，如城近郊区地下水开采量已超过可供量，生活用水日趋紧张；城市垃圾每年以百分之六的速度增长，以及住房难、乘车难、供电紧张、环境质量下降等等。这表明，北京作为一个城市，已在超负荷运转。流动人口急剧增长，当然更加重了城市负荷。

那么，是不是说，北京常住人口加上流动人口，已超出了北京的城市容量，北京目前的一系列社会问题主要是人口膨胀所致呢？对此，一些专家学者却另有见地。

他们认为，与国外许多大城市相比，从人均占有资源量看，北京城市人口并没有超出城市容量。不能简单地认为人口规模增长快，是产生北京一系列困难的全部原因所在。其实，北京的工业、尤其是重工业发展快，才是北京市目前城市用地、用水、用电长期处于紧张状态的根本原因。这从北京在业人口职业构成情况，可以看出端倪：每一百人中，有四十人在工业部门供职，只有十三人从事商业、社会服务业。

下面，我们列举一九七八年几个国家首都人口职业构成情况，以作为比较：

东京，工业人口占在业人口29.1%，商业、服务业人口占在业人口45.6%；伦敦，前者占16.6%，后者占40%；华盛顿，前者占3.1%，后者占31.8%；巴黎，前者占29.5%，后者占61.7%；只有莫斯科同北京有近似之处，前者占27%，后者为13.8%.

这种城市人口职业构成上的不合理状况，带来了三个方面的问题：一方面，在开放、搞活的形势下，北京市不适应流动人口必然急剧增加的新形势，不能提供充足的服务和有效的管理；一方面，由于北京不能提供充分的服务，外地人赶来补充，叫作“乘虚而入”，这又增加了流动人口的比例；还有一方面，巨大的流动人口带来的好处，没有能力吸收、消化，使之成为城市发展的丰富营养。所以，一些人对流动人口的剧增，只是摇头、叹气、无可奈何和嫌乱。这些同志不懂得，没有流动人口就没有城市，也就没有城市作为经济、政治、文化、贸易中心的地位。心脏的搏动，正是因为有血液流通。

北京居民和来到北京的外地人处处感到行难、住难、吃难、打电话难、储蓄难、办事难以及诸如“气象万千，诸多不便”这样的讽刺，正是说明北京没有很好地履行现代化城市的职能。

我们从北京第一商业局得到一个有趣的数字。据该局计划处统计资料，北京第一商业局系统今年以来的营业额与去年同期相比，下降了百分之九。据说这是北京一商系统营业额多年以来的稀有现象。

为什么呢？北京东风市场经理说，原因很多，但其中一个重要原因是外地人来北京购物的高潮已经过去，外地人不再是为了购买紧俏商品而进京。而在前几年，由于北京是首都，物资供应上优先照顾，人们可以在这里买到在别的地方甚至产地所少有的商品。北京的商业是靠这一条兴隆的。现在不行了，一则是经济发展快，物资越来越丰富，北京有的外地也有，甚至更便宜更好；二是北京的商业还不够活，市场上优质产品的品种和数量在减少，也削弱了吸引力。再则，改革还没有深入到各个领域，还不能提供优质服务。据此有人发出警告：北京流动人口购买力正向南方城市迁移!

这一微妙的变化，很值得北京各方面注意：北京如何满怀热情、周到体贴地为大批涌来的流动人口服务，又细致地调查研究这些外地来的“财神”“智多星”，采取有效的措施使他们乐意为首都做一点贡献。比如，全国各地要求得到首都的信息服务、技术文化服务和开拓创造的支持的呼声日益强烈，首都便大有可为。巨量的流动人口给北京带来好处，又带走他们所需要的经济的、政治的、文化科学的财富。把北京建成全国的政治中心、文化科学中心、经济贸易信息中心和一所两个文明建设的大学校，该是多好!

在我们调查采访中，对流动人口也听到了几种不同的意见。一种意见，流动人口数量超过了北京现有的社会承受能力和治安管理、市场管理的能力，应采取行政手段加以控制；一种意见，重在疏导，可采取诸如提高生活费用的经济手段加以制约；第三种意见，首要的不是控制北京流动人口的增长，常住人口膨胀才是北京一系列困难的根由；第四种意见，控制北京常住人口膨胀的同时，调整北京的产业结构，使北京真正具备现代城市功能。他们认为，流动人口增加，是改革、搞活和商品经济发展的必然现象，是好事不是坏事，要因势利导，促进经济、社会的发展。

我们在追踪调查采访过程中记起中共中央、国务院对《北京城市建设总体规划方案》的批示："北京是我们伟大社会主义祖国的首都，是全国人民的政治中心和文化中心。北京的城市建设和各项事业的发展必须服从和充分体现这一城市性质的要求。"按照这个要求，北京已描出了未来城市发展的宏伟蓝图。要实现这个蓝图有巨量的工作要做。从何处起步，专家已有中肯的意见：北京城市发展的当务之急应是调整产业结构，大力发展第三产业，使北京在短期内增强城市承受力、容量和活力。还有，要切实探寻化害为利的办法，从巨量流动人口中消化、吸收他们带来的一切有益的营养。北京，应该成为沸腾、活跃而有秩序的城市，成为血脉流通全国的城市。百万流动人口不断向北京提出新课题，促进着北京的发展，改变着北京的面貌。应该感谢他们！（待续）

原载《瞭望》周刊1986年第50期

北京百万流动人口探踪：北京流动人口急剧增长的非正常因素

——调查报道之三

北京流动人口从一九七八年的每日三十万猛增至今天的将近一百万，除去改革、开放、搞活经济的正常因素外，其中有无非正常因素呢？我们的调查所得，使我们敢于肯定地说，有。不仅有，我们还看到一些促成流动人口急剧增长的非正常因素正在不断扩大、蔓延，似有愈演愈烈之势。

“会海”在北京

会议在北京似乎还没有泛滥到“成灾”的地步——几乎所有饭店、旅馆、交通工具尽为会议所占用，从而极大地干扰了城市生活的正常秩序——从这一点来说，北京算是幸运的。但是尽管如此，一年当中的每一个月甚至每一天，仍有大大小小各种名目的会议在北京举行。

在北京火车站出口处，从早到晚，我们都能看到许多人高举着上书某会议接待处字样的牌子在等待接客。由此开始追寻这些会议的开会地址，我们来到了北京几家宾馆、饭店和机关招待所。

北京国谊宾馆隶属国务院机关事务管理局。该局一位同志为我们提供了一个数字：今年上半年，仅要求国谊宾馆接待的会议就有一百三十八个、共三万七百多人；实际接待七十一个会议，共一万两千多人。接待的会议比去年同期减少五个，但人数却增加三千五百多人。

北京最大的社会服务旅馆——哈德门饭店（原崇文门旅社）的经理说，今年“五一”以来，该饭店百分之九十五以上的床位为团体包用，其中相当一部分是部委机关介绍来的。

一些部委招待所和省、市、自治区驻京办事处的负责人说，七月份以来，来京出差、办事的人是去年同期的一倍多，“十一”以来仍有增无减。

十月的一天，记者以预订房间的名义，通过电话了解到，从那时起到十二月初，北京能接待五百人以上会议的饭店、宾馆全部为会议包用，个别宾馆的会议一直预订到明年春节前后，其中人数最多的会议为八百五十人，时间最长为半个月。与此同时，哈德门饭店（原崇文门旅社），崇文第二旅馆，新街口旅馆等北京市较大的社会服务旅馆（床位约在四百张），也有一半以上的床位被会议所包。

这么多的会议究竟能带来多少社会效益或经济效益，没有人定量分析过，而国家财政支出的行政事业费近年来日渐膨胀，这在财政部却是有账可查的。据财政部提供的数字，近年来，国家财政用于行政事业费的支出是以年均百分之十三点六的速度在增长。

几位在国家机关专管接待会议的负责人在接受记者采访时说，在他们看来，有些会议是必须开的，因为会议作为统一认识、沟通信息、协调行动和集中大家智慧的一种手段，在大多数情况下都是行之有效的。现在的问题是，有些会议只是为了造个声势，表面上轰轰烈烈，实际上毫无实质性内容；有的会议准备不充分，会议议题不明确，会上各方人士互相扯皮；还有一些会议，有的问题本来不需要拿到会上讨论，但由于某些机关怕负责任，不敢拍板，也要拿到会上，使会议议题增多，既延长会期，又解决不了问题。

据了解，今年以来，由于中央三令五申，各部门在北京召开的会议有所减少。可是因开会来北京的人数却有增无减。究其原因，除各种名目的订货会、鉴定会有所增加外，一个重要的原因是开会的花样在翻新。不少部门虽然把会议搬到北京邻省召开，会后却以代表要求到北京转车、办事为由，又把代表请到北京小住几日。

公费旅游：一个值得重视的现象

在促成北京流动人口急剧增长方面，公费旅游作为一个非正常因素，比之会议泛滥带来更多的消极影响。

十一月的一天，记者曾在北京颐和园遇到十几位操东北口音的游人。经交谈，得知他们是沈阳某工厂科级以上干部。他们本是到大连学习“灭鼠经验”的，不知怎么却拐到北京旅游起来。诸如此类以假出差、开会、学习等名目游山玩水的事例还少吗？全国几乎所有名胜古迹、历史名城：黄山、泰山、桂林、杭州、北京哪里都能看到他们的踪影。

他们在流动、不停地流动，不管流动的名目是什么，流动去向大多是风景名胜之地。北京是举世闻名的旅游城市，势所必然地成为人们假借各种名目云集之地。在这样的情况下，人们几乎分不清楚有多少会议、差旅是因为可以得到旅游的机会而被“人为”地制造出来的，也分不清楚有多少人是怀着旅游的动机在积极要求参加会议或积极要求出差。

据有关部门不完全统计，一九八一年至今，到北京旅游的人数翻了三番。最多的一天，北京接待外来旅游者达一百一十五万。这里面有多少是公费旅游者不得而知。据北京市政府研究室提供的资料：在日近一百万流动人口中，专门自费到北京旅游观光的，不过只占其中的百分之二点五（不包括国外来京人员）罢了。这或可说明一些问题。

当然，并非说只有专门到京旅游观光的自费旅行者才有资格旅游。其实，不管出自什么目的到北京，“搂草打兔子”，顺便游一游祖国首都的风景名胜、文物古迹，在任何人看来都是理所当然的。开完会，办完事，或中途转车停留几天，自己掏钱各处逛逛，不但无可厚非，北京旅游服务业部门还应热情为他们服务。然而问题是，并非所有的人都是公私分明，其中有些人完全是假公济私。

记者在北京颐和园“园中园”看到，三块钱一张的入园票，并没有抑制住成群结队的游人涌入这个庭院。问及售票的工作人员何故？是人们确实有钱呢，抑或这“园中园”确有令人不惜花费都要一睹为快的魅力？售门票者答说：“几方面的因素都有。可是你也看得出，其中有许多人因为拿到手的票据可以报销，花钱多少他们才无所谓哩！”售票员还告诉我们，入园者当中有不少人向她们索要发票，目的无他，回单位报销是也！在有的单位游园票也能报销（尽管按财经规定此项不能报销），这不能不使我们深受震动。

在北京前门附近，我们曾看到，一些不法分子在向外地来北京的人兜售打火机。兜售的方法是谁买他一只打火机，他给谁一把与打火机等价的废弃公共汽车票。在北京一些旅游线上，有的旅游车也以此招徕游客，且听他们的吆喝："上车吧，上车吧！买一张票给两张票！"照一名深谙此法的北京青年的话说："那招多了去了！"

凡此种种，说明了什么呢？它说明，我国财务制度有许多不健全的地方，特别是现行的旅差费实报实销制度有很大的弊端。因为谁也无法判明那一把一把的公共汽车车票或其他差旅票据是用来旅游的，还是用来执行公务的，这全凭报销者的一张嘴说了算。这就为公费旅游打开了方便之门。而实报实销制度的弊端留下的许许多多空子是那么好钻，不可避免地会引诱一些人去弄虚作假，假公济私，久而久之，起初还是少数人的行为，变成了多数人的行为，许多人的心灵在不知不觉中被腐蚀了。更何况，有些单位是明目张胆地以各种名目让所属干部、职工用公费旅游。

据财政部的同志说，自一九八一年以来，全国行政事业单位用于差旅费的支出，平均每年递增零点三亿元，一九八五年达到五点七亿元，比一九八三年增加支出近二点一亿元。虽然谁也说不清楚国家财政用于旅差支出的增长数额里，公费旅游占了多大份额，但有一点却可以肯定，公费旅游是国家财政旅差费支出日形其大，日形其多的诸多因素中的一个，而且是一个必须加以排除的非正常因素！

在调查采访中，我们还看到，公费旅游带来的另一不良后果是北京旅游业发展失调。一方面国外旅游者及国内自费旅游者来到北京得不到更好的服务，一方面是大批公费旅游者充塞各个风景旅游点，给北京的文物保护带来一系列困难。据了解，目前北京的文物损坏情况相当严重。如故宫三大殿地面的"金砖"，平均被游人磨去了二三厘米厚，这种砖在清朝每块造价一百多块银元，制作技术今已失传；御花园内几百年前种植的古树，由于游人的触摸、空气的污染等多方原因，近几年死掉了七八棵，还有几棵也濒临死亡。颐和园门外的牌楼，是北京具有代表性的古建筑，如今也被撞得散了架；至于游人触摸、涂画及碳化造成的文物损坏不计其数。一所公园的负责人说，我们现在的旅游可说是破坏性的参观旅游。

这一切，都在向有关部门提出，公费旅游的问题不可等闲视之了。而要刹住公费旅游风，有必要改革现行的旅差费报销制度。

改革现行财政报销制度还将有助于减少各种名目繁多的差旅、会议。而名目繁多的差旅、会议的减少，意味着有关这方面的流动人口也将随之减少。在我们的社会生活中，减少这方面的流动人口，对交通运输、城市管理、国家财政支付都是一件好事。

“跑步（部）前进”的人们

把促成北京流动人口急剧增长的各种正常的和非正常的因素分解得越细，我们越能看到，流动人口的急剧增长，不仅向北京的城市建设、城市管理提出了一系列新课题，也向整个社会提出一系列需要在改革中加以解决的问题。听听那些来北京“跑步（部）前进”的人的呼声，便可看出诸如简政放权，改革机关作风，提高办事效率，克服官僚主义这样一些问题，确实到了非改革不可的时候了。

在北京哈德门饭店，某汽车制造公司来北京的一位负责人对记者说，该公司为建一个项目，要经过十几个部委、总局的六十六个单位画圈、盖章，无论你怎么急，都得逐个部门传递文件报告，一个个过关，哪个都不能少。如果有一个环节卡住了，这件事就告吹。有时等待批文的时间之长足以建两三个同类项目。他说，正是为了早日见到批文，他们才火急火燎地公文到北京，人也到北京。

与这家公司的做法相似，许多地方部门已摸出了来北京办事的规律：派人常跑中央各部委没错！他们戏称这叫“跑步（部）前进”。

在北京崇文门一家小旅馆，记者遇到上海医用分析仪器厂来北京办事的两位同志。他们是为落实该厂“扩建临床诊断仪器和配套试剂项目”来北京的。这个项目经上海方面批准于一九八四年第四季度报送到有关部委，此后直接派人来北京催办八九次，又以不同途径间接催办多次，到今年七月才拿到批文。他们说，现在管事的部门太多，手续也太繁杂。并告诉记者一个有趣的事例：他们单是为修改一份申请报告，就派专人往返好几次，因为各个部委对报告的格式有不同的要求。

记者在几个省、市、自治区驻京办事处与不少外地公司、企业来北京办事的人交谈。他们最不满意的是，由于各部委以及各部委内部之间缺乏协调、配合，各有各的主张、各有各的规定，他们来北京办一件事要往返奔波于若干个部门之间。久而久之，反过来变成了“下级来协调上级关系”。

我们在几个省、市、自治区驻京办事处和几个饭店旅馆做了一个抽样调查，据统计，来北京出差人员中，因“打上来的报告迟迟不批而不得不进京催办”的占百分之三十四；因“办事靠关系，不来人办不成”的占百分之五十一。

在河南省驻京办事处的招待所里，河南南阳地委书记杨凤刚对记者说：“每天把全国那么多繁重而生疏的事情，集中到北京的部委机关来办，怎能没有困难呢？其实，只要有一定的规章制度，许多事情我们地方完全可以自己解决。”他的话在外地来北京办事的干部中很具有代表性，反映了各地要求简政放权的共同呼声。

据了解，今年以来，许多部委转变机关作风，深入基层，调查研究取得较好成效。上海医药工业系统今年三千万元以上的项目有五个，国家计委、经委、医药总局、物质总局和建设银行等有关部门，改变了以往坐机关听汇报、画圈的做法，直接派人到上海现场了解情况，帮助项目建设单位出主意，想办法。上海医药工业局干部冯恒对记者说，部委机关派人来上海一次，这五个项目建设单位也许要少往北京跑几十次。由此可见，简政放权，改变过去领导就是画圈盖章、颐指气使为“领导就是服务”的做法，流动人口中那些“跑步（部）前进”的人将大为减少。这也说明，北京流动人口剧增的背后，有许多改革的课题在等待人们去探讨、研究、实现。

“信息不灵”与流动人口

在北京日近百万的流动人口中有相当一部分是来北京从事信息活动的人员。他们或在北京扎营设寨——租民房包旅馆房间，打出驻北京办事处牌子，或夜晚暂居客店，白日里奔走于各部委、各公司。更有一些人深知信息服务是一桩可以赚钱的事，而充当“吃二馍”的中间人。这些人一般客居低档旅馆，全部“资本”就是一本北京市电话号码簿。他们深知许多乡镇企业来京办事的人初到北京东西莫辨，势所必然地需要有人为他们介绍情况，做些牵线搭桥、沟通信息的工作，于是他们“挺身”而出，“愿为阁下效劳”。当然，这必须是有偿的。信息也可以是商品。这是由商品经济的发展规律所决定的。

北京一家小旅馆的服务员向我们描述的这些“场景”使我们眼界大开。确实，不能不佩服这些人，他们给北京的信息流通带来活力。由此联想开去，我们不由得想，假如我们的社会生活中有更多的信息渠道，或更多的信息不是被“冷藏”在办公室、保险柜或是握在一些人手中，而是使之公开化，通过传播媒介，把它变成一种经济资源任人利用，也就不至于出现那么多“中间人”和那许许多多为寻求信息而不惜花费奔赴北京的人了。

比如充分发挥广告、报刊、电台、电视台传递信息的作用，就是一个能够有效替代购销人员和收集信息人员的途径。

据有关部门统计，在各地来北京出差的人员中，有大约百分之二十五是专门到北京收集信息的。这是一个不小的数目。但遗憾的是，我国的广告业刚刚起步，尚不能适应当前商品经济发展的需要。报刊、电台、电视台在传递经济信息方面还不十分有力。

据中国广告协会的同志说，近年来，我国广告业在传递信息，提高某些产品知名度方面，起了一定的作用，对购销员、信息员有一定的取代率。但是，由于许多企业对广告的作用认识不足，加以广告从业人员素质普遍较差，目前绝大部分广告缺乏市场调查，在广告媒介选择、地区选择和时间选择等方面存在很大的盲目性。广告周期过长，内容单一，有的广告好话说得过分、失实，更引起消费者反感。这种种原因都严重削弱了广告在信息传递方面的作用。报刊、电台、电视台在传递经济信息方面存在信息不多、不详、不准等不尽如人意之处，也很难大量替代购销、信息人员，看来，流动人口给社会提出的改革课题是多方面的。

通信落后也是流动人口增多的一个因素

北京百万流动人口探踪，对我们来说仿佛是一次漫长的旅行。作为这次旅行的最后一站，我们来到了邮电部门。我们有许多疑问需要得到解答——北京流动人口急剧增加，或推而广之，全国各大城市流动人口急剧增加，是否与我国邮电通信水平太低有关？我们得到的答复是，不只有关，而且关系甚大。

北京邮电研究院技术研究部的研究员，有感于全国车、船、飞机的拥挤情况，比较早就注意到流动人口问题。他们通过对三条航线上的班机乘客和火车站一千三百名候车旅客的问卷调查分析，发现现有交通客运中百分之六十八点三（火车）和百分之八十五（航空）的乘客，旅行是为了交换或获得信息，其中至少有一半是可用通信手段替代的。

可是，为什么人们在大多数情况下情愿借助车、船、飞机，千里迢迢地来回奔波却不愿利用邮电通信这一更为现代化的通信手段呢？回答这个问题需要听听电话用户们的看法。

我们从一些来北京出差的人口中了解到，在现代通信，如电话、电报、电传和“驿马传书”这种以人的流动为传递媒介两者之间，他们之所以选择后者完全是出于不得已。自从有了飞机以后，世界变小了。世界自从有了电报、电话以后，国家与国家、地区与地区的距离缩短了。可是在中国大多数地区这种由现代通信带来的变化极小。上海到北京的距离，与上海到香港的距离大体相同，可是上海到香港的直拨电话时时通畅，使上海到香港的距离缩短了。相形之下，上海到北京的距离却变得遥远了。因为连接上海与北京的电话线路既少且不通畅。按照邮电研究院技术经济研究部提供的资料：目前，我国长途电话每一百次中有效接通的只有八十五次；省会城市长途电话有效接通率则只有百分之七十八。此外，我国长途电话自动化（含半自动化）程度只有百分之二十四，全国长途电话接通一百次中超期限的近二十次，省会长途电话逾限率更超过三分之一。一九八三年，按世界人口计算，平均每一百人拥有电话机十二部，可是到一九八五年，我国平均每一百人拥有电话机零点六部。目前，我国邮电业实际承担的电话、电报、电传业务量是实际承受能力的四十二倍。

这就是我们今天社会生活面对的现实：邮电通信严重落后于商品经济发展的实际需要。

了解到这一点也就不难理解为什么许多人置现代通信手段于不顾，却不舍千里奔波之苦。

由此而言，北京流动人口急剧增加不仅向社会提出一系列改革课题，而且暴露出我国在某些领域还存在着较为严重的落后现象，当工业先进国家正在进行信息革命的时候，我国大量的信息交换或信息获得却依然靠人员流动来完成。这无论从经济效益、社会效益、时间效益哪方面来说，都是可悲的。在这里，流动人口的问题实际提出的是一个如何在信息领域迎头赶上世界信息革命浪潮的问题，是一个现代化的问题。

结束语：北京百万流动人口探踪，使我们步入社会的各个领域。我们看到它随时代的变化而变化，也只有在今天这样国泰民安、商品经济开始发展的今天，它才能够以如此巨大的规模出现在社会生活面前，并对城市社会生活产生重大而深远的影响。它为社会发展带来很多好处：经济的、政治的、文化的；与此同时它又带来一些新的课题：作为一个城市应该怎样接受它、对待它，如何把夹杂于其中的非积极因素加以剔除，兴利除弊。以劳务进城为例：据有关部门预测，随着农村商品经济的发展，今后十五年内，将有两亿农民离开耕地。迅速地为他们建造许多城镇是困难的，他们当中有相当一部分将以多种方式流进城市。北京就正在经受着中国现代化第一个浪潮的冲激：大量农民劳动力进入首都。对此，城市如何消化、吸收他们带来的好处，如何对其进行管理，这是一个值得深入探讨和研究的问题。

我们也看到，在流动人口急剧增长的背后，还有着许多非正常的促成因素。会议泛滥、公费旅游、领导机关权力过于集中、办事效率不高、通信不发达、社会信息化程度低等等，所有这些，都在向有关部门提出，我国要走向现代化，不改革是没有出路的。

原载《瞭望》1986年第51期

中华精神的展示

庄严的华表，古老的长城，象征着我国悠久的历史。画面中一条纵贯的透视线，表达出一种飞跃的动态。它突破了画面前部静止的平面，向上飞去。画面的中部，是多彩的、令人炫目的远景，它像是人群、像是路灯，又像是宽阔道路上奔驰的汽车……这是人民美术出版社即将出版的一套系列宣传画中的一幅，题为：奋飞吧，中华。

这套宣传画是为了展示党的三中全会以来，我们中华民族在各条战线所取得的非凡成就，为着振奋、激励各族人民革命意志和建设热忱而绘制的。它由全国总工会宣传部、共青团中央宣传部、全国妇联宣传部和人民美术社联合编辑，共十幅：1.奋飞吧，中华；2.中国工业，旭日东升；3.农业改革，形势喜人；4.中国空间技术的过去、现在、未来；5.中国体育健儿腾飞五大洲；6.中华医学的世界成就；7.中国歌手登上世界舞台；8.中华勇士首漂长江；9.特区，中国开放的窗口；10.人民军队，保卫祖国，建设祖国。

适时地向社会推出反映时代风貌和宣传社会主义精神文明的招贴宣传画本是我国出版界的传统。可是过去由于在极左路线的指导下，宣传画的面目大多生硬呆板，既缺乏美感，又充斥着强加于人的说教，时间长了，群众自然望而生厌。既然群众不欣赏，出版部门也就不那么热心了。这或可说是这些年宣传画不景气的一个重要因素吧。

人民美术出版社出版这套系列宣传画已再次赢得人心，唤起人们对宣传画的热情，进而繁荣宣传画的绘制、出版，诚心可贵。

人民美术出版社总编辑刘玉山说，1985年召开的全国出版社总编辑会议上，大家对非法出版、劣质出版物泛滥深感忧虑。做了一些修订，调整了出书结构。同年十月各编辑室展开了端正业务思想的讨论，树立社会效益第一的思想。上一套反映我们这个时代的宣传画的想法，就是在讨论中由一个编辑室提出的。我们认为在新时期，有必要重新扶植这只花朵，让它重放光彩，在社会主义精神文明建设中发挥作用。

美术编辑姚奎谈到这套宣传画的构思在他脑海中产生时说，我曾画过一些祖国壮丽河山的画，但不知为什们总觉得时代精神不强。有一天，我读到一位不屈不挠改革为国家做出重大贡献的工程师的事迹，我突然觉得有一种感召，感召我想到，出版一套宣传画来歌颂我们的时代必能赢得群众的喜爱。

确实，中国人民正以一种坚强的凝聚力，迈着稳健的步伐，开创着壮丽的事业。它不能不在文艺工作者心中激起巨大的创作冲动。这套宣传画由于编排上具有磅礴的整体气势和强烈的时代特色而很好地烘托出中华精神这一中心主题，加之作者——中央工艺美术学院的学生们在艺术构思和表现手法上新颖独特，颇能激起人们的共鸣，达成情感上的交流。

让我们来共同欣赏这套宣传画中的几幅。

《中国空间技术的过去、现在、未来》——但见大红的国旗做背景，一具银白色的现代火箭腾空而起，在火箭喷射出的火光中重叠出一支我国古代黑色的火药箭。作者用这种重叠的方法完成了几个世纪的空间构成，简易明了。在画面的下方，叠印着三行字："我们的过去、我们的现在、我们的未来。"它以简明的构图在给人以美观的同时给人以自豪感，观之令人振奋。

中国歌手在国际歌坛频频获奖，这也是党的三中全会以来，我国所取得的一系列具有世界意义的成就之一。作者突破了一般化的表现形式，立意新颖单纯。但见蓝色的天幕上飞来了百灵鸟，一位年轻漂亮的姑娘正在放声歌唱。随风飘荡的五彩旗帜是她的秀发，她象征着世界水平的声乐艺术。画面前景精心描绘的是一巨大音符，它由地球图形和鲜艳的五星红旗组成，象征着中国歌手登上了国际歌坛。

特别值得一提的是《特区，中国开放的窗口》一幅：一扇厚实、沉重、古老的中国式大门敞开了。远处海浪涌动，轻拍沙滩，一座乳白色的现代化大厦在海滨拔地而起，高耸云端。蓝色的天空中，飘扬着鲜艳的世界各国的国旗。这幅作品构思的新颖和技法的简练，让人一目了然。它把对外开放化为一种美的形象呈现在人们眼前，艺术效果十分强烈，堪称佳作。

原载《瞭望》1987年第8期

中国美术在开放中发展

五四大街的中国美术馆最能反映中国美术创作的繁荣景象。在一年的时间里，这里差不多平均每一周就推出一台新的画展，即使这样，仍满足不了众多画家的心愿。候展的佳作是那么多，一串长长的名单在等待中不断拉长。这大约就是中国美术的现状——佳作层出不穷，从南到北，从东到西，从中国到海外，中国画家的画展彼伏此起。假如把一年当中各地画展中的作品连缀在一起，人们一定会眼花缭乱：但见中国画、油画、版画、木刻等十几个画种和各种风格流派画法的佳作，竞放斗艳，数量之多、之绚丽，非语言所能形容。

中国美术馆研究部主任董玉龙一项经常性的工作是从许许多多展出的绘画中遴选出最上乘之作收为馆藏。他对当前的美术形式有一个精道的概括。这就是高、深、新、活、多。

高者，今天的中国美术站得高了，它所面向的是整个世界。它的视野不再像九年前那样，眼光只盯在俄苏画派和三十年代的木刻上了。它所借鉴的是包括中国绘画艺术遗产在内的整个世界的绘画遗产。深者，美术创作活动深入社会基层，从工厂到农村，从军营到学校、机关，美术创作活动已不是少数人的“领地”，而成为许许多多人的志趣。新者，美术创作突破了僵化的模式，产生了一大批富有新意、富于创新的优秀作品。一个活字则点出了美术领域无论是美术创作、理论研究，还是美术出版，那种空前活跃和生气勃勃的气象。多，不言而喻，指的是好作品多，新人多，风格流派多和美术创作机构多。以江苏省为例，江苏除有江苏省国画院外，几乎每一个市都有一个画院，甚至一些县也有画院。

近年来，一些青年大胆探索和开拓美术的表现领域和表现形式。于是出现了被美术界称为“85新潮”的艺术现象——在孕育多年之后，以

1985年为高潮，几个省市相继出现了一些青年创作群体。他们以打破传统绘画形式为旨趣，创作出一批没有具体形象和内容高度抽象的绘画，并在理论上提出反传统的口号。

这是一个颇叫人困惑的现象。一方面传统的美术形式如中国画等在继承中得到发展，在创新中得到光大，其创作队伍日益扩大。另一方面，一些人却以打破传统和摒弃传统为意趣，在彷徨中探索。

山东艺术学院副教授王永康说，事实上，美术界存在三个文化圈，一个是以山水、花鸟虫鱼等为创作题材的传统文化圈，一个是以表现现实生活为主旨的文化圈，一个是反传统的现代派文化圈。由于三个“圈”各有其文化、知识结构和艺术观点，不可避免地都有各自的偏见。这种区分方法未必科学，但他却道出了现实美术界的一个特点：各种艺术观点在相互碰撞，既是碰撞，就会有火花迸出。这无疑是进步的表现。另一方面也反映出美术界存在的一个问题，美术理论建设的薄弱。

在不久前于扬州举行的全国美术理论研讨会上，人民美术出版社总编辑刘玉山说，党的十一届三中全会以来，美术创作和美术史论的研究都有丰硕的成果。相形之下，美术理论方面马克思主义文艺观的研究却较为薄弱。比如，在西方现代哲学和文艺思想的冲激下，一些同志对文艺和生活的关系，文艺和时代的关系，坚持马克思主义和借鉴、批判外来文化的关系，以及要不要继承民族优秀文化传统等问题，产生了不少模糊的甚至错误的认识。造成这一状况的原因是我们对马克思主义哲学和文艺理论中那些宝贵的思想研究、发掘得不够，也没有很好地把马克思主义的文艺理论置于时代向我们提出的新问题、新要求的地位加以发展和丰富。

马克思主义文艺理论建设在今天之所以迫切，用美术界一些人士的话说，正是由于当今美坛艺术风格流派的多样和艺术观点的庞杂，本身也需要有一种科学的世界观来统领和指导。

中国美术的发展历程大约是，在一个相当长的时间里，苏联的模式一直是一个不可逾越的典范。1979年以来，这种模式被冲破了。现在用西方现代绘画的各种风格流派来做自己的模式可取吗？著名书法家沈鹏说，艺术不喜欢这样那样的模式，而喜欢按艺术规律的导引步入新的境界。他认为，马克思主义是实践证明了的能够包容很多思想体系的科学的世界观。用辩证唯物论的反映论来指导创作，必然能使美术创作更加民族化、更具时代性和个性特色。

近年来，怎样看待“85新潮”，一直是美术界一个有争议的热点。中国美协书记处书记邵大箴发表看法说，探索性美术活动与整个文艺领域同时出现的探索性活动联系在一起。它的出发点是革新旧有的艺术模式和僵化的艺术观点。 它的可贵之处也在此。 它能推动我们观念的变化，而观念的变化对改革有着重要的意义。探索性艺术活动正是创造了一种要求改革的文化氛围。但是必须看到“85新潮”所制造的文化氛围充满矛盾、焦虑，颇多悲观、彷徨的色彩，这恰恰又与改革、开放的大局相左。

油画家杜健的看法是，“85新潮” 由于过分表现自我和自我体验，而脱离了大多数人的社会实践。今后它的发展前景要看能不能和现实斗争，即全民族的改革、开放的实践相结合。

中国美术在改革、开放的大形势下无疑正在进入一个创作繁荣且各种风格流派竞相发展和各种艺术观点竞相争鸣的时代。它将对中国美术未来的发展带来怎样的影响呢？美术界人士认为还难下结论。

在美术界有一种看法认为，中国美术所面临的选择不外有三：西化，坚守传统，中西融合。中国艺术研究院张蔷认为，中国美术西化是行不通的。保持纯粹的中国艺术传统在实际上也是不可行的。中国美术在未来的发展过程中，很可能在中外文化的融合中找到新的生长点。他说，有人怕中外文化融合会湮没民族意识，实际不会。中国五千年文化史上有过多次中外文化的大交流、大融合的时期，但没有一次造成民族意识被湮没的结果。

当前美术界的一个可喜现象是，各种风格流派和各种艺术观点之间的对话已经展开，这意味着各种风格流派和各种艺术观点可以在对话中互相了解，取长补短。即使在一些尖锐对立的艺术观点之间，也可以在对话中通过理论上的争鸣和批评找到共同点。

事实上，中国美术无论有多少种选择，随着岁月的流逝，最受欢迎的作品是那些富有民族性和个性特点的作品。美术界人士在经历了各种艺术观点的碰撞之后普遍更深入地意识到，马克思主义科学的世界观对美术创作有着巨大的指导意义。发展中的马克思文艺思想与中国民族的社会艺术实践相结合，是中国美术从繁荣走向更大繁荣的坦途。

原载《瞭望》1987年第44期

中国农民的抱负

（一）

千百年来，中国农民，一直有一个梦想——摆脱剥削、压迫，摆脱奴役，走向富裕。

然而在实现这一梦想的漫漫路途中，中国农民历经挫折，只是在中国共产党的领导下，社会主义在中国获得胜利，中国农民才实现了多少代人的梦想，摆脱了压迫和奴役，踏上走向富裕之路。

三十多年来，尽管中国农民在走向富裕的路上并非一帆风顺，人们却一再发现，中国农民是那么富有智慧，富于创造，富有革命精神，特别是党的三中全会以后，中国农民以前所未有的创造热情，迅跑在走向富裕的路上。从家庭联产承包责任制到社会主义商品经济在农村蓬勃兴起，中国农民在短短八年时间里创造了令全世界瞩目的奇迹，这使人们越来越清楚地看到，占中国人口总数80%的农民所进行的这场历史性进军意味着什么。它意味着，中国农民正在向旧的生产方式告别，同贫困落后告别。而在一个有八亿农民的国家，农民的每一进步，都将意味着国家的进步。

变落后的中国为现代化的中国，最终将取决于中国农民的进步。这一见解也为越来越多的人，包括农民自己所认识。

（二）

1986年12月18日至23日在珠海特区的白藤湖农民度假村举行的农民企业家座谈会就是一个生动的事例。白藤湖主人一个倡议，三十多位

1986年12月农民企业家座谈会在广东珠海白藤湖度假村举行，《瞭望》总编辑李耐因主持会议（刘浩摄）

农民企业的经营者便从祖国最北部的黑龙江省、从渤海之滨、从燕赵大地、从中州平原、从长江两岸，自筹路费，仆仆风尘，不远万里赶来赴会。他们有何打算哩？

他们回答：中国实现四个现代化，实现本世纪末和下世纪中叶的宏伟奋斗目标，八亿农民的变化处于关键性的地位。农民企业代表着农村的未来。我们自认为是建设具有中国特色的社会主义新农村的先锋。

中国农村及乡镇企业的年产值大约在3.5千亿元，从业人员为7千多万人。农民办的及乡镇办的企业，在我国已经发展为充满生机的强大的社会主义经济力量。

与会的农民企业的代表，来自十三个省市，仅是这支宏大企业队伍中的一支细流。但是，他们各自拥有本企业近百万乃至几千万的固定资产，并进行着卓有成效的独立经营。

但是对这样一些经营着各种农村企业的成千上万的农民，至今没有一个公认的称号。称他们为农村能人，要算是最客气的了。可是他们并不计较种种世俗偏见。

他们襟怀坦荡且不无自豪地这样说：我们本来就是中国经济改革的产物。我们不希望有一个动听的称号，只希冀改革，在改革中做出贡献。

确实，他们只希望全社会都理解他们那拳拳之心。他们宣称："我们代表着新的农村生产力。我们担负着打破自然经济王国的重任。我们的奋斗目标是：坚持四项基本原则，在发展社会主义商品经济、建设中国农村物质和精神文明、消灭城乡差别方面做出重要贡献，在新的基础上巩固和发展工农强大联盟，共同建设繁荣昌盛的社会主义祖国。"

这是多么雄大的抱负，多么开阔的胸怀，多么豪迈的气概！

（三）

农民企业家是新时代中国农民的代表。假如我们的文学家要去描写今日之农民形象，他们立刻会发现，农民企业家正是老黑格尔从美学角度格外推崇的"这一个"，也就是恩格斯所说的、能够使读者认识社会发展并能从中获得极大美感的"典型环境里的典型人物。"

集聚在白藤湖的农民企业家虽然来自祖国四面八方，身世各异，却都有一个共同之处，那就是面对各种艰难险阻，敢于披荆斩棘，奋勇当先去争取成功。他们从蓬勃兴起的农村商品经济的土壤里破土而出，反过来又促进农村商品经济的发展。他们是建设社会主义新农村的先行者，反过来又带动广大农民前进。

他们有一句打动人心的名言："在中国共产党领导的宏大的改革进军中，我们的旗帜上写的是'富裕起来'。贫穷是旧社会和错误路线造成的恶果，它同真正的社会主义没有关系。"

中国农民在变化。从农民企业家看新时代的中国农民，我们看到衣着改变了，谈吐举止改变了。而最大的变化，是他们正在从田野里走出来，走向工业、运输业、建筑业、商业、对外贸易、金融、服务业等各个领域。而这一历史的转变，也正在深刻地改变着中国农民的精神世界。

我们当中的一位记者在农村采访二十多年。他至今不忘的一件事是，有一次，他采访一位小有名气的农民，而到了相距不过百米的后村，那里的农民竟然对此人一无所知。还有一次，他从苏州城骑自行车到几十里外的一个村庄采访，发现村里一些五六十岁的老人竟然一辈子没有到过苏州城，而从他们村到苏州城，有公路，也有水路，即使不坐车船，步行两三个小时也到了。时至二十世纪六十年代，中国农村还这样闭塞，这不能不使人感到惊讶。

而今天出现在我们面前的农民企业家，却与昔日的农民完全不一样了。他们是农村的一代新人。他们已不囿于本乡本土，他们的目光瞄准着国内国外广阔的市场，他们追踪新的知识、新的行情，他们的目标已不仅仅是种好眼前的几亩地，而是要让自己的产品走出国门，走向世界。他们的胸怀、追求、眼界与他们的生产方式一样，正从封闭走向开放。

西装笔挺，结一根桃红色领带的翩翩青年名叫兰敦华。他是扬州领带厂的厂长，虽然刚刚三十出头，却已被日本的和服腰带行家称为“中国的和服腰带绳专家”。他说得一口流利的日语，对日本腰带绳市场了如指掌。他也了解日本顾客的兴趣爱好，清楚国际市场上腰带绳的最新款式。正因为如此，日本对这位长江边上乡办工厂厂长佩服得五体投地，以至把产品设计权、定价权都放心地交给他。

过去，人们总是用“运筹帷幄，决胜千里之外”来赞扬将军们的神机妙算，今天用这样的话来称赞那些杰出的农民企业家也丝毫不过分。虽然他们身居一乡一村，却眼观六路，耳听八方，千方百计让自己的产品挤进大城市，挤进国际市场。

这次，我们有机会跟另一位青年沈雯，交谈了若干时刻。这位来自上海郊区的农村小伙子，过去是个生产队长，于今是上海紫江实业有限公司经理。在五年的时间里，他把一个负债累累的穷队发展为具有现代化中型企业规模的公司，在上海的乡镇企业中首屈一指。可他还不满足。他告诉我们，他们经营的包装材料，在一些发达国家一般都占到全国产值的30%以上，而我国只有2.5%，因此这一行业大有前途，他要大干一番。他侃侃而谈，向我们叙述松下公司、福特公司的发展史，说经营企业不能只看眼前，要有三十年、五十年、一百年的计划，最终目标是要把企业办成现代化的大型企业。他自己深感水平与能力不足，因此已决定1987年下半年到联邦德国进修一年，学习经营管理，学习金融，回来后把企业办得更好。听着他的谈话，我们想，这哪里是一个农民，简直就是一个战略家在谈他的宏图大略。

农民企业家，是今天中国新一代农民的代表。他们已不再是整年束缚在几亩地上的单纯的劳动力，他们正在以崭新的姿态进入现代中国的经济生活舞台；他们也不再是那种因为孤陋寡闻而被五彩缤纷的世界惊得目瞪口呆的人，他们是时代的弄潮儿；他们正勇敢地投身于经济改革的潮流中，创造着各种各样令人惊叹不已的业绩。

（四）

从农民企业家看今日中国农民，最令人倾心的却在于他们所具有的精神素质。他们有理想、有抱负，有胆略，有才智，有干劲。他们和革命战争时期的农民一样，有着忠于党、忠于革命事业的优秀品质。这一点是最可宝贵的。

试看白藤湖农民度假村总经理钟华生的经历。珠江入海口处占地二十平方公里的白藤湖度假村，十五年前还是一片茫茫大海。当时，三十多岁的钟华生驾着一叶扁舟漂浮在这片海上，他眼前是无边的滔天白浪，他身后是一片汪洋。他在这无边的海上不过是沧海一粟，渺小而渺小。但是，这位生长在海边的“渺小”的农民，心胸之宽，却胜过了大海，他敢于向大海挑战。他和一批农工在白藤山下——一个凸出海面的小岛——依山筑坝，围海造田，浪里来，水里去，一干就是十五年，把他一生中最美好的年华奉献给藤湖的开发事业。在他们愚公移山的精神面前，在他们钢铁般的意志面前，大海退却了，滔天白浪也悄然溜走了，沧海变成了桑田，接着他们又在桑田建起集旅游、农工商于一体的旅游农业。

当我们站在白藤湖农民度假村高大的“好景门”牌楼前纵目眺望的时候，我们简直不敢相信，这是农民创办的事业——别墅楼群与果园、农田相映成趣，水面上小船在游弋。来自香港、澳门及广州的游客漫步在花园般的天地里。入夜，一轮皓月从珠江入海口洋面升起。正是静谧时，几颗爆竹、烟花却突而鸣出脆响，腾空而起……

河北省劳动模范、全国先进党支部书记阎建章，是今日中国农民的又一位传奇式人物。他所在的蠡县辛兴村，是太行山东麓穷村僻壤最穷的村庄之一。1977年7月，当阎建章重返被迫离开十年的村子时，五千张口朝他要吃要喝，他背上背的是42万元的债。但这位抗日战争中的游击队员显示出共产党人的英雄气概，他迎困难前进。他伙同村干部自己凑钱买氯纶、腈纶纤维，办起了纺氯纶线的土作坊，然后靠自身积累，买进机器办毛纺厂，使辛兴村结束了贫困的历史，走上了富裕的道路。但不久，氯纶、腈纶线滞销了，辛兴村的库房、办公室堆满了卖不出去的氯纶线，许多人惊慌起来，追着阎建章说：“削价卖出去吧，咱们该收摊了。”阎建章却若无其事地笑着说：“相反，我还等着涨价才卖呢！中国有八亿农民的广大市场，辛兴的产量再增加一百倍也满足不了市场需要。收摊？我还要大干！”

这个独具慧眼的农民企业家的预言，句句中的。就在这年秋风乍起，北雁南飞之际，购买氯纶线的顾客接踵而来，不到半个月，不但存货全部销完，毛纺厂昼夜三班开满车，仍然不能满足需要。阎建章还动员全村四百多个姑娘、媳妇当推销员，肩扛手提，把辛兴的氯纶、腈纶线送到长江、珠江两岸农家，送到黑龙江、吉林、辽宁，送到天山南北，送到全国除台湾以外的二十九个省、市、自治区。由于销路畅通，辛兴的腈纶业高速发展起来，钞票像潮水般地涌进辛兴村，一些人又追着阎建章问：“咱们有这么多钱怎么办？”阎建章说：“咱们的钱还不算多，咱们还要大发展。咱们的大目标是满足八亿农民穿毛衣的需要！”这就是农民企业家勇挑发展农村经济重担的豪迈的气概。

史来贺是中国农民另一类型的“传奇英雄”。三十多年来，他一直是全国劳动模范，合作化时期是如此，人民公社时期是如此。这位河南农村的庄稼汉有一种中国农民特有的“狡黠”。就在极左路线把他和他所领导的河南省新乡县七里营刘庄村封为“学大寨”典型时，他却率领乡亲们在悄悄发展“资本主义”。只不过检查人员到来时，他就收摊。

正是他带领乡亲们在“文革”时期攒下的家底，逢上党的三中全会的好政策，即刻春风化雨，在发展农村商品生产中大获收益。1986年，刘庄全村集体经济总收入达850万元，人均6500元，与1980年相比，一个刘庄变成了五个刘庄。史来贺的“狡黠”说到底不过是代表了中国大多数农民的一种信念：贫穷不是社会主义。中国农民只有走社会主义商品经济的道路才能富强。

参加这次座谈会的，还有当选为沈阳市一九八五年十大新闻人物之一的苏立文。他创办的西城经济联合企业公司，固定资产逾百万元，年产值一千多万元。有人断言他肯定是个“百万富翁”。真实情况却是：他同公司所有的工人一样，按月领取二百多元的工资，连万元户都不够格。他图的是什么？他对我们这样说：“我个人没有什么希图。只愿越来越多的农民兄弟同我一块闯出一条奔富的路。”

山东省荣成县邱家渔业公司董事长唐厚运，早年是渔船上的船老大。在捕捞上他可是有一手。搞商品经济他能行吗？1984年，他看到养殖对虾经济效益高，想在一片白沙滩上建一千亩养虾池。可养虾这玩意工程艰巨，投资很大。建一千亩虾场，不仅需要几百万资金，而且需要六七百吨钢材。这么多钱和钢材一个村怎么拿得出来？这位船老大出身的经理，不愧有一身斗风搏浪的本事。他和公司的几个同志先后十多次上北京、跑青岛、赴济南，打通门路，还找到了日本一家客商签订了补偿贸易合同。结果，资金、钢材等问题都解决了。目下，他的公司有上千万元固定资产，经营项目几十种，年产值两千多万元。这就是中国农民的才智和胆略！昨天还是农民，今年却手握上千万的资产，运用起来像犁地、打鱼一样自如。

像钟华生、阎建章、史来贺、苏立文、唐厚运这样有理想，有胆略，有才智，有干劲的农民企业家还有很多很多。山东半岛的司继双、王海绪、唐玉山，辽宁大连的陈连庆、湖北的周作亮，等等，每人都有一部艰难创业史，但细究他们的身世，观其言、察其行，我们都不难发现，在他们的身上，有许多中国农民的美德。

闽南九龙江畔有家万兴藤器工业公司，经理是曾经穷得想寻短见的陈力。他办藤器“发”了，带动全村富了，他还不满足，又进山区、奔穷乡，传技术，供信息，使得九家行将倒闭的农具厂起死回生，扭亏为盈。

江西农民企业家曾荣苟领导的南昌顺外村，前年人均分配收入达到1280元。当人们额手相庆的时候，曾荣苟的思想却飞到了赣南老区：“那里的群众还穷着哩！”于是，他去年先后五次南下赣南，跋涉七百余里与宁都县北门村“结对子”，帮助那里的干部群众制订脱贫规划，筹建项目，培训人才。

对于一个农民来说，还有比不满足于自家一人、一户、一村、一镇富裕，而把富裕的谷种撒向穷乡僻壤更高尚的情操吗？

（五）

就是这样一些农民企业家在自己的集会上，得出一致结论。他们庄严地表明：

——我们拥护中国共产党的领导，拥护社会主义，拥护党和政府的正确政策，同样，我们相信中国农民的智慧和力量。我们欢迎有真才实学的人来帮助我们，改善我们的素质，提高我们的科学技术水平和经营管理水平。我们认为，党的农村政策是正确的，放宽和搞活是农村经济发展的条件。进一步清除束缚生产力发展的旧规章制度、旧思想观念，蕴藏在农民群众中的社会主义积极性会在更大规模上爆发开来，形成万马奔腾的农村新局面。现在不是宽得过头，而是宽得还不够；不是活得过头，而是活得不够。

——农民企业、乡镇企业的发展，为我国社会主义又提供了一个新的农村经济基础。当我们这些昔日的庄稼汉在这个基础上迈开开拓步伐时，当然会出现许多新的问题，新的矛盾。我们的态度是，在改造社会的同时，不断改造自己，坚持进步。

——我们懂得，改革是一场革命。革命是一件不容易的事情，必然会有阻力，我们面对种种困难无所畏惧，认为它只不过是一种对我们的考验和锻炼罢了。屈服于困难的人不能成为农民企业家。

——我们没有别的要求，只要求支持和保护，这就是：马克思主义、毛泽东思想真理的保护，社会主义法律的保护，道义支持和公正的评价。

且看充溢鼓荡在他们胸间的是怎样一种历史使命感：

我们，农民企业家，绝不忘记，中国农民同中国共产党之间有几代人的血肉联系。中国农民在中国共产党领导下，有过光辉的改造世界的革命历程。

中国农民在农村包围城市的斗争中，在创建新中国的斗争中，在建设社会主义新农村的斗争中，在建立家庭联产承包责任制的革命性变革中，都对我国的革命和建设做出过杰出贡献。

现在发展农村及乡镇企业，使亿万农民破天荒第一次登上现代化建设的大舞台。这是目前中国农民正在进行的最庄严瑰丽的事业。所有农民企业家，都应该牢牢记住这个光荣的历史和自己光荣的使命。

座谈会临近结束的时候，有人倡议集资在首都北京修建一座“中国农民大厦”。它是农民企业家们联合经营的事业，也将是农民企业家聚会和陈列自己产品的地点。这项倡议立刻受到全场热烈掌声的欢迎。不少农民企业家当场认领若干资金，还建议这座大厦要建筑最美、服务最好，使之真正反映出中国农民的胸怀、气魄、传统和志气。

我们完全有理由相信，当四个现代化在中国实现之日，再翻开历史时，我们会发现，中国农民，这几个字散发出辉煌金光。

原载《瞭望》1987年第10期

中国体育的跃进

第六届全运会在欢呼声中降下了帷幕。十多天来，全国人民的注意力集中在南国的盛会上。7000运动健儿没有让全国人民失望。人们欣喜地看到，这一届全运会处处充满着为建设世界体育强国的光荣和梦想而不遗余力奋进的气息。祖国要强盛的愿望在每个人心中，为此而拼、为此而搏，正是这届运动会的精神。正是这种精神鼓舞着7000健儿向全国纪录、亚洲纪录和世界纪录跃进。

在广东东莞石龙镇六运会举重比赛场地，何灼强一举抓起117.5公斤的杠铃。他成功了。一项新的世界纪录诞生了!

在广州天河体育中心游泳馆，黄晓敏奋力划动双臂，她的每一个动作不知牵动着多少人的心。观众们时而盯着水中的她，时而盯着那巨大的显示器，嘴上、心里喊着：加油，黄晓敏！突然时间停顿了，当显示器显示出的成绩只差0.38秒没有平破世界纪录时，黄晓敏不无悔恨地用力拍击水面，而更多的人热泪盈眶，始则沉默，终则热烈鼓掌。好似他们比黄晓敏本人更理解这次向世界纪录冲击的意义，尽管她失败了。

像这样因为梦想的实现备感光荣而情不自禁欢呼雀跃或因为梦想的破灭而暗自神伤的情景，在15天的比赛期间频频发生。正是这种为实现中国体育冲出亚洲走向世界而英勇奋进的强大的精神力量和民族意识，使这一届全运会从一开始就把竞赛的焦点集中到“破纪录”而非仅仅是夺金牌之上。

正如改革、开放解放了社会生产力一样，中国的改革、开放也解放了人们的思想，人们逐步有了现代体育的意识：创纪录与拿金牌相比，创纪录更重要。一项新纪录的产生，总是意味着人对自身的能力有了更多的了解。正是在一种浓厚的创纪录的氛围中，六运会赛场上运动员奋力拼搏，观众热烈呼应，于是，有了一系列平、破、超世界纪录、亚洲纪录和全国纪录的佳绩。这便是中国体育跃进的动力。

中国体育的跃进，最明显地表现在中国体育长期落后的游泳、田径两个基础项目上。这是本次全运会最鼓舞人心的事。

连续6天，广州天河体育中心游泳馆成为破创纪录最多的比赛场所。碧水池中，男女游泳健儿，以他们优美的泳姿和奋力搏击一次次向着各种纪录发起冲击。黑龙江姑娘黄晓敏在200米蛙泳中虽未能平破世界纪录，可是她宣告中国健儿已有可与世界强手在瞬间决胜负的实力。

国家游泳队主教练穆祥豪在赛事结束后对记者发表评论说，六运会比赛的成绩说明，我国女子游泳短距离项目已达国际先进水平。中国游泳男子项目看起来欠一点，只保持两项亚洲纪录，但从实力看，男子全面胜过日本已是指日可待。

田径水平的高低可衡量一个国家的体育运动水平。田径是一切体育运动的基础。田径又是奥运会、亚运会奖牌最多的项目。人们期待着田径运动员在六运会上有一个好的表现。健儿们果然不负众望，女子竞走现有1人1次破1项世界纪录和1人1次超1项世界纪录，及至六运会竞赛达到白热化阶段，则有刘华金破100米栏亚洲纪录，李梅素投掷6次5次刷新女子亚洲铅球纪录，李宝莲创标枪亚洲纪录。王秀婷创5000米亚洲纪录，张彩华等4人同时打破女子100米全国纪录和余志诚创男子110米栏亚洲最好成绩的精彩表演。

中国体育的跃进只能随田径的跃进而跃进。离开田径的跃进便谈不上中国体育的跃进。

国家田径队总教练黄健对记者说，新中国成立以后，中国田径在1965年前后曾出现过一个高潮。那时有许多单项项目达到世界先进水平，并连续好几年排于世界前10名。从六运会田径比赛看田径发展趋势，如果把物质条件的逐步改善和科研、教练员水平的提高以及体育管理体制改革诸因素考虑进去，可以预料，中国田径在3到5年内将会出现又一个高潮。到那时，中国田径竞技水平在整体上讲可从现在的国际中下水平上升到中上水平，其标志是大多数田径项目进入世界前25名。

1987年11月20日至12月5日第六届全国运动会在广州天河体育场开幕，图为花样游泳现场（刘浩摄）

中国体育的跃进还表现在一些新兴项目上，如花样游泳、女子足球等，起步虽晚，由于起点高而成绩斐然。射击、举重、赛艇、皮划艇，是中国的强项，这次也有出色演出。

但是，期望中国在一夜之间变成世界体育强国或在短期内出现各种各样的奇迹是不现实的。中国体育已开始进入跃进阶段，但要实现世界体育强国的梦想，还需在漫长的道路上做艰苦的跋涉。

恰恰是那些对六运会给予高度评价的体育界人士在全运会结束以后仍有颇多忧虑。他们深感六运会所暴露出的问题比原先估计的更要严峻。

例如球类项目，竞争激烈，却没有产生新的球星。体操比赛难新动作不多却失误连连。一方面是几位国际级优秀选手微露走下坡路之势，一方面是新的体操明星迟迟没有出现。田径本来就缺少尖子人物，而现有的尖子人物却又大多是老面孔。

以上种种均说明一个问题，我国体育虽则在跃进，但后备力量不足的问题如若不尽快当作燃眉之急的问题，采取切实有力的措施加以解决，中国体育跃进的劲力将难以持久。我们的目标便很难达到。

黄健针对田径赛况说，这次全运会暴露出的另一个问题是各省运动员技术陈旧，掌握较先进技术的运动员极少。这反映出我国教练水平较低，训练方法陈旧。他以朱建华为例说，朱建华明年25岁，这正是出成绩的年龄。如果训练方法科学、得当，再练一年，明年在国际大赛中跃过2.35米将不成问题。他认为，朱建华成绩落下后上不去的一个原因是，那一套训练方法从少年开始到今天，多年无发展变化。有感于此，他呼吁体育工作者应该解放思想，在训练方法上大胆探索，大胆革新，采用新的科学训练方法，向国际先进技术、方法看齐。

看到问题，看到差距，我们便可以克服盲目性，更自觉地促进体育事业的发展。

近年来，中国体育对外开放，或派队派员出国比赛、考察，或延请“洋教练”来华执教、讲学。这使中国体育在较短时间里缩短了与世界体育先进技术、方法和训练思想之间的差距。这个办法应继续下去。

中国体育坚持不懈地进行体育管理体制改革，如普遍实行的运动队总教练或主教练负责制对充分发挥教练员的创造性提供了更大的余地，而以训练、竞赛为重点的体制改革和体育社会化则突破了体委一家办体育的局面，调动了各行各业系统办体育的积极性，促进了群众体育的发展。

中国体育科研顺应世界体育发展潮流，从兴起到应用，在短短几年里即进入训练场。

1987年11月20日至12月5日第六届全国运动会在广州天河体育场开幕，图为花样游泳现场（刘浩摄）

1987 年 11 月 20 日至 12 月 5 日第六届全国运动会在广州天河体育场开幕，图为花样游泳现场（刘浩摄）

体育界人士一致认为，中国体育的跃进得之于改革、开放，六运会暴露出的问题只能通过改革、开放来加以解决。

六运会结束了，但中国体育的跃进无疑只是刚刚开始。六运会为中国体育发展带来的最大收获是什么呢？那就是它使体育工作者增强了信心，找出了差距，进一步明确了前进的方向。而充溢于六运会赛场的那种为中国体育振兴的光荣与梦想而不遗余力地去顽强拼搏的精神，从一开始便超越体育而成为一种具有普遍社会意义的强大的力量。它鼓舞人们去奋斗去拼搏，它是一笔丰厚的精神财富。全国各行各业的人都可以从中得到收益。或可说，这是六运会最大的成果，也是这届全运会如此吸引全国人民关注的根本原因。

原载《瞭望》1987年第50期

作者　刘浩　罗更前

科·阿基诺总统访华纪事

4月4日晚7时许，科·阿基诺总统抵达北京。当迎接科·阿基诺总统的车队驰离首都机场时，夜幕已经降临。车队从华灯初上的长安街飞驰而过。其间，科·阿基诺和她的两个女儿曾中途停车，步入北京友谊商店，选购了两件内衣和一些丝绸，尽管这天夜晚除下榻钓鱼台国宾馆休息以外，无任何国事访问活动，但仍然是一个激动人心的夜晚。按总统的话说，她已来到"北京，这个中国万物的中心；这个万寿无疆的君主维持了王朝的稳定，繁荣与和谐的地方"。

正是在这里，在随后的一天半时间里，为了加深理解和友谊，寻求进一步加强双边关系的方式以便有效地促进中菲两国人民经济的发展，她和中国领导人举行了一系列的会谈。

她也和大多数到北京的外国元首一样，为了用最短的时间获得对中国的历史文化及古城北京最多的了解，她游览了故宫，健步登上了长城。她从长城高危的敌楼窗孔，像当年中国士兵那样，瞭望远山上的烽火台。

科·阿基诺总统认为中菲两国领导人互访有利于加深理解和友谊。正是出于这样的考虑，她在国内事务繁忙的情况下踏上了她的中国之行。出于同样的考虑，中国领导人亲切地会见了科·阿基诺总统。双方就双边关系及友好合作等问题进行了会谈。

中菲两国建交以来一直保持着友好关系。科·阿基诺总统组成菲律宾新政府以来，两国友好关系取得了新的发展。对此，中国领导人深表赞赏。

4月15日李鹏总理与科·阿基诺总统举行了长达两个小时的正式会谈。李鹏强调，中国主张把国与国之间的关系建立在和平共处五项原则上，主张积极发展南南合作。

科·阿基诺总统重申了菲律宾政府关于坚持中华人民共和国是代表中国的唯一合法政府的立场。

中菲两国贸易今年发展较快。1987年，两国贸易额达到近3亿美元。作为这次访华会谈的成果，中菲两国签署了两个文件。根据文件，双方将共同努力，使双边贸易在今后五年内逐步增长。

科·阿基诺总统来访，正值中华人民共和国七届人大一次会议刚刚结束之际。对此，科·阿基诺总统称她与中国领导人的会见“是在一个意义深远的时刻”。她说：“第七届全国人民代表大会第一次会议是一个里程碑，伟大的中国人民和他的英明的领导人在会上确定了中国新的进程。我作为这次会后访华的第一位外国首脑的确感到特别荣幸。”

4月16日上午，在人大会堂福建厅，邓小平满面荣光，操着他浓厚的四川乡音对科·阿基诺说，我们不仅有国家关系，而且有一种特殊的亲戚关系。我们知道你执政以来的困难，你处理得很好。我们希望有一个稳定的、繁荣的菲律宾。我们之间有些疙瘩不难解决。

在这次亲切的会见中，邓小平与科·阿基诺高度评价了和平共处五项原则，认为这个原则十分重要，经得起时间的考验，具有生命力。邓小平说，我们希望世界和平、地区和平，特别希望同亚洲和东盟国家发展友好关系，成为更好的朋友。希望中菲两国都抓紧利用和平的国际环境，发展本国经济，希望东盟国家都能发展起来。对国际上一些问题，我们希望都能采取和平方式，合情合理地解决。

在访问结束举行的记者招待会上，科·阿基诺告诉记者，她从中国领导人那里得到保证，中国政府支持科·阿基诺政府。关于南沙群岛问题，菲中双方认为目前两国有许多事情要做，南沙群岛的问题可以暂时搁置起来。她对中国方面保证不干涉邻国的内部事务极表赞赏。

科·阿基诺总统的三天访华活动始于探访她曾祖父许玉寰的出生地福建龙海县鸿渐村。在鸿渐村村民欢迎她的大会上，她热情洋溢地说：“我到中国既为国事而来，又有私人原因，因为我既是我国元首，在某种意义上也是中国村庄的女儿。”

科·阿基诺此次访华，所到之处，均能领受到中国人民对菲律宾人民的友好情谊和一片亲情。在故宫，在长城，当科·阿基诺总统到来时，许多中国游客驻足围观表示热烈欢迎，更有不少人亲切地指点着说，瞧，科拉松·阿基诺!

最能表现中菲两国人民之间友谊和亲情的，是84岁的中国领导人邓小平。在人大会堂福建厅前，邓小平与科·阿基诺握手后热切地问，你的两个女儿呢？当科·阿基诺的两个女儿被领上前时，邓小平微笑着说，你们可不可以叫我一声“邓爷爷”？两个女儿高兴地点头称允，于是邓小平朗朗地笑说，那我们就认亲了！步入大厅，邓小平与阿基诺夫人及两个女儿合影，随后两个女儿亲切地唤道：“谢谢，爷爷!”

原载《瞭望》1988年第17期